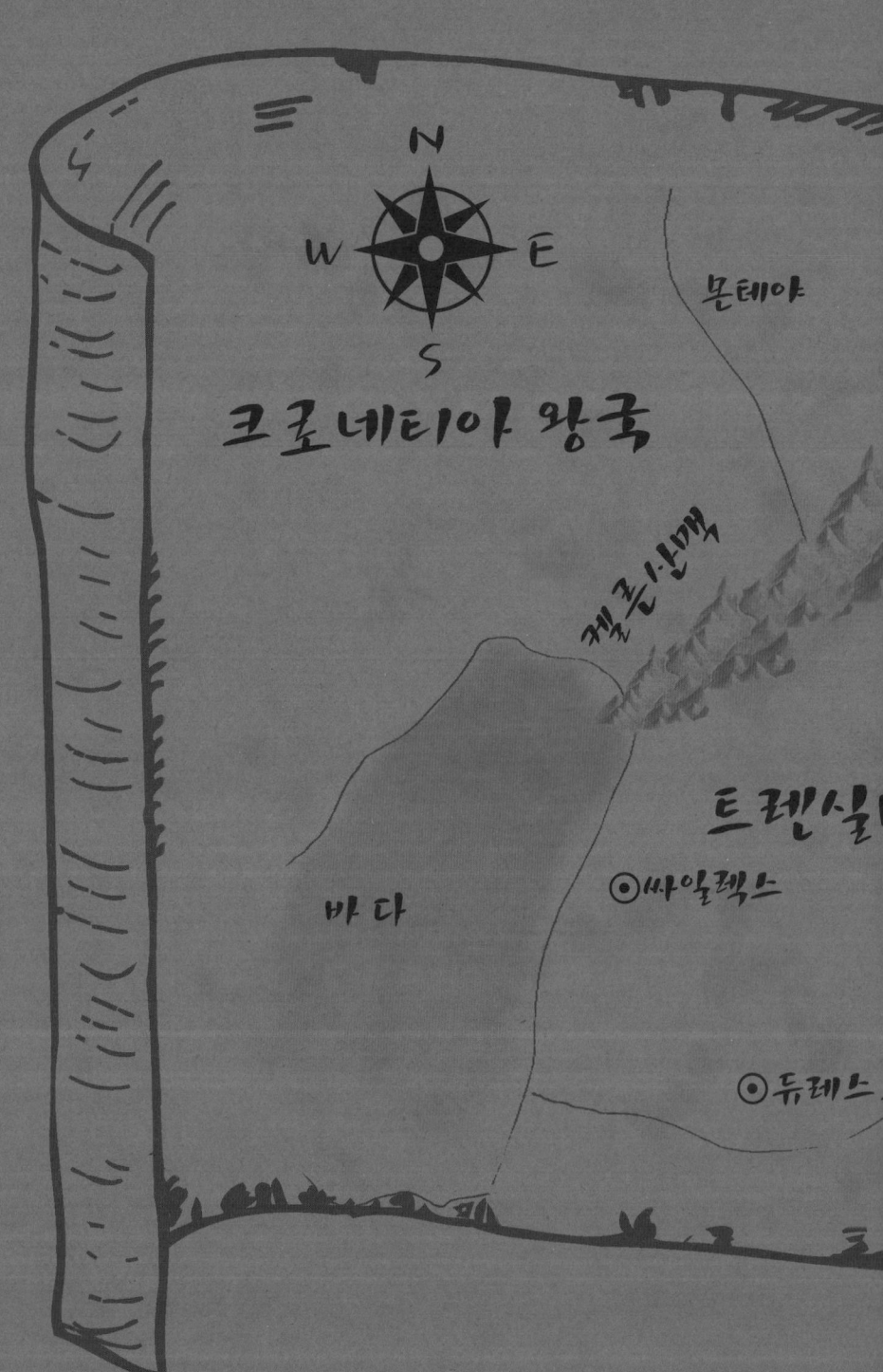

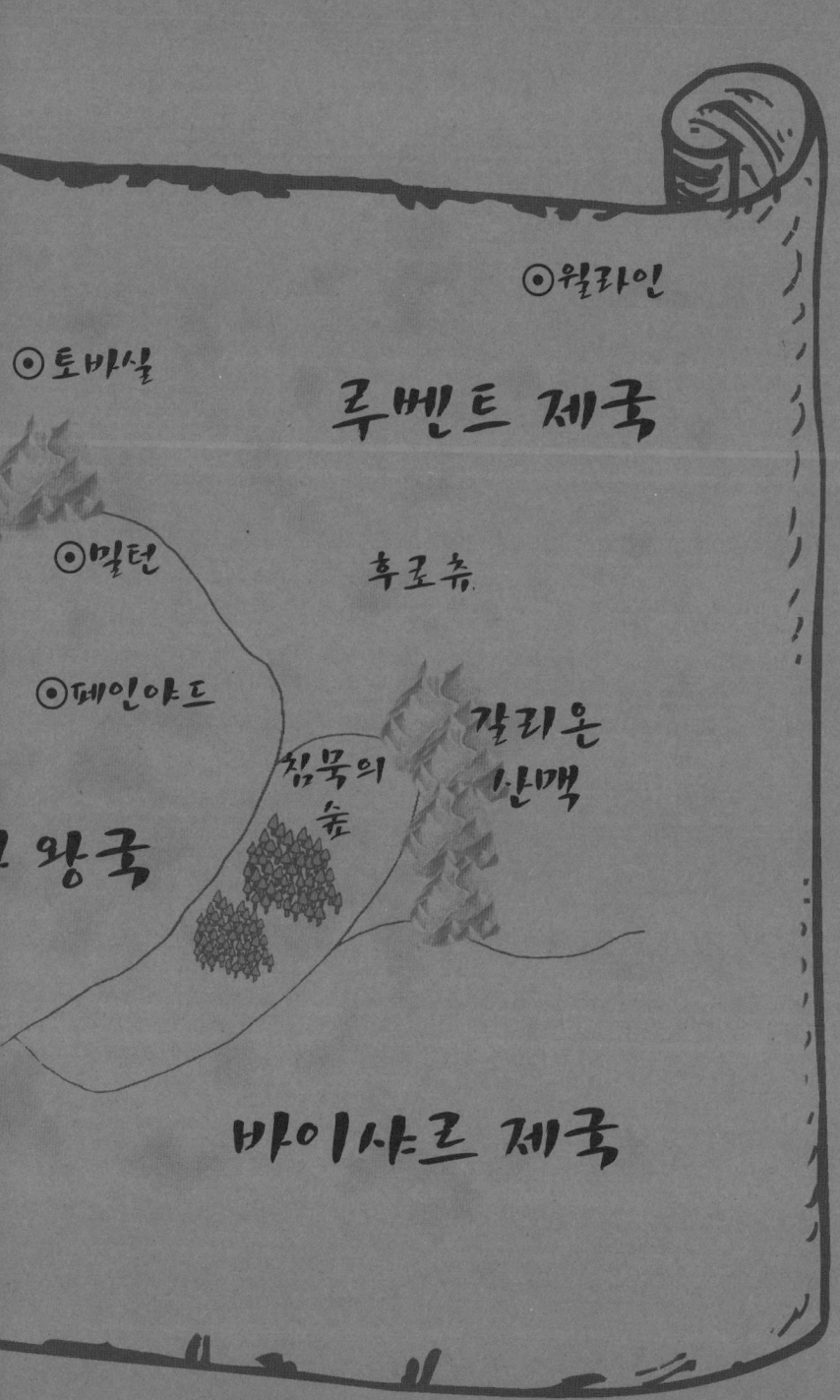

드래곤 체이서 10

드래곤 체이서 10
최영채 판타지 장편 소설

초판 1쇄 찍은 날 § 2001년 12월 21일
초판 1쇄 펴낸 날 § 2001년 12월 30일

지은이 § 최영채
펴낸이 § 서경석

편집장 § 문혜영
편집 § 장상수 · 박영주 · 김희정 · 권민정
마케팅 § 정필 · 강양원 · 김규진

펴낸곳 § 도서출판 청어람
등록번호 § 제1081-1-89호
등록일자 § 1999. 5. 31
어람번호 § 제1-0189호

주소 § 경기도 부천시 원미구 심곡1동 350-1 남성B/D 3F (우) 420-011
전화 § 032-656-4452   팩스 § 032-656-4453

ⓒ 최영채, 2000

값 7,500원

ISBN 89-88818-93-8 (SET)
ISBN 89-5505-253-7 04810

※ 파본은 본사나 구입하신 서점에서 교환하여 드립니다.
※ 저자와 협의하여 인지를 붙이지 않습니다.

최영채 판타지 장편 소설

드래곤 체이서

2부
10
동료들과의 마지막 여행

도서출판
청람

목차

제31장 페인야드에서 만난 사람들 / 7

제32장 다시 시작된 여행 / 37

제33장 Nightmare Ⅰ / 65

제34장 Nightmare Ⅱ / 95

제35장 계획된 이별 / 125

제36장 쿠로얀 / 155

제37장 카르메이안의 고뇌 / 185

제38장 드래곤들의 치욕 / 215

제39장 휴로크네 산으로 가는 길 / 245

제40장 키기모카와의 일전 / 275

제31장
페인야드에서 만남 사람들

 여인은 소리가 들린 곳으로 고개를 돌렸다.
 부드러운 미소가 걸려 있던 그녀의 얼굴은 데미안을 발견하는 순간 딱딱하게 굳어졌다.
 "서, 설마?"
 상당히 당황하는 그녀의 모습에 놀랐는지 두 아이들은 그녀의 다리를 꼭 껴안았다.
 잠시 후 두 아이의 머리를 쓰다듬어 준 여인은 천천히 데미안을 향해 걸음을 옮겼다. 그리고는 손을 들어 부드러운 손길로 상대의 뺨을 쓰다듬었다.
 데미안은 그런 여인의 손길을 느끼며 입을 열었다.
 "제니, 제레니 누나가 맞지?"
 "그래, 제니야. 대체 그동안 어디 가 있었니?"
 자신의 얼굴을 쉴 새 없이 매만지는 제레니의 모습을 보고서야 데미안은 그녀가 제레니라는 것을 확신할 수 있었다. 데미안도 손을 들어 제레니의 뺨을 어루만졌다.

그녀의 얼굴에서 세월의 흐름을 약간 느끼긴 했지만 그녀는 여전히 아름다웠다.

겨우 마음을 진정시킨 데미안은 그제야 조금은 겁먹은 얼굴로 제레니 뒤에서 그녀의 치마를 움켜쥐고 있는 두 아이의 모습을 발견할 수 있었다.

7, 8살 정도 된 사내아이와 6, 7살 정도로 보이는 계집아이가 두려움과 호기심이 가득한 눈으로 자신을 바라보고 있었다. 계집아이는 제레니를 닮은 듯 보였지만 사내 녀석은 왠지 자신이 알고 있는 어떤 사람을 닮은 듯 보였다. 하지만 그가 누구인지는 잘 기억이 나지 않았다.

"아이들 이름이 어떻게 되지?"

"큰 아이는 실렉턴, 작은 아이는 도르네인, 하지만 난 애칭으로 도린이라고 불러."

"그래?"

제레니의 대답을 들으며 데미안은 무릎을 굽혔다.

그 모습에 도르네인, 아니, 도린은 어머니인 제레니 뒤로 몸을 숨겼지만, 실렉턴은 그래도 사내라고 제레니 곁에서 데미안을 바라보고 있었다. 하지만 그런 소년의 눈에는 경계심이 잔뜩 어려 있었다.

"네가 실렉턴이니?"

데미안의 질문에 소년은 길게 기른 금발 머리를 끄덕이며 긴장한 모습을 보였다. 그런 실렉턴의 머리를 쓰다듬으며 제레니가 미소를 지었다.

"실렉턴, 네가 가장 만나보고 싶어했던 사람이 누구지?"
"응? 그, 그럼?"
"그래, 이분이 네가 그렇게 만나고 싶어했던 데미안 삼촌이야."
제레니의 말에 실렉턴의 눈이 휘둥그레졌다.
"저, 정말 데미안 삼촌이세요?"
"그래, 내가 네 삼촌인 데미안이란다."
데미안의 말에 실렉턴의 귀여운 얼굴이 흥분으로 인해 새빨갛게 변했다. 오빠가 뛸 듯이 흥분하는 모습을 본 도린은 여전히 제레니 뒤에 숨어서 데미안의 모습을 훔쳐보고 있었다.
"날 만나보고 싶어했니?"
"예."
"왜 날 그렇게 보고 싶어했지?"
"삼촌은 우리 트레디날 제국의 영웅이니까요!"
"영웅? 내가?"
데미안의 반문에 실렉턴은 힘차게 고개를 끄덕였다. 그 모습에 데미안은 어색한 미소를 지을 수밖에 없었다.
실렉턴은 흥미로운 눈으로 자신을 바라보는 데미안의 일행들을 발견하고 그들에게 눈을 돌렸다.
하나같이 처음 보는 특이한 사람들뿐이었다.
자신이 성안에서 보았던 궁녀들의 모습과는 판이하게 다른 여인과 짐승 가죽으로 몸을 가린 여인, 검을 찬 마법사, 검은 가죽으로 온몸을 가린 사람, 근육질의 몸매를 자랑하는 전사, 그들 일행들 중에서는 가장 나이가 어려 보이는 사제, 그리고 보라색 머릿결을 가진 10여 세쯤 되어 보이는 소녀.
잠시 실렉턴을 바라보던 데미안은 곧 일어서서 제레니에게 자신이 궁금하게 생각했던 것을 물었다.
"그런데 남편은 대체 누구야? 부모님께 물어보았지만 그저 귀족이라고만 했거든."
"내 남편이 귀족이라고만 말씀하셨다고?"
데미안의 질문에 제레니는 웬일인지 빙그레 미소를 지었다. 영문을 몰라 하는 데미안의 손을 잡은 제레니는 왕궁으로 그를 끌고 갔다.
"그럼 내가 소개해 줄 테니까 직접 만나봐. 여러분들도 절 따라오세요."
제레니의 말에 일행들은 그녀의 뒤를 따랐다.
복잡한 미로 같은 복도를 지나는 동안 많은 사람들을 만났는데 무슨 이유 때문인지 제레니와 데미안에게 허리를 숙여 인사를 했다.
데미안은 그들이 자신을 어떻게 알아보고 인사를 하는 것인지 궁금했지만 일단은 제레니가 이끄는 대로 끌려갔다. 잠시 후 데미안과 제레니가 도착한 곳은 조금 작아 보이는 방 앞이었다.
방 앞에 서 있던 두 명의 시종들은 데미안과 제레니의 모습을 발견하고는 인사를 하려고 했다. 하지만 제레니의 제지로 멈춰야만 했다.
그 모습에 데미안은 제레니의 남편이 대체 누구이기에 왕궁의 시종들이 저리도 공손하게 그녀를 대하는 것인지 궁금했다. 그러는 사이 시종들이 공손하게 문을 열었고, 누군가가 책상에서 뭔가를 쓰고 있는 모습이 보였다.
제레니는 데미안을 방 안으로 이끌었고, 방 안에 들어선 데미안은 그제야 책상에 앉아 있는 사람의 정체를 알게 되었다. 그야말로 혼이 달아날 정도로 깜짝 놀랐다.

"폐, 폐하?! 데미안 싸일렉스가 인사를 올립니다."

"응? 경은 싸일렉스 후작? 정말 후작이오?"

고개를 든 알렉스는 자신 앞에 무릎을 꿇고 있는 데미안의 모습을 발견하고는 반색했다. 그리고 황급히 데미안에게 다가가 그의 손을 잡고는 일으켰다.

조심스럽게 일어나던 데미안은 알렉스 앞에서 여전히 미소를 짓고 있는 제레니의 모습을 발견하고 문뜩 뇌리를 스치는 생각이 있었다.

"서, 설마 그럼?"

깜짝 놀라는 데미안의 모습을 재미있는 듯 바라본 제레니는 미소를 지으며 고개를 끄덕였다. 그런 두 사람의 모습에 알렉스는 고개를 갸웃거렸다.

제레니가 귓속말로 데미안이 놀라는 이유를 설명하자 알렉스는 그제야 이해를 할 수 있었다. 그리고 데미안 뒤를 따라 들어온 데미안의 일행들을 발견했다.

알렉스는 데미안과 그의 일행들의 모습을 발견한 후 한 가지 이상한 점을 느낄 수 있었다. 그건 그들의 모습이 마지막으로 보았던 10년 전과 비교해 조금도 나이를 먹지 않았다는 점이었다.

"맥리버 백작, 지금 즉시 형님과 대공, 공작에게 연락을 해 궁으로 오도록 전하시오."

"명을 받들겠습니다, 폐하."

한스는 공손하게 인사를 하고는 방을 빠져나갔다. 곧 알렉스는 제레니와 실렉턴, 도린과 함께 한쪽에 앉았고, 일행들은 맞은편에 앉았다.

알렉스는 먼저 자신이 궁금하게 여겼던 것을 물었다.

"경이 전쟁이 끝난 직후 동료들과 함께 이스턴 대륙으로 떠났다는 이야기는 체로크 공작에게 들었소. 그리고 그 이유에 대해서도 체로크 공작과 경의 아버님이신 싸일렉스 후작에게 들어서 이미 알고 있소. 내가 궁금하게 여기는 것은 경이 하려고 한 일이 잘되었는가 하는 것이오."

"이런 보고를 드리게 되어 죄송하지만 깨어진 봉인을 원래대로 돌리려던 일은 실패로 돌아갔습니다."

데미안의 대답이 자신이 예상한 대로이자 알렉스는 조금 굳은 얼굴로 고개를 끄덕였다.

처음 체로크 공작과 자렌토에게서 데미안에 관한 이야기를 들었을 때 전설로만 전해지는 드래곤 슬레이어의 이야기를 각색해서 말한 줄로만 알았었다. 하지만 자세한 이야기를 들을 사이도 없이 데미안은 사라졌고, 10년이 지난 지금 갑자기 자신 앞에 나타난 것이다. 게다가 믿을 수 없게도 그들의 모습은 10년 전에 보았던 모습과 비교해 조금도 달라지지 않았던 것이다.

무엇보다 데미안이 하고자 했던 봉인이 제대로 이루어지지 않은 것을 짐작하게 된 것은 인간들을 습격하는 몬스터들의 행동 때문이었다. 물론 이전에도 몬스터의 공격이 없었던 것은 아니지만 지금처럼 트레디날 제국 전체가 몬스터의 공격 때문에 신음했던 적은 없었다.

데미안이 떠나기 전에 했던 이야기에 따르자면 사악한 힘에 의해 몬스터들이 지배를 받았기 때문에 인간을 공격한 것이라 했다. 물론 믿기 힘든 일이었다. 하지만 그 말이 아니라면 갑작스런 몬스터들의 공격을 달리 설명할 길이 없었다.

알렉스는 먼저 그것을 확인하고 싶었다.

"한 가지만 묻겠소. 그럼 요즘에 일어나는 일련의 사건, 즉 몬스터들이 인간을 공격하기 시작한 것이 신의 무기에 의해 보호되었던 신의 봉인이 깨져 사악한 힘을 가진 존재가 지상으로 나왔기 때문이오?"

"그렇습니다."

"흐음."

알렉스의 입에서 깊은 신음이 흘러나왔다.

"폐하, 두 분 대공 전하와 공작 각하께서 도착하셨습니다."

"어서 안으로 모셔라."

알렉스의 말이 끝나자마자 문이 열렸고, 제로미스와 샤드, 그리고 단테스가 안으로 들어왔다.

"폐하, 그리고 황후 마마. 그동안 안녕하셨습니까?"

"단테스 체로크가 황제 폐하와 황후 마마께 인사드립니다."

"그동안 격조했습니다."

"어서 오십시오, 형님. 샤드 대공, 체로크 공작."

알렉스는 환한 미소를 지으며 세 사람을 맞이했고, 세 사람 역시 알렉스와 제레니에게 따뜻한 미소를 보냈다.

제로미스에게서는 중년 사내의 기운이 물씬 풍겼고, 샤드의 모습은 거의 변함이 없었다. 또 윤기가 흐르던 단테스의 머리는 백발에서 반쯤은 회색으로 변하기 시작했다. 하지만 그들에게 풍기던 분위기만은 그대로였다.

데미안은 알렉스의 말을 듣고 제로미스와 샤드가 대공으로 임명되었다는 것을 알게 되었다. 자리에서 일어난 데미안이 세 사람에게 인사를 했다.

"데미안 싸일렉스가 두 분 대공 전하와 공작 각하께 인사드립니다."

"싸일렉스 후작, 이게 몇 년 만이오?"

"잘 돌아오셨소, 싸일렉스 후작."

"반갑소, 싸일렉스 후작. 정말 반갑소."

각자가 인사말을 할 때마다 데미안은 고개를 끄덕이며 화답을 했다.

자리에 앉으며 샤드는 10년 전과 비교해 조금도 변하지 않은 데미안의 얼굴을 유심히 바라보았다.

데미안의 모습은 자신이 알고 있던 10년 전의 모습과 조금도 변하지 않았지만 데미안에게서 풍겨지는 분위기나 느낌은 그때와는 비교조차 할 수 없었다.

지금 그에게서 느껴지는 분위기는 자신과 비교해도 조금의 손색이 없을 것 같은 느낌이 전해졌다. 비록 10년이라는 시간이 지났다고는 하지만 그가 사라졌을 당시의 실력이 소드 마스터라 부르기 힘든 실력이었음을 생각한다면 정말 눈부신 발전이라고 하지 않을 수 없었다.

자신이 소드 마스터라 불리기 시작한 것이 40대 초반의 일이라고 생각해 보면 데미안의 발전 속도는 도저히 믿을 수 없는 일이었다.

은은하면서도 결코 무시할 수 없는 마나의 파동이 느껴지는 데미안의 모습. 단테스 역시 변한 데미안의 모습에서 무엇을 느꼈는지 데미안에게서 눈을 떼지 못하고 있었다.

기사란 어찌 보면 단순한 인간이라고 할 수 있는 존재들이다. 끊임없이 스스로를 단련시키고, 또 강한 상대를 찾아 자신이 얼마나 강해졌는지를 알고자 대결을 원하는 자들이다. 대결에 성공하거나 실패하거나 관계없이 그 결과에 따라 다시 스스로의 훈련을 할 뿐이었다.

샤드나 단테스 역시 그런 기사들의 범주에서 크게 벗어나지 못했다. 데미안에게서 풍겨지는 느낌이 기사로서의 두 사람에게 호승심을 불러일으킨 것이다.

잠시 팽팽한 긴장감이 방 안에 흘렀지만 그런 기색을 알아챈 사람들은 데미안의 일행들뿐이었다. 비교적 검술 실력이 뛰어난 제로미스는 약간 어색한 느낌이 들었지만 데미안을 만나게 되었다는 생각에 입을 열지는 않았다.

"싸일렉스 후작, 이제야 만나게 되었구려. 경의 노력으로 인해 우리 제국은 과거의 이름을 되찾을 수 있었소. 난 죽을 때까지 경이 우리 트레디날 제국을 위해 해준 일들을 결코 잊지 않을 것이오."

제로미스의 말에 데미안은 쑥스러운 듯 그저 미소를 지을 뿐이었다.

"자네의 모습을 보니 자네에게도 많은 일이 있은 듯하군. 그동안 무슨 일을 경험했는지 우리에게 이야기해 줄 수 있겠는가?"

샤드의 말에 데미안은 그동안 자신이 경험했던 일들을 사람들에게 이야기하기 시작했다.

데미안에 대해 대략적으로 알고 있던 단테스나 알렉스의 놀라움은 적었지만 샤드나 제로미스, 제레니의 놀라움은 상당한 것이었다. 제레니 곁에서 삼촌인 데미안의 이야기를 듣던 실렉턴이나 도린은 눈을 동그랗게 뜬 채 호기심 어린 표정으로 귀를 기울이고 있었다.

특히 데미안이 멸신교의 사제들과 벌인 싸움 대목에서는 모든 사람들이 놀람을 금치 못했다. 악마들이 가진 마력으로 인해 괴상하게 변신을 하는 사제들의 모습도 놀랄 일이지만 데미안이 전해 준 그들의 능력은 소드 마스터에 도달해 있는 샤드나 단테스도 놀랄 지경이었다.

파괴된 신의 봉인이 있는 곳이 이스턴 대륙이 아니라 뮤란 대륙에 위치해 있다는 것과 봉인을 깨고 나온 악마가 뮤란 대륙으로 이동했다는 이야기를 들은 사람들의 얼굴은 너나 할 것 없이 어두워졌다.

단지 몬스터에 의한 공격만으로도 이렇게 어려운 상황을 맞이했는데 악마와 그의 부하들이 출현하게 된다면 어떤 일이 벌어질지는 너무나 뻔한 일이었다.

"싸일렉스 후작의 말에 따르자면 일반적인 무기로는 그들에게 아무런 타격도 줄 수 없다는 말인가?"

"그렇습니다. 신성력이 깃들어 있는 무기가 아니면 그들에게 작은 상처조차도 입히기 힘듭니다."

데미안의 대답에 질문한 단테스는 샤드의 얼굴을 보며 난감함을 감추지 못했다. 물론 트레디날 제국 전역이 그런 성검(聖劍)이나 신검(神劍)이 없는 것은 아니다. 하지만 그 숫자가 너무 적은 상태이기 때문에 압도적인 숫자를 자랑하는 마족들이나 몬스터들을 상대하기에는 너무나 부족했다.

"임시방편이기는 하지만 무기에 신관들의 신성력을 덧씌워 일시적으로 신성력을 가진 무기로 만드는 방법이 있습니다. 비록 오래가지는 못하겠지만 잠시 동안이라면 충분히 몬스터나 마족들을 상대할 수 있을 것으로 판단됩니다."

"그러니까 자네의 말대로라면 소드 마스터에 다다른 우리의 실력으로도 마족들을 상대하기는 무리라는 이야기인가?"

"그렇습니다, 샤드 대공 전하. 그들에게 타격을 줄 수 있는 것은 오직 신성력이 깃든 물건뿐입니다."

데미안의 단정적인 말에 샤드가 다시 반문했다.

"하지만 반대로 신성력이 깃들어 있는 무기만 있으면 설사 검술 실력이 떨어진다 하더라도 충분히 마족들을 상대할 수 있단 말인가?"

샤드의 말에 데미안은 이스턴 대륙에서 만났던 이세문의 모습을 떠올렸다. 그의 실력 정도라면 약간의 차이는 있겠지만 소드 익스퍼트 상급과 최상급의 중간 정도였다.

처음 멸신교의 사제들에게 무력했던 그가 사두용인이나 신관들을 상대할 수 있었던 것은 로빈이 그의 검에 신성력을 부여했기 때문이라는 것을 생각해 보면 샤드의 말이 맞을 것 같았다.

"확실하지는 않지만 대공 전하의 말씀대로 충분한 무기만 있다면 가능한 일일 것 같습니다."

데미안의 대답에 샤드와 단테스는 자신들이 궁금하게 생각했던 것들을 질문했다. 아는 것을 최대한 기억해 내 대답한 데미안은 과연 자신이 말한 것이 얼마만큼이나 도움이 될지 장담할 수 없었다.

잠시 곰곰이 생각에 골몰하던 샤드가 알렉스를 향해 입을 열었다.

"폐하, 싸일렉스 후작의 말대로라면 한시라도 빨리 각 종파의 대주교들을 소집해 이에 대한 대책을 마련해야 할 것으로 사료되옵니다. 명을 내려주십시오."

"알았소."

알렉스는 곧 시종을 불러 대주교들의 소집을 명했다. 시종은 놀란 얼굴로 물러났고, 잠시 실내에는 어색한 분위기가 흘렀다. 그런 분위기를 깨려는 듯 단테스가 입을 열었다.

"보아하니 자네가 이스턴 대륙으로 간 후 검술 실력이 상당히 늘어난 것 같은데 나와 잠시 비무(比武)를 해보는 것이 어떤가?"

단테스의 말에 데미안은 어색한 미소를 짓지 않을 수 없었다. 그런 데미안을 바라보는 단테스의 눈에는 젊은 기사들에게서나 찾아볼 수 있는 호승심이 가득했다.

데미안이 머뭇거리며 대답을 못하고 있을 때 샤드가 데미안을 바라보았다.

"단테스 공작, 미안하지만 그 기회를 나에게 양보해 줄 수는 없겠는가?"

"예?"

샤드의 말이 워낙 뜻밖이었는지 사람들의 시선이 일제히 샤드에게로 향했다. 하지만 샤드는 담담한 기색을 유지하고 있었다.

"자네는 그래도 10년 전 제국 전쟁 때 전쟁에 직접 참여했지 않은가? 내가 정식적인 비무를 해본 것이 언제인지 이젠 기억도 나지 않는군. 양보해 주겠나?"

자신에게 양해를 구하는 샤드의 말에 단테스는 그도 어쩔 수 없는 기사고, 검사라는 것을 깨달았다. 미미한 차이로 샤드가 자신보다 뛰어나다고는 하지만 데미안과 겨뤄보고 싶은 마음은 그 역시 마찬가지였다. 그러나 역시 다음 기회를 기약하는 수밖에 없었다.

"대공 전하께서 원하신다면 그렇게 하시지요."

아쉽게만 들리는 단테스의 대답에 자리에서 일어서는 샤드에게서 막강한 마나의 파동이 흘러나왔다. 그것은 검술을 익힌 사람이나 마나의 움직임을 감지할 수 있는 능력을 가진 사람이라면 누구든 쉽게 감지할 수 있을 정도의 극렬한 마나의 파동이었다.

샤드가 황궁의 후원으로 향했고, 나머지 사람들도 그의 뒤를 따랐다. 사람들과 조금 떨어진 곳에서 두 사람은 마주 보고 섰다.

그런 그들의 손에는 각기 롱 소드와 바스타드 소드가 들려 있었다.

샤드는 롱 소드를 치켜든 상태였고, 데미안은 바스타드 소드를 지면을 향해 비스듬히 내린 상태였다. 두 사람의 모습은 대조적이었지만 그들에게서 풍겨지는 기도(氣道)만큼은 똑같았다.

샤드는 고요한 자세로 자신 앞에 선 데미안의 모습에서 숨이 막혀오는 것을 느꼈다. 자신이 소드 마스터에 도달한 후 단 한 번도 상대에게서 이런 기운을 느껴본 적이 없었다.

비록 단테스가 자신과 비슷한 경지에 이루었다고는 하지만 자신과 비교해 조금 손색이 있는 것만은 사실이었다. 한데 나이도 어린 데미안에게서 호적수(好敵手)의 기운이 느껴진 것이었다.

한편으로는 놀랍기도 했지만 다른 한편으로는 기뻤다.

자신의 지금 나이가 80세가 훨씬 넘었으니 언제 또 이렇게 완벽한 상대를 만날 수 있겠는가?

샤드는 심장 박동이 조금씩 빨라지는 것을 느끼고는 길게 숨을 들이켰다. 하지만 데미안은 꼼짝도 하지 않았다.

"대공 전하, 그럼 제가 먼저 공격을 하겠습니다."

말을 마친 데미안은 가볍게 무영보(舞影步) 가운데 댄싱 스텝을 밟으며 샤드를 향해 달려들었다. 데미안의 몸이 마치 춤을 추

듯 움직이며 잔상을 남기는 모습을 사람들은 멍하니 바라보고만 있었다.

비록 데미안만큼은 아니지만 샤드는 완만하게 옆으로 이동했다. 그러나 그의 눈은 데미안에게서 떨어지지 않았다.

가벼운 몇 번의 탐색전이 끝나자 데미안의 움직임이 더욱 기민해졌다.

샤드도 몇 번 데미안을 쫓았지만 그의 움직임을 완벽하게 뒤쫓을 수는 없었다. 결국 쫓는 것을 포기한 샤드는 전신에 마나를 움직여 자신의 몸 주위에 마나의 장벽을 만들었다.

샤드의 몸 주위로 푸르스름한 마나가 어려 있는 것을 발견한 단테스는 과연 데미안이 어떻게 대응을 할지 무척이나 궁금했다. 자신도 샤드와의 비무를 할 때 번번이 저 마나의 장벽에 가로막혀 패했었다.

그런 생각을 하면서 샤드가 데미안의 실력을 너무 과대평가하는 것은 아닌가 하는 생각도 들었다.

"차앗! 블러드 서클—!"

데미안의 외침이 들리는 순간 데미안의 바스타드 소드에서 시뻘건 서른여섯 개의 둥근 팔찌 모양의 마나가 쏟아져 샤드에게 날아갔다.

쾅쾅쾅—!

폭음과 함께 사방으로 매서운 바람이 휘몰아쳤다.

데미안이 신기한 방법으로 공격하는 모습을 멍하니 바라보던 사람들은 그대로 흙먼지를 뒤집어써야만 했다.

샤드는 자신이 만든 마나의 장벽에 상당한 충격이 전해지는 것을 느꼈다. 그러나 데미안의 공격은 전부 자신이 만든 장벽에 가로막혔다.

 샤드는 그동안의 경험을 통해 공격하기 직전과 직후에 가장 수비가 약하다는 것을 잘 알고 있었다.

 조금 전 팔찌 모양의 마나가 쏟아진 곳을 향해 샤드는 지체없이 달려들었다. 그리고 자신의 롱 소드에 잔뜩 마나를 집어넣고는 그대로 휘둘렀다.

 쾅!

 사람들은 폭음이 울리기 전 분명히 흙먼지 속에서 푸른색 광선이 휘둘러지는 것을 보았다. 다시 한 번 흙먼지가 치솟았고, 몰아치는 흙먼지 속에서 붉고 푸른 광선이 번뜩이는 것을 발견할 수 있었다.

 그 모습을 바라보던 제레니는 실렉턴과 도린을 껴안은 채 뒤로 물러섰다. 그러면서도 데미안의 안전이 걱정스러워 초조한 빛을 감추지 못했다.

 그런 그녀의 모습에 데보라가 다가가 그녀의 손을 잡아주며 미소를 지었다. 하지만 곁에 있던 알렉스는 두 사람의 대결에 모든 정신을 빼앗긴 듯 보였다.

 말로만 듣던 소드 마스터끼리의 대결.

 그것도 단순한 소드 마스터가 아니라 살아 있는 전설로 불리는 에이라 폰 샤드 대공이 신비한 청년 데미안을 맞아 벌이는 대결이었다. 데미안이 샤드를 도저히 이길 수 없을 거라는 생각을 하면서도 마음 한구석에서는 그를 이겨주기를 바라는 마음도 없지 않았다.

 샤드는 미처 자신의 검이 따를 수 없을 정도로 움직이는 데미안의 모습에 감탄을 금치 못했다. 그렇다고 데미안이 자신의 검을 피하기만 하는 것이 아니었다.

왼쪽 허리에 매달려 있는 레이피어가 시시때때로 뽑혀져 공격을 할 때는 그야말로 등에 소름이 오싹 돋을 지경이었다. 무한의 운동을 하듯 데미안의 바스타드 소드와 레이피어는 끊임없이 샤드를 괴롭혔다.

두 사람이 가진 마나의 양이 워낙 막대하기 때문인지 두 사람의 공격이 서로 부딪칠 때마다 돌풍이 주위를 휩쓸었다.

알렉스와 다른 사람들은 처음 구경하던 곳으로부터 거의 20미터 이상 뒤로 물러섰지만 두 사람의 공격이 부딪칠 때마다 자신들의 몸이 흔들리는 것을 느껴야 했다.

단테스는 데미안이 샤드와 거의 대등하게 대결을 하는 모습을 보고 놀라움을 감추지 못했다. 자신의 눈에도 두 사람의 움직임이 희미하게 보일 정도라면 다른 사람들의 눈에는 말할 것도 없었다. 아마 그들의 눈에는 붉고 푸른 빛이 번쩍이는 모습으로밖에는 보이지 않을 것이다.

어느 틈에 도착했는지 열 명가량의 노인들이 일행들과 함께 두 사람의 대결을 지켜보고 있었다. 그리고 트레디날 제국의 기사들 중 최강이라는 샤드와 대등하게 겨루고 있는 청년의 정체에 대해 호기심을 감추지 못하고 있었다.

한차례의 충돌 후 뒤로 물러선 두 사람은 잠시 숨을 골랐다. 데미안이 비록 활발한 공격을 시도했다고는 하지만 샤드를 곤란하게 만들 만한 공격은 없었다.

샤드 역시 마찬가지였다. 몇 번이나 공격을 했지만 데미안은 이미 그 자리에서 사라진 후였다.

두 사람은 거의 동시에 최후의 일격을 준비했다.

데미안은 익히고 난 후 단 한 번도 펼쳐 본 적이 없는 무영보의 영보(影步)를 펼칠 준비를 했다. 그리고 블러드 라이트닝을 준비하면서도 과연 샤드가 자신의 공격을 막아낼지 의문스러웠다.

샤드의 몸에 어려 있던 마나의 색이 더욱 짙어지며 그가 들고 있던 롱 소드 역시 짙은 푸른색이 어려 있었다.

서로를 노려보는 것도 잠시.

"소드 스톰Sword Storm!"

"쉐도우 스텝(Shadow Step:影步)!"

"블러드 라이트닝—!"

콰콰콰쾅!

섬광이 번쩍이는 순간 두 사람의 대결을 지켜보던 사람들은 눈이 멀 것 같은 섬광에 자신도 모르게 눈을 감으며 고개를 돌렸다. 그와 동시에 귓전이 찢어질 듯한 굉음이 들려왔다.

몇몇 사람들은 무의식 중에 자신의 귀를 감싸며 그 자리에 주저앉았지만, 단테스나 데미안의 일행들은 묵묵히 두 사람의 대결을 지켜보고 있었다.

몰아치는 흙먼지 속에서 길게 뻗은 푸른색 광선과 짧아 보이는 붉은 광선이 보였다. 잠시 후 짧았던 붉은 광선의 길이가 늘어나자 푸른색 광선의 길이가 줄어들었다. 그러는 동안에도 폭음과 돌풍은 끊임없이 주위 사람들을 괴롭혔다. 그리고 갑자기 정적이 그들을 찾아왔다.

갑작스런 정적에 사람들은 자신도 모르게 샤드와 데미안에게로 눈길을 돌렸다.

검을 내린 두 사람의 모습은 이전과 달라진 점이 전혀 없었다. 하지만 두 사람 사이에는 커다란 웅덩이가 패어져 있었고, 돌풍에 휘말린 낙엽과 흙먼지가 지상으로 내려왔다.
 겉으로 드러난 것으로만 봐서는 누가 승리를 한 것인지 전혀 짐작할 수 없었다.
 천천히 롱 소드를 거두어들인 샤드가 입을 열었다.
 "정말 대단한 솜씨로군. 이젠 나조차도 자네의 상대가 되지 못할 것 같군."
 "아닙니다, 대공 전하. 만약 대공 전하께서 봐주시지 않았다면 이렇게 서 있을 수조차 없었을 겁니다."
 데미안의 말에 샤드는 미소를 지으며 데미안의 얼굴을 바라보았다. 비록 짧은 시간의 대결이었지만 자신은 엄청난 마나가 소모되었다. 하지만 데미안의 얼굴 어디에서도 피곤한 기색을 찾아볼 수 없었다.
 땀 한 방울 맺혀 있지 않는 조각처럼 아름다운 얼굴.
 조금 전 데미안이 마지막 공격 때 그가 힘을 거두지 않았다면 자신은 낭패한 모습을 사람들에게 보였을 것이다. 아니, 데미안이 정말 모든 힘을 다해 자신을 상대했는지조차 의심스러웠다.
 사람들은 두 사람의 대결로 인해 난장판으로 변한 주위의 모습에 얼이 빠진 듯 아무런 말도 하지 못했다.
 "샤드 대공, 싸일렉스 후작, 두 분 모두 괜찮소?"
 "예, 폐하."
 "저 역시 괜찮습니다."
 "그렇다면 다행이오. 소드 마스터끼리의 대결, 정말 굉장했소이다."
 알렉스의 말에 주위에 있던 사람들은 다시 한 번 주위를 둘러보며 감탄을 금치 못했다. 마치 드래곤의 브레스가 쏟아지기라도 한 듯 거대한 웅덩이가 곳곳에 패어 있었고, 마치 폭풍우가 몰아닥친 듯 주위가 엉망으로 변했다.

사람들이 감탄을 금치 못하고 있는 동안 데미안은 샤드와 대결하는 동안에 도착한 대주교들을 살폈다.

전반적인 나이는 60에서 70대로 보였고, 각 종단의 대주교답게 그들의 몸에는 막대한 신성력이 어려 있었다. 그리고 그들 가운데 낯익은 사람의 모습이 보였다.

자신의 기억이 틀림없다면 라페이시스의 대신관인 프레드릭이 분명했다. 하지만 프레드릭은 10년 전과 비교해 조금도 변하지 않은 로빈의 모습을 신기한 듯 바라보고 있었다.

"자자, 안으로 들어가도록 합시다. 이야기할 것이 한두 가지가 아닐 것 같소."

알렉스의 말에 사람들은 모두 그의 뒤를 따라 다시 궁 안으로 들어갔다.

알렉스와 사람들은 커다란 회의실로 향했고, 자리에 앉은 자신의 곁에 앉아 있던 노인에게 입을 열었다.

"칼슨 메로아 대주교, 오랜만이오."

"예, 폐하. 도린 공주님께서 태어나신 후 뵙고 처음 뵙는 것이니 거의 7년 만이군요."

"내가 너무 무심했었소."

"아닙니다, 폐하."

칼슨의 대답에 알렉스는 미소를 짓다가 자신이 데미안에게서 들었던 이야기를 대주교들에게 해주었다. 하지만 알렉스의 말은 간략하게 현재 일어나고 있는 상황만 설명한 것이기에 대주교들의 질문에는 데미안이 대답해야만 했다.

한동안의 대화가 진행되는 동안 대주교들은 얼굴이 어두워졌다. 몬스터들이 인간들을 습격하는 것을 물론 그들도 심각하게 생각하고 있었다. 하지만 그 이유가 설마 악령의 지배를 받았기 때문이라고는 상상도 하지 못했다.

전설에서만 전해지는 악마가 지상에 강림했다는 것을 과연 믿어야만 할 것인가? 대주교들의 얼굴에는 그런 의구심이 잔뜩 어려 있었다.

데미안이 그런 대주교들의 심정을 이해하지 못하는 것은 아니었다. 막상 자신도 이스턴 대륙에서 멸신교의 신관들이나 사두용인들을 보지 못했다면 못 믿었을 것이기에 그들의 심정을 이해할 수 있었다. 하지만 자신이 한 말은 현재 뮤란 대륙에서 실제 일어나고 있는 일이거나 앞으로 일어날 일이기에 답답한 심정을 금할 길 없었다.

"싸일렉스 후작 각하, 그들을 상대할 방법이 정령 신성력밖에 없습니까?"

"적어도 내가 알고 있는 한도 내에서는 그렇소이다."

"로빈, 네가 말해 보거라."

스승의 갑작스런 지시에 로빈은 자신이 이스턴 대륙에서 겪었던 이야기를 상세하게 했다.

자신들이 상대했던 악령의 기운을 가진 갖가지 몬스터들, 멸신교의 신관이나 사제들이 가지고 있던 괴상한 능력, 그리고 상상도 못했던 괴물들에 대해 상세히 설명했다. 하지만 마브렌시아에 대한 이야기는 의도적으로 제외시켰다.

그런 이야기를 대주교들에게 해보았자 그들의 사기만 떨어뜨릴 뿐 아무 도움도 안 될 것이기 때문이다.

프레드릭은 로빈이 치유의 구슬을 이용해 일시적으로 검에 신성력을 부여했다는 이야기를 듣고 데미안의 말이 사실이라는 것을 확인할 수 있었다.

트레디날 제국 전역에 상당히 많은 수의 신관들과 사제들이 있지만 과연 그들의 힘만으로 몬스터들과 사악한 힘을 가진 존재들을 막아낼 수 있을 것인지 자신할 수 없었다.

"결국 싸일렉스 후작의 말대로라면 지금 즉시 일정 수준 이하의 도시를 폐쇄하고 신관들을 파견해야만 할 것 같구려. 경들의 생각은 어떻소?"

"저 역시 폐하의 말씀에 찬성합니다."

"폐하, 지금 즉시 준전시 태세를 발효하셔야만 합니다."

"으음, 알겠소. 단테스 공작, 공작이 내 이름으로 준전시 태세를 선포하고 군 조직을 재정비하도록 하시오."

"네, 폐하."

"그리고 종단에서는 각 종파의 상이성(相異性)을 인정해 각 종파 별로 대처하는 것을 인정하겠소. 하지만 모든 도시에 신관과 사제들이 치중됨 없이 배치될 수 있도록 칼슨 메로아 대주교가 책임지도록 하시오."

"폐하의 말씀대로 배치를 하겠습니다."

칼슨의 대답에 알렉스는 데미안을 바라보았다.

지금까지 데미안이 자신들에게 한 이야기가 모두 사실이라면— 물론 알렉스는 사실이라고 믿고 있었다—그와 그의 동료들의 힘이 지금 자신들에게 큰 도움이 될 것이라는 생각이 들었다. 하지만 그들에게는 이 뮤란 대륙 어느 누구보다도 막중한 임무가 있지 않은가?

"싸일렉스 후작은 어떻게 하시겠소?"

알렉스의 말에 데미안은 일행들을 바라보았다.

"폐하, 나라가 위험한 상황에 있는 지금 아무런 도움도 되지 못하는 저를 용서하소서. 전 동료들과 함께 해야 할 일이 있기에……."

"아니오, 싸일렉스 후작. 어찌 보면 후작이 가장 무거운 짐을 지고 있는지도 모르는데 오히려 돕지 못하는 내가 더 미안하구려."

데미안은 고개를 숙여 알렉스에게 고마움을 표했다.

그때까지 아무런 말도 없이 앉아 있던 네로브가 돌연 입을 열었다.

"아빠, 내일 저녁까지는 토바실의 파웰 시에 도착해야 해."

"토바실의 파웰 시?"

"응, 내일 저녁에 몬스터의 공격이 있을 거야."

네로브의 말에 데미안의 얼굴이 어두워졌다. 비록 네로브가 이야기를 했지만 그것이 아로네아의 신탁이라는 것을 짐작하지 못할 데미안이 아니었다.

그런 데미안의 모습을 바라보던 알렉스가 입을 열었다.

"본인은 개인적으로 경이 우리 트레디날 제국 사람이라는 것을 얼마나 다행으로 생각하는지 모르오. 경이 찾아낸 골리앗으로 루벤트 제국에게 빼앗긴 국토를 수복할 수 있는 계기가 되었고, 또 루벤트 제국과의 전쟁에서 경이 얼마나 뛰어난 능력을 보였는지도 잘 알고 있소. 그리고 이제는 몬스터에게 괴롭힘을 당하는 제국을 위해 노력하는 경에게 어떻게 고마움을 표시해야 할지 모르겠소."

"아닙니다, 폐하. 그것은 신하로서 제가 당연히 해야 할 일이었습니다."

 "아니오, 싸일렉스 경. 어느 누가 뭐라 해도 경이 우리 트레디날 제국을 위해 한 일을 부정하진 못할 것이오."

 알렉스가 그런 말을 했을 때 샤드가 은밀하게 제로미스에게 이야기를 꺼냈고, 제로미스가 다시 알렉스에게 귓속말로 뭔가를 전했다. 제로미스의 말에 놀란 표정을 짓던 알렉스는 곧 고개를 끄덕였다.

 "내가 경에게 해줄 수 있는 것이라고는 고작 이런 것뿐이구려. 싸일렉스 후작, 무릎을 꿇으시오."

 데미안은 영문을 모르면서도 알렉스 앞에 무릎을 꿇었다.

 "샤드 대공, 검을……."

 "여기 있습니다, 폐하."

 롱 소드를 뽑아 든 샤드는 알렉스에게 롱 소드의 손잡이를 내밀었다. 검을 받아 든 알렉스는 잠시 검을 가슴 앞에 세우고는 곧 입을 열었다.

 "데미안 싸일렉스, 그대는 선더버드의 정의를 따르겠는가?"

 "따르겠습니다."

 "그대는 국왕에게 충성을 다하겠는가?"

 "다하겠습니다."

 "그대는 약자를 보호하며, 기사로서의 명예를 지키겠는가?"

 "지키겠습니다."

 "기사서언(騎士誓言)에 따라 나 알렉스 트레디날은 그대 데미안 싸일렉스를 트레디날 제국의 공작으로 임명한다."

 "예? 폐, 폐하!"

 데미안의 음성이 저절로 떨려왔다.

20대에 공작이 되다니…….
 이건 뮤란 대륙의 어느 나라에도 전례가 없던 일이었다. 적어도 한 가문이 공작의 지위까지 오르려면 몇 대에 걸쳐 뛰어난 업적을 쌓아야만 가능한 일이다. 그런데 한 사람이, 그것도 불과 10여 년(?)이란 짧은 시간에 공작의 지위에까지 오르다니 있을 수 없는 일이다.
 하지만 알렉스의 입장에서는 그에게 당장 대공의 작위를 주어도 시원치 않을 일이었다. 왕위 계승 전에는 루벤트 제국의 음모를 밝혔고, 전쟁 전에는 골리앗을 찾아주었다. 또 전쟁 중에는 귀중한 승리와 필요한 정보들을 제공해 준 인물이 바로 데미안이었던 것이다. 게다가 지금은 몬스터와 악령들을 막아낼 방법까지 자신들에게 가르쳐 준 것이 아닌가?
 "내 개인적인 심정으로는 그대를 우리 트레디날 제국의 대공으로 정한다 해도 부족할 지경이오. 하지만 내가 할 수 있는 일이라고는 고작 그대의 작위를 올려주는 것뿐이오. 부디 뮤란 대륙의 미래를……."
 알렉스의 말을 받은 사람은 네로브였다.
 "고모도 할 이야기 있으면 지금 해. 여기 있는 사람들 가운데 몇 명은 못 돌아올지도 모르거든."
 무심한 네로브의 말에 움찔거린 것은 데미안 일행들뿐만이 아니었다. 곁에서 듣고 있던 대주교들이나 황제와 황후, 두 사람의 대공들도 긴장하기는 마찬가지였다.
 네로브의 음성이 너무 무감정했기 때문일까?
 사람들은 그제야 데미안과 그의 동료들이 맡은 임무가 목숨을 걸어야 하는 일이라는 것을 새삼스럽게 깨달은 것이다. 사람들의 시선이 일제히 자신에게 쏠리는 것을 네로브 역시 알았지만 네로브는 꼼짝도 하지 않았다.

대주교들 가운데 유일한 여인이었던 아레네스의 대신관이었던 아니에 도르프가 네로브에게 물었다.

"아레네스께서 그렇게 말씀하셨습니까, 공녀님?"

힐끔 아니에를 바라본 네로브는 곧 고개를 돌리고는 여전히 무감정한 음성으로 입을 열었다.

"난 몰라. 일부가 될지 아니면 전부가 될지. 아레네스께서는 아무런 말씀도 없으셨어. 그저 우리를 지켜보시겠다는 말씀밖에는."

이미 네로브의 명성은 적어도 트레디날 제국에서만큼은 데미안에게 필적할 정도로 유명했다.

물론 전쟁터에서 명성을 쌓은 그녀의 할아버지나 떠오르는 영웅으로 추대받고 있는 그녀의 아버지만큼 아니지만 그녀가 예지력으로 알아낸 것으로 몇몇 도시가 위험에서 벗어난 일은 이미 트레디날 제국 전역에 퍼진 유명한 일이었다. 하지만 무엇보다 사람들이 관심을 보인 것은 그녀가 현재 트레디날 제국 가운데 가장 유명한 가문인 싸일렉스 가의 대공녀이며, 현재 황후인 제레니 싸일렉스의 미모를 능가할 것으로 예상되는 유일한 여자였기 때문이다.

싸늘하고 도도해 보이는 네로브의 모습을 한 번이라도 본 사람은 한결같이 불과 몇 년 내에 트레디날 제국에서 첫째 가는 미녀가 될 것이라고 장담을 했다. 하지만 각 종단에 있는 사람들이 생각하는 바는 달랐다. 순결과 풍요의 여신 아레네스에게 직접 신탁을 받는 유일한 여인으로 인식되고 있었던 것이다.

각각 종단에서도 신탁을 받는 신관들이 없는 것은 아니었다. 하지만 그 신탁이라는 것이 너무 애매모호해서 해석하기에 따라서는 수십 수백 가지의 해석이 나오는 것이었다.

종단에서 네로브의 존재를 마치 신처럼 떠받는 것도 사실은 그 신탁의 내용 때문이었다. 그녀는 다른 신관들처럼 애매모호한 신탁을 말하는 것이 아니라 아레네스의 음성과 함께 직접 아레네스가 보여주는 광경을 보고 말하는 것이기에 더할 나위 없이 정확했다. 그러니 종파를 막론하고 신의 음성을 직접 듣는 네로브의 존재를 감히 누가 거역할 수 있겠는가?

"싸일렉스 공작 각하, 저희 교단에서 도울 일이 있다면 무엇이든 요구하십시오. 뮤란 대륙에 있는 각 종단에 연락해 공작 각하를 돕도록 하겠습니다."

"아닙니다, 메로아 대주교. 대주교께서는 다른 나라에 있는 종단에 알려 제가 말씀드린 사실을 전해 피해를 줄이도록 해주십시오."

"공작 각하께서 해주신 말씀을 틀림없이 전하도록 하겠습니다. 공작 각하와 동료 분들께 선더버드의 가호가 언제나 함께하시길 진심으로 빌겠습니다."

칼슨의 말에 다른 대주교도 데미안과 동료들을 위해 그들에게 축복의 말을 해주었다.

대략적인 인사가 끝나자 제레니가 데미안에게 다가갔다. 그리고는 그의 얼굴을 어루만졌다. 그런 그녀의 얼굴에는 진한 걱정과 안타까움이 어려 있었다.

"데미안, 내가… 내가 얼마나 널 사랑하는지 알지?"

"알아, 누나."

"네가 내 동생이라는 것을 내가 얼마나 자랑스럽게 생각해 왔는지 아마 넌 모를 거야. 솔직한 내 마음은 네가 가지 않았으면 좋겠어. 하지만 그럴 수 없다는 것을 알기에 너무나 가슴이 아파. 데미안, 꼭 돌아와. 그리고 너를 기다리는 가족이 있다는 사실을 네가 기억해 주었으면 해."

 제레니는 데미안의 이마와 뺨에 가볍게 입맞춤을 해주었다. 잠시 굳은 듯 있던 데미안이 일어서자 그의 동료들도 곧 자리에서 일어섰다.

 "폐하, 저희들은 이만 떠나도록 하겠습니다. 그럼 다음에 다시 뵙게 되기를······."

 "싸일렉스 공작, 부디 그대들 모두를 다시 만날 수 있기를 진심으로 빌겠소."

 "싸일렉스 공작, 공작은 분명 성공할 것이오. 다시 만나 꼭 술이라도 한잔하도록 합시다."

 "공작 각하의 여행이 부디 편안하시길······."

제32장
다시 시작된 여행

 벌써 7년이 지났다.
 하지만 자신이 원했던 상황은 아직도 벌어지지 않고 있었다. 몇 번이나 곰곰이 생각을 해봤지만 도대체 그 이유를 알 수 없었다.
 벌써 이종족 간에 대규모 전쟁이 벌어져 뮤란 대륙은 피에 젖어 있어야 했고, 눈에 보이는 산과 들, 강에는 각 종족들의 시체가 널려 있어야만 했다. 하지만 자신이 원했던 상황은 아직도 벌어지지 않았다.
 빌어먹을…….

 카르메이안은 신경질적으로 바닥에 침을 뱉었다.
 분명 신의 봉인은 깨졌다. 이스턴 대륙에서 느꼈던 불쾌한 기운이 이곳 뮤란 대륙에서도 느껴지는 것을 보면 분명 신의 봉인을 뚫고 나온 악마 때문이라는 것을 누구보다 잘 알고 있는 카르메이안이었다.

하지만 이렇게 조용하다니…….

카르메이안은 이러한 현실을 어떻게 받아들여야 좋을지 몰랐다.

자신은 신의 봉인이 깨지는 순간 강제로 봉인되었던 악마들이 뛰쳐나와 뮤란 대륙의 모든 생명체들을 순식간에 몰살시킬 것으로 생각했었다.

그러나 뮤란 대륙에서 일어난 것은 그저 몬스터들이 떼를 지어 인간을 습격하는 정도에 불과했다. 만약 카르메이안이 원했던 것이 그 정도라면 오래전 자신이 거느린 몬스터를 동원해 모든 종족을 휩쓸었을 것이다.

그렇지만 카르메이안이 원했던 것은 뮤란 대륙의 종말이었다. 아니, 대륙의 종말뿐만이 아니라 신과 악마마저 종말을 맞이하기를 원했던 것이다. 그것을 위해서라면 에인션트 드래곤인 자신의 목숨마저 기꺼이 버릴 수 있었다.

자신이 원했던 상황이 되지 않는다면 하는 수 없었다.

최선책(最善策)이 아니면 차선책(次善策)을 강구하는 수밖에 없었다. 하지만 그것을 하기 위해서는 두 가지 조건을 필요로 했다. 하나는 이미 준비가 되어 있는 상황이지만, 다른 하나는 다른 드래곤들의 힘을 필요로 했다.

지상의 살아 있는 어떤 생물보다 스스로의 생활을 간섭받기 싫어하는 생물인 드래곤을 설득시키기란 그리 간단한 일이 아니었다. 하지만 그 역시 방법은 있다.

간섭받기 싫어하는 성격과 지상 최강의 생명체로서의 자존심을 적당히 자극시키면 기꺼이 자신이 원했던 일들을 할 것이 분명했다.

뮤란 대륙 전역에 흩어져 있는 드래곤의 수는 약 70여 마리 정도였다. 그중 절반 정도만 자신이 하는 일에 끌어들일 수 있다면 아쉽기는 하지만 최소 자신이 원했던 일은 마칠 수 있을 것이다.

카르메이안이 그런 생각을 하고 있을 때였다.

"이봐, 카르메이안. 언제까지 둥지에만 있을 거야?"

그 음성을 듣는 순간 카르메이안은 머리가 지끈거렸다.

"둥지가 아니라고 했잖아. 레어라고, 레어! 지금 네가 서 있는 이곳이 무슨 참새 둥지인 줄 알아?"

"쳇, 둥지나 레어나 뭐가 달라. 오른쪽 엉덩이나 우측 볼기짝이나 뭐가 다르단 거야? 그것보다 네가 날 이곳에 데려올 때 분명 다른 드래곤들을 소개시켜 주겠다고 했잖아. 그런데 이게 뭐야? 하나도 재미없잖아. 이럴 거면 날 이스턴 대륙으로 다시 보내줘. 세상 구경도 안 시켜주고, 예쁜 암컷 드래곤도 소개 안 시켜주면 난 차라리 집에 갈 거야. 그러니 어서 보내줘. 보내……."

대체 생리 구조가 자신과 어떻게 다른지는 모르지만 입만 열면 쏟아지는 저 수다에 카르메이안은 골머리가 흔들릴 지경이었다. 게다가 자웅동체(雌雄同體)인 드래곤에게 무슨 여자 드래곤이 있다는 것인지 뮤란 대륙에 도착했을 때부터 저 난리였다.

하지만 단지 그것뿐이면 억지로 참을 만했다.

누가 그린 드래곤 아니랄까 봐 레어 근처에 자신의 마나를 이용해 엄청난 숲을 만들었다.

수천 그루에 달하는 나무는 고사하고라도 4, 5미터는 충분히 될 듯한 잡초 숲, 지저분해 보이는 덩굴들, 듣지도 보지도 못한 괴상한 나무와 꽃들…… 보기만 해도 정신이 없을 것 같은 그 광경을 보고 흐뭇해하는 타아르카스의 모습은 고상하고 냉철하다고 알려진 자신이 혹시 골드 드래곤의 탈을 뒤집어쓴 레드 드래곤이 아닐까 하는 생각이 들 정도로 분노하게 만들기에 충분했다.
　지난 7년 동안 그를 괜히 데리고 왔다고 수백 수천 번도 더 넘게 후회를 했던 카르메이안이었다. 하지만 이렇게 된 이상 어떻게든 그가 가진 힘을 철저히 이용해야만 했다.
　"알았어. 다른 드래곤들을 소개시켜 줄 테니까 그만 떠들어!"
　카르메이안이 날카롭게 외치자 한참 떠들어대던 타아르카스는 찔끔하며 입을 다물었다.
　아무리 타아르카스가 수다스런 드래곤이라고 하더라도 감히 카르메이안에게 반항할 순 없었다. 아니, 그가 뮤란 대륙으로 워프를 하기 전 보여준 그 무시무시한 광경이 타아르카스의 기억 속에 있는 한 반항은 생각도 못할 일이었다.
　결심을 마친 카르메이안은 길게 늘어뜨린 금발을 가볍게 한번 흔들고는 여전히 노인의 모습을 하고 있는 타아르카스에게 입을 열었다.
　"이리 와. 너에게 블루 드래곤 콜레이븐을 소개시켜 줄 테니까."
　"콜레이븐? 블루 드래곤이라고? 블루 드래곤은 어떻게 생겼어? 블루 드래곤이면 파란색인가? 햐아~ 정말 궁금한데. 어서 가지 않고 뭐 해. 어서 가자고."
　"제발 부탁이 있는데……"
　"이봐, 카르메이안. 부탁이 있으면 무엇이든 얘기해. 내가 어떻게 네 부탁을 모른 체하겠어. 날 그렇게 어려워하지 않아도 되는데 넌 항상 날 어려워하더라. 그러니까……"
　"제발, 콜레이븐에게 갈 때까지만이라도 그 입 좀 닥쳐!"
　"쳇, 말도 못하게 하고 지랄이야. 지가 일찍 친구를 소개시켜 주었으면 내가 이렇게 궁시렁거렸겠어?"
"워프!"
끊임없이 이어지던 타아르카스의 중얼거림은 카르메이안의 신경질적인 외침에 의해 끊어졌다. 그리고 두 드래곤의 모습은 레어에서 순식간에 사라졌다.

콜레이븐은 그때까지 온몸을 조이고 있던 하프 플레이트 메일을 벗어 던지고 푹신한 의자에 몸을 실었다.
이번 '인간 세상의 여행'은 별로 유쾌하다거나 즐거운 느낌이 들지 않았다. 인간들의 시간으로 10년 가까운 시간 동안 인간 세상의 여행을 즐겼지만 전쟁이 끝난 직후였기 때문인지 별로 재미를 느낄 수 없었다.
가는 곳마다 전화(戰禍)가 휩쓸고 간 자리에는 잔해만이 가득했고, 조금이라도 넓은 지역에는 어김없이 인간들의 신체가 산처럼 쌓여져 있었다. 또 자신의 레어가 있는 곳을 다스리는 인간의 나라인 루벤트 제국이 트렌실바니아 왕국에게 져 루벤트 제국의 영토 가운데 상당 부분을 빼앗겼다는 것을 인간 세상의 여행을 통해 알게 되었다.
물론 드래곤인 자신이야 인간들의 나라가 영토가 넓어지든 좁아지든 상관이야 없지만 가는 곳마다 피비린내와 함께 시체밖에 보이지 않아 저절로 눈살이 찌푸려졌다.
직접 전쟁에 참여했더라면 좀 더 재미있는 인간 세상의 여행이 되었겠지만 자신이 세상에 나왔을 땐 이미 전쟁은 끝나 있었다. 하지만 나름대로 재미가 있었던 것은 전쟁이 끝난 후 패잔병들이나 용병, 탈영병들이 도적단(盜賊團)이나 산적들로 변했기에 그들을 사냥하는 바운티 헌터(Bounty Hunter:현상금 사냥꾼) 생활을 했다는 것이다.

가장 기억에 남는 것은 융그라우드 산적단과의 싸움이었다.

융그라우드 산적단은 부대에서 탈영한 탈영병들과 용병, 패잔병들이 모여 만들어진 산적단으로써 산적단의 두목인 렌스키는 루벤트 제국 내에서 이름을 날리던 뛰어난 용병이었다.

잔인하고 흉포한 성격을 가졌지만 정확한 상황 분석과 대담한 작전, 뛰어난 임기응변 능력을 가지고 있었다.

전쟁이 끝난 후 루벤트 제국 내에서는 몇 번이나 그들을 토벌하려고 했지만 번번이 렌스키의 작전에 휘말려 패전의 기록만 늘려갔다. 토벌군을 물리쳤다는 소문이 퍼지자 스스로 융그라우드 산적단의 휘하에 들겠다는 산적들의 무리가 끊이지 않았다.

융그라우드 산적단의 세력이 더욱 커지자 루벤트 제국에서 용병들을 모집했고, 콜레이븐은 용병의 신분으로 토벌군에 참가했다. 콜레이븐은 곧 마법 실력을 인정받아 항상 토벌군의 선두에 섰고, 6개월 동안의 전투에서 수많은 전공(戰功)을 세웠다.

콜레이븐의 명성은 곧 루벤트 제국 내에 널리 퍼졌고, 그 후 3년 동안 제국 내의 이곳저곳을 돌아다니며 용병으로 이름을 날렸다. 그리고 이제 자신의 집, 즉 레어로 돌아온 것이다.

의자에 몸을 묻고 목욕할 준비를 하던 콜레이븐은 벽에 걸려 있는 마법등이 붉은색을 뿌리는 것을 발견했다. 누군가가 레어로 접근한 것이다. 재빨리 9싸이클의 마법인 메가 라이트닝을 캐스팅하고는 레어의 입구로 이동했다.

도착하고 보니 금발을 가진 30대 초반의 아름다운 청년 하나와 70대쯤으로 보이는 흰머리와 흰 수염이 인상적인 노인이었다. 비록 그들이 인간의 모습을 하고 있다고는 하지만 드래곤이 폴리모프한 모습이라는 것을 모를 콜레이븐이 아니었다. 그것도 에인션트 급이 넘는 두 마리의 드래곤.

콜레이븐은 재빨리 캐스팅했던 마법을 해제하고 두 드래곤에게 인사를 했다.

"골드 드래곤 가운데 최고 연장자이신 카르메이안님께 인사 올립니다. 그런데 저분은… 그린 드래곤 타아르카스님? 난생처음 뵙는 분이시군요."

"오랜만이군, 콜레이븐."

카르메이안은 담담히 인사를 건넸지만 타아르카스는 눈을 휘둥그레 뜬 채 아무 말도 못했다. 그 이유는 간단했다. 콜레이븐이 지금 걸치고 있는 것은 으뜸 부끄럼 가리개뿐이었기 때문이다.

햇살 아래 드러난 여인의 아름다운 몸매.

타아르카스는 자신의 눈을 어디에 두어야 할지 몰랐다. 하지만 콜레이븐이나 카르메이안은 그런 타아르카스의 태도가 이상스럽기만 했다. 대체 뭘 저렇게 부끄러워하는 것인지 도무지 그 이유를 알 수 없었다.

"이봐, 타아르카스. 왜 그러는 거야?"

"험험, 자네는 저 여자가 홀랑 벗고 있는데 아무렇지도 않다는 말인가?"

"허허허."

타아르카스의 대답에 카르메이안은 너무나 기가 막혀 헛웃음만이 흘러나올 뿐이었다.

"이봐, 타아르카스. 콜레이븐은 여자가 아니라 드래곤이라고. 드래곤이 인간의 벗은 몸 따위에 신경 쓸 이유가 하나도 없잖아."

"그, 그래도······."

"제가 타아르카스님께 실례를 한 것 같군요."

콜레이븐의 몸에서 파르스름한 마나가 잠시 어린다고 느끼는 순간 그녀의 몸은 실크로 만든 간편한 의복이 걸쳐져 있었다. 그 순간 타아르카스는 아쉬운 듯 입맛을 다셨다.

자신을 유심히 바라보는 카르메이안에게 콜레이븐이 먼저 입을 열었다.

"카르메이안님, 무슨 일로 절 찾아오셨는지요?"

"자네에게 할 이야기가 있어서 왔네."

에인션트 드래곤인 카르메이안이 어린 자신에게 할 이야기가 무엇인지 콜레이븐은 궁금했다.

드래곤이라는 것이 자존심뿐인 종족이라 하더라도 과언이 아니었다. 게다가 에인션트 드래곤인 카르메이안 정도라면 지상 최강의 힘을 지녔다고 하더라도 과언이 아닌데 그런 그가 자신에게 할 이야기가 무엇일까?

"일단 안으로 들어오시지요."

콜레이븐은 일단 두 드래곤을 자신의 레어로 안내했다.

이스턴 대륙에 와서 카르메이안의 레어를 제외하고는 다른 드래곤의 레어를 구경하기는 처음이었다. 황금으로 뒤덮여 있는 화려하고 아름다운 콜레이븐의 레어에 타아르카스는 할 말을 잃은 듯 두리번거리며 주위만 바라보았다.

"자네를 만난 것이 700년 만인가?"

"예, 그때 트로소니 왕국의 건국 때 우연히 만난 적이 있었으니 꼭 700년 만입니다. 참! 제가 듣기에 얼마 전 레드 드래곤 마브렌시아와 함께 사신다는 말을 들었었는데 마브렌시아와는 벌써 헤어지신 모양이군요."

"그녀는 보물을 찾기에 여념이 없다네."

카르메이안의 대답에 콜레이븐은 어이가 없다는 표정을 지었다.

"보물을 찾아 여행을 떠났다는 말입니까? 다른 드래곤들의 레어를 습격해 보물을 빼앗은 것이 얼만데 또 보물타령을 한단 말입니까? 하여튼 레드 드래곤들은……."

"카르메이안, 너 드래곤하고도 살아봤어?"

"그래."

카르메이안의 짧은 대답에 콜레이븐의 눈살이 찌푸려졌다.

"타아르카스님, 아무리 같은 에인션트 급의 드래곤이라고 하셔도 카르메이안님에 대한 예의를 지켜주십시오."

"예의? 뭔 예의?"

"괜찮네. 이 친구는 내가 이스턴 대륙에서 데려온 친구네. 그리고 지금은 드래곤으로서의 예의를 지키는 것보다는 내가 지금부터 하려는 이야기가 훨씬 더 중요한 일이네."

"예? 그럼 타아르카스님께서 이스턴 대륙에서 오셨단 말입니까? 그리고 카르메이안님께서도……?"

"그렇다네. 얼마 전에 다녀왔지. 그리고 지금부터 내가 할 이야기와도 상관이 있는 이야기라네."

카르메이안의 말에 콜레이븐은 잔뜩 긴장하는 자신을 발견했다. 에인션트 드래곤인 카르메이안이 2,800살밖에 안 된 자신에게 직접 찾아와 중요하게 할 말이 있다고 하니 긴장이 되지 않을 리 없었다.

"이 이야기는 우리 드래곤들이 악마와 손을 잡고 신들과 싸웠을 때부터 시작한다네. 당시 우리 드래곤들은 힘이 없었기에 어쩔 수 없이……."

카르메이안의 이야기는 드래곤들이 신마대전에 참가하게 된 이유에서부터 시작해 결국 그 싸움에서 패했고, 어쩔 수 없이 드래곤 로드 프레미어가 신과 신인들에게 항복한 대목까지 이야기했다.

물론 그러한 사항은 드래곤들의 전승 기억을 통해 콜레이븐도 익히 잘 알고 있었다. 하지만 일단 카르메이안의 이야기에 귀를 기울였다.

"내가 하고자 하는 이야기는 그 후에 일어난 일에 대해서라네. 자네는 신의 봉인이라는 말을 들어본 적이 있는가?"

"예. 자세한 내용은 알 수 없지만 신들이 악마를 지상에서 쫓아내 지상으로 나올 수 없도록 만든 마법진을 신의 봉인이라고 부른다는 말을 들은 적이 있습니다."

"내가 하고자 하는 이야기가 바로 그 신의 봉인에 대한 이야기라네. 현재 그 신의 봉인이 깨어진 상태라네."

"예?"

카르메이안의 말에 콜레이븐은 자신도 모르게 반문하고 말았다. 그의 말이 쉽게 이해가 가지 않았던 것이다.

"내 말을 못 알아듣겠는가? 신의 봉인이 깨지고 악마가 지상에 강림을 했다는 말이네."

카르메이안의 말에 콜레이븐은 여전히 이해가 가지 않는다는 표정을 짓고 있었다.

"자네는 아마 악마라는 존재를 직접 본 적이 없기에 악마가 지상에 강림했다는 말이 얼마나 암담하고 공포스런 말인지 이해가 잘 가지 않을 것이네. 하지만 과거 신마대전을 직접 본 나로서는…… 솔직히 공포가 느껴질 정도라네."

어두운 안색을 하고 있는 카르메이안의 모습을 보고 콜레이븐은 그가 말한 악마라는 존재에 대해 호기심이 생겼다. 대체 얼마나 대단한 존재이기에 에인션트 드래곤 카르메이안이 생소하기 이를 데 없는 '공포'라는 단어를 쓴단 말인가?

"악마나 마신이라는 것을 직접 보지 못한 자네나 다른 드래곤들로서는 이런 말을 하는 내가 이해가 가지 않을 것이네. 하지만 그들이 가진 힘을 직접 본 나로서는 앞으로의 일이 걱정되지 않을 수 없네."

"죄송합니다만, 카르메이안님께서 걱정하시는 것이 무엇인지 저로서는 도저히 짐작이 가지 않습니다."

"자네가 그렇게 생각하는 것도 어찌 생각해 보면 당연하네. 그렇다면 한 가지 내가 묻겠네. 자네는 우리 드래곤들이 나이를 먹기만 하면 저절로 익혀지는 마법의 힘에 대해서 어떻게 생각하나?"

카르메이안의 질문에 콜레이븐은 꿀 먹은 벙어리처럼 아무런 대꾸도 하지 못했다.

"우리 드래곤이 가지고 있는 마법의 힘은 원래 악마들의 왕인 바알제블과 드래곤의 로드였던 프레미어 간의 계약에 따라 생긴 것이라네. 태어나면서부터 시작해 100년마다 1싸이클씩 마법의 힘이 늘어나 대략 1,000살 전후가 되면 9싸이클의 마법을 사용할 수 있게 되지. 대부분의 드래곤들이 그런 능력이 우리 종족에게만 전해지는 특이한 능력인 줄만 알고 있지만 사실은 마왕(魔王) 바알제블과의 계약에 의해 생긴 힘이라네."

카르메이안의 설명에 콜레이븐은 그제야 어째서 자신들이 저절로 마법의 힘이 늘어나는지 그 이유를 알 수 있었다. 하지만 그렇다고 해서 악마들을 두려워해야 하는 이유까지 이해한 것은 아니었다.

콜레이븐의 얼굴만 봐도 그가 무슨 생각을 하는 것인지 충분히 짐작할 수 있었다.

"사실 우리에게 마법의 능력을 제외한다면 뭐가 남겠는가? 브레스와 단단한 몸뿐이지. 자네도 인간 세상의 여행을 해보았으니 알겠지만, 인간들 가운데 소드 마스터라고 부르는 자들에게는 우리가 가진 육체적인 힘을 뛰어넘는 능력이 있지 않은가? 만약 우리들에게 마법의 힘이 없었다면 이미 오래전 우리 드래곤 일족은 멸망했을지도 모르는 일이지. 우리가 현재 마법을 쓰고 있는 것은 사실이지만 악마가 가진 힘에 비하면 현저하게 떨어지는 것은 사실이라네."

"그렇다면 카르메이안님께서 말씀하고자 하는 것이 무엇인지 결론부터 말씀해 주시겠습니까? 인간들과 힘을 합쳐 악마들에게 대항하자는 겁니까?"

"아니네."

짧고 간결한 카르메이안의 대답에 콜레이븐은 또다시 혼란에 싸였고, 타아르카스는 여전히 딴 짓을 하고 있었다.

"내가 자네에게 원하는 것은 드래곤들끼리 힘을 합쳐 뮤란 대륙을 혼돈과 멸망의 길로 인도하자는 말일세."

"예?"

콜레이븐이 눈만 깜빡거리자 카르메이안은 자신의 의도가 절반은 성공했다고 생각하고는 천천히 설명했다.

"우리 드래곤들이 지상 최강의 생명체인 것만은 사실이네. 신과 악마들이 지상에서 떠난 후 우리를 당해낼 존재가 드물기는 하지만 전혀 없는 것은 아니란 말일세. 신과 악마, 그리고 특별한 능력을 소유한 인간들. 바로 그 존재들 때문에 우리는 항상 알게 모르게 위협당하고 있다네. 바로 그 존재를 말살시켜야만 하네, 우리의 생존을 위해서."

카르메이안의 말에 콜레이븐은 머리 속이 혼란스러웠다. 하지만 이어지는 카르메이안에 콜레이븐의 생각은 간단하게 정리되었다.

"게다가 지금은 과거 우리를 노예로 부리던 악마까지 지상에 강림했단 말일세."

"노예라니요?"

"아직 몰랐던 모양이군. 우리가 바알제블에게 마법의 힘을 받는 조건으로 그들이 지상에서 쫓겨날 때까지 그들의 노예로 생활을 했었네. 신들에 의해 그들이 쫓겨나고, 신인들과 인간들의 싸움에서 다시 져서 그들이 사는 곳에서 떠나겠다는 조건을 수락하고서야 우리 드래곤들은 자유의 몸이 되어 이 뮤란 대륙 곳곳으로 흩어질 수 있었지."

카르메이안의 말에 콜레이븐은 도저히 치밀어 오르는 치욕감을 참을 수 없었다. 살아 있는 생명체 가운데 최강의 힘을 가졌다는 자신들이 악마들의 노예였다는 것을 도저히 믿을 수 없었다. 아니, 믿기 싫었다.

지난 수천 년 간 지상 최강의 생명체로 살아왔던 자신들의 과거가 악마들의 노예에 불과했다는 것. 자존심 강한 드래곤으로서는 그만큼 치욕스러운 일은 없다. 악마들이 신에 의해 지상에서 쫓겨나서야 겨우 노예 생활에서 벗어나다니…….

그렇다면 그동안 그렇게 경멸해 왔던 신에 의해 자신들이 구함을 받았다는 말이 아닌가? 카르메이안이 알려준 사실은 콜레이븐으로 하여금 자신들의 처지를 다시 한 번 생각하게 만들었다.

"카르메이안님의 말씀대로라면 저희 드래곤들이 악마들에게 대항할 수 있는 방법이 아무것도 없지 않습니까?"

"아까 내가 자네에게 신의 봉인이 깨졌다고 말했지만 완전히 파괴된 것은 아니라네. 내가 알고 있는 사실이 정확하다면 신의 봉인이 완전히 파괴되기까지는 상당한 시간이 필요할 것이네. 우리가 할 일은 봉인이 완전히 파괴되기 전에 지상에 나온 악마를 처치하고, 뮤란 대륙을 파괴하잔 말일세."

"인간들 가운데 뛰어난 능력을 가진 자가 가끔 나오는 것은 사실이지만 그렇다고 꼭 인간들 모두를 몰살시켜야 할 필요가 있을까요?"

"후후후."

콜레이븐의 말에 카르메이안은 갑자기 나직한 웃음을 터뜨렸다. 타아르카스와 콜레이븐은 영문을 몰라 카르메이안의 얼굴만 바라보았다.

"이것을 보겠나? 어피어 이미지ㅡ!"

카르메이안의 오른손에 황금빛 마나가 어리는 순간 그들 사이에 있던 테이블 위에 기이한 영상이 어렸다.

두 드래곤이 보기에 그 광경은 400여 마리의 드래곤들과 수천 대의 골리앗과 신관, 병사들, 그리고 보통 인간들보다 키가 배는 더 큰 신관 복장의 인간들이 보였다.

콜레이븐은 처음 카르메이안이 보여준 장면을 이해할 수 없었다. 물론 그런 장면을 본 것은 처음이지만, 저렇게 많은 드래곤들이 겨우 저 정도의 인간들과 골리앗을 막아내지 못할 이유가 하나도 없었다. 하지만 콜레이븐의 그런 예상은 여지없이 깨졌다.

 드래곤들은 골리앗들이 휘두른 검에 의해 무참하게 살해당하고 있었던 것이다. 드래곤들이 내뿜는 브레스는 신인들의 신성력에 의해 철저히 가로막혔고, 골리앗이 휘두른 검에 상처를 입은 드래곤들이 비참하게 쓰러지는 모습이 보였다.

 간간이 마법을 사용하는 드래곤들도 있었지만 그들이 시전한 마법은 5싸이클도 되지 않을 정도로 보잘것없었다. 그런 마법 공격이 상대에게 타격을 줄 수 있을 리 만무했다.

 싸움의 선두에 서서 일족들을 보호하려던 에인션트 급의 드래곤들이 신인과 골리앗의 공격에 쓰러지자 드래곤들은 급격하게 후퇴를 해야 했다. 신인과 인간들은 후퇴하는 드래곤들을 계속해서 공격했고, 상처를 입고 쓰러진 드래곤의 생명을 사정없이 빼앗았다.

 동족들이 살해당하는 모습에 미친 듯 인간들을 공격하는 드래곤들도 있었지만, 그들의 공격은 신인들이 막았고 골리앗이 휘두른 공격에 목숨을 잃어야만 했다. 그리고 대부분의 힘없는 헤츨링들이 살해당했다.

 드래곤들이 비통한 표정으로 피눈물을 흘리며 물러서는 장면에서 영상이 희미해졌고, 얼마 되지 않아 곧 사라졌다.

 "당시를 기억하는 나로서는 우리를 사냥한 신과 인간들에게 복수를 하고 싶었네."

 "그런데 왜 지금까지 참으신 겁니까? 카르메이안님이 가지신 능력이라면 인간들에게 언제든 복수를 하실 수 있지 않습니까? 지금까지 참으신 이유를 모르겠군요."

 "자네, 정말 그 이유를 몰라서 나에게 묻는 것인가? 난 그 빌어먹을 인간들 뒤에서 인간들을 사랑한다고 떠드는 신들의 개입을 염려했기 때문이네. 만약 그들이 개입한다면 복수는커녕 종족 전체가 소멸될지도 모르는 일이기에 신중을 기할 수밖에 없었네."

"그럼 지금은 괜찮다는 말입니까?"

콜레이븐이 반문을 하자 카르메이안은 의미심장한 미소를 지었다.

"신들은 아마 우리에게 신경을 쓸 시간도 없을 걸세. 그들이 가장 경계하는 악마가 봉인을 깨고 지상에 나왔으니까 말일세. 신과 악마가 싸우는 틈을 타 뮤란 대륙 전체를 멸망으로 인도하고, 마지막에 신과 악마들 가운데 살아남은 존재를 상대한다면 충분히 승산이 있는 일이지."

잠시 스스로의 생각을 정리한 콜레이븐은 곧 자신의 생각을 이야기했다.

"카르메이안님의 말씀을 듣고 많은 것을 알게 되었습니다. 해서 제가 내린 결론은 이렇습니다. 만약 우리 일족을 위협하는 존재가 있다면 그것이 무엇이든 지상에서 소멸시켜야 한다는 것입니다. 어떠한 희생이 있든 말입니다."

콜레이븐이 자신의 의도대로 계획에 참가할 뜻을 비추자 카르메이안은 회심의 미소를 지었다.

"잘 생각했네. 우리가 세상 어떤 종족보다 우월한 종족임을 분명히 보여줄 필요가 있네."

"그런데 그 악마는 어디에 있는 겁니까?"

"글쎄… 자세한 것은 알 수 없지만 뮤란 대륙 어디에도 악의 존재를 찾아낼 수 없는 것을 보면 아마도 아공간(亞空間)에 있는 것이 아닌가 생각이 되네."

카르메이안의 대답에 콜레이븐은 자신이 생각했던 것보다 악마의 힘이 강한 것에 저절로 경각심이 들었다. 물론 자신들도 공간을 이용할 수는 있다. 하지만 공간에 머물 능력은 없었다.

카르메이안의 대답대로라면 공간 속에 다시 공간을 만들어 머물고 있다는 이야기가 되는데 그것만 봐도 상대의 능력을 충분히 짐작할 수 있었다.

조금은 굳어진 콜레이븐을 바라보며 카르메이안은 자리에서 일어났다.

"내 추측으로는 조만간 그 악마의 힘을 전해 받은 존재가 나타날 것이네. 그때를 대비해 난 다른 드래곤들을 설득해야만 되니 이만 떠나야겠군."

"그럼 전 어떤 준비를 하면 되겠습니까?"

"자네? 내가 연락을 할 때까지 많은 몬스터들을 모아두도록 하게. 큰 도움이 될 것이네. 물론 강한 적은 우리가 상대해야겠지만……."

"알겠습니다, 카르메이안님."

"이제 가는 거야?"

그때까지 딴청만 부리고 있던 타아르카스가 한마디 했다.

"그래, 가자. 이만 가겠네."

"저도 친구들을 찾아가 설득해 보겠습니다."

"고맙네, 그럼 수고해 주게."

말을 마친 카르메이안과 타아르카스의 몸이 허공 속으로 사라졌다. 잠시 자리에 앉아 있던 콜레이븐은 곧 자리에서 벌떡 일어섰다.

"우리 드래곤을 위협하는 존재는 그것이 무엇이든 지상에 남겨

둘 수 없지. 그것이 설사 신이나 악마라 하더라도……."
 콜레이븐은 곧 자신이 가깝게 지내던 블랙 드래곤 이미니스트의 레어를 방문할 준비를 했다.

*   *   *

 페인야드를 출발한 데미안 일행은 토바실의 파웰 시를 향해 출발했다. 물론 군사용 이동 마법진을 이용했기에 토바실의 파웰 시까지 이동하는 데는 별문제없었다.
 파웰 시까지 직접 이동할 수 있었지만 상황을 정확히 알기 위해 일부러 파웰 시에서 약 20여 킬로미터쯤 떨어진 곳으로 이동했다.
 트레디날 제국이 되찾은 토바실은 몬테야와 후로츄 지방처럼 평야 지대에 위치하고 있기 때문에 마을과 마을 사이는 상당한 거리가 떨어져 있었다.
 지금 데미안 일행이 도착한 곳은 파웰 시에서 20여 킬로미터 떨어져 있는 레포토닌이었다. 데미안 일행이 마을에 도착했을 때는 이미 땅거미가 지고 있었다.
 겨울이 가깝기 때문인지 해가 지는 시간도 빨라져 벌써 주위가 어둑어둑해져 있었다. 끝없이 펼쳐져 있는 들판에 비하면 마을에 있는 가옥의 수는 그리 많지 않았다.
 데미안 일행은 일단 식당을 찾아봤지만 마을의 규모가 작은 탓인지 어디에도 보이지 않았다. 또 굴뚝에서 연기가 피어 오르는 가옥도 별로 없어 보였다. 데미안 일행은 일단 연기가 피어 오르는 가옥을 향해 말을 몰았다.

데미안 일행이 가옥으로 가까워지자 열려 있던 현관문이 요란한 소리를 내며 쾅! 하고 닫혔다. 그 모습에 데미안 일행이 당황할 때 열려 있던 다른 집들의 창문과 현관문도 모두 닫혔다.

일행들이 영문을 몰라 할 때 로빈이 말에서 내려 한 가옥으로 다가갔다. 현관 앞에 선 로빈은 차분한 음성으로 입을 열었다.

"전 라페이시스의 사제인 로빈이라고 합니다. 잠시 이야기를 나눌 수 있겠습니까?"

한참의 시간이 지나고서야 여인의 음성이 안으로부터 흘러나왔다.

"정말 사제님이 분명하신가요?"

"그렇습니다."

삐걱—

현관문이 살짝 열리며 잔뜩 경계하는 여인의 눈이 보였다. 파르르 떨리고 있는 그녀의 눈만 봐도 지금 그녀가 얼마나 상대를 경계하는지 충분히 짐작할 만했다.

로빈의 모습을 유심히 살핀 여인은 상대가 아직 소년의 모습에 사제의 복장을 하고 있는 것을 보고 그제야 안심이 되는지 문을 활짝 열었다. 문을 열고 나타난 사람은 40대 후반의 통통한 살집을 가진 순해 보이는 여인이었다.

사제라고는 하지만 차분해 보이는 어린 로빈의 모습에 여인은 고개를 갸웃거리면서도 얼른 인사를 건넸다.

"정말 사제님이 맞군요."

여인의 말에 로빈은 고개를 끄덕였고, 그때까지 말에 타고 있는 일행들을 발견한 여인은 다시 잔뜩 경계를 하는 모습이었다. 일단 여인을 안심시켜야겠다고 생각한 로빈은 차분하고 부드러운 음성으로 입을 열었다.
 "저분들은 저의 동료 분들이십니다. 모두 좋은 분들입니다. 그렇게 경계하지 않으셔도……."
 자신의 말에도 여인의 얼굴에서 경계심이 풀어지지 않자 어쩔 수 없이 일행들을 소개했다.
 "아주머니께서는 데미안 싸일렉스란 분을 아십니까?"
 로빈의 말에 여인은 깜짝 놀라며 그의 얼굴을 바라보았다.
 "트레디날 제국의 국민치고 그분을 모르는 사람이 어디 있겠어요?"
 "바로 저기 백마를 타고 계신 분이 새롭게 공작의 작위를 받으신 데미안 싸일렉스 공작 각하십니다."
 로빈의 설명에 여인은 깜짝 놀라며 데미안을 바라보았다.
 자신이 소문에 들었던 대로 타는 듯한 붉은 머릿결을 가진 아름답게 생긴 청년이 부드러운 미소를 지은 채 자신을 바라보다가 눈이 마주치자 여인은 깜짝 놀랐다.
 "정말 저분이 데미안 싸일렉스님이세요?"
 "사제는 절대 거짓말을 하지 않습니다."
 로빈의 대답에 잠시 머뭇거리던 여인은 곧 데미안 앞으로 다가가 허리를 숙였다.
 "데미안 싸일렉스 공작님께 인사드립니다."
 뜻하지 않은 여인의 인사에 데미안은 쑥스러운 표정으로 말에서 내렸다. 그리고는 여인의 손을 잡고 그녀를 일으켰다.
 "어서 일어서십시오. 만나서 반갑습니다."
 모든 귀족들이 다 그렇다는 것은 아니지만 일부 귀족들은 자신들을 마치 더러운 동물 대하듯 마주치기조차 꺼려한 것을 몇 번이나 경험한 여인이었다. 그런데 데미안이 자신의 손을 잡고 직접 일으켜 주자 너무나 당황해 뭐라고 대꾸를 해야 좋을지 몰랐다. 게다가 상대는 루벤트 제국과의 전쟁에서 뛰어난 전공을 쌓아 트레디날 제국의 젊은 영웅으로 불리는 데미안이 아닌가?

 어쩔 줄 모르는 여인의 모습을 보며 데미안은 빨리 말을 꺼냈다.

 "우리 일행이 이곳에서 묵으려 하는데 쉴 곳이 있습니까?"

 "이걸 어쩌나? 보시다시피 마을 규모가 너무 작아 여관이나 식당 같은 것은 없습니다. 이 마을 가운데에 난 길을 따라 조금만 말을 몰아가시면 파웰이란 도시가 나옵니다. 그곳은 상인이나 용병들이 많이 찾는 도시라 훌륭한 숙박 시설을 갖춘 여관이 맞습니다. 그곳으로 가시는 것이……."

 "아닙니다. 훌륭한 숙박 시설을 찾는 것이 아니라 잠시 쉴 수만 됩니다."

 데미안의 말에 잠시 생각하던 여인은 곧 입을 열었다.

 "잠시만 기다리시면 제가 쉴 곳을 마련해 드리겠습니다."

 말을 마친 여인은 곧 현관문이 굳게 닫혀 있는 집으로 달려가서는 현관문을 조금은 거칠게 두들겼다. 곧 문이 열리고 한 여인이 나오자 작은 음성으로 대화를 나눴다.

 깜짝 놀라는 여인과 함께 옆집으로 들어갔다. 잠시 후 나온 여인의 얼굴은 조금 상기되어 있었다.

 "일단 빈집을 쉬실 수 있도록 치웠습니다. 들어가셔서 쉬고 계시면 곧 음식을 마련해 가져가겠습니다."

 "이렇게 폐를 끼치게 되어 정말 미안합니다."

 "아니에요. 오히려 저희가 싸일렉스 공작님을 대접할 수 있어서 영광입니다. 어서 들어가서 쉬고 계세요."

말을 마친 여인은 다른 여인과 함께 음식 준비를 하기 위해 집으로 들어갔다. 그 모습을 본 데미안 일행은 여인이 치운 집으로 들어갔다.

오랫동안 비어 있었는지 집에서는 사람이 살았던 흔적을 좀처럼 찾을 수 없었다. 하지만 방금 여인이 벽난로를 지펴놓았기 때문에 실내의 공기는 금세 훈훈하게 변했다.

집은 작은 방 두 개와 화장실, 그리고 조금 큰 거실로 이루어져 있었다.

방 하나는 데보라와 레오, 그리고 네로브가 사용하도록 했고, 남자들은 거실에서 자기로 했다. 비록 이동 마법진을 이용해 이곳까지 왔지만 검술을 익히지 못한 로빈과 네로브, 그리고 뮤렐은 조금 피곤한 안색을 하고 있었다.

일행들이 거실에 모여 있을 때 네로브가 두 손을 가슴 앞에서 합친 채 조용히 눈을 감았다. 알아들을 수 없는 나직한 네로브의 음성이 들리는 순간 그녀의 몸에서 엷은 보라색의 마나가 주위로 퍼지며 일행들을 감쌌다.

데미안은 보라색 마나가 자신의 몸을 감싸는 순간 잠시 몸이 나른해졌다가 곧 활력이 넘치는 것을 느낄 수 있었다. 신성 마법에 있는 리커버리와 비슷한 효력을 가진 것 같았다.

네로브가 가진 능력에 신기한 생각을 하던 데미안은 깜짝 놀라며 라일 쪽을 바라봤다.

신성력과 극성인 라일이 심각한 타격을 받을 것이 염려되었기 때문이다. 다른 일행들도 그런 생각이 들었는지 거의 비슷한 시간에 라일을 바라보았다. 하지만 정작 라일은 아무것도 모르는 사람처럼 벽에 기대앉아 있었다.

"스승님, 괜찮으십니까?"

"난 괜찮다. 오래간만에 느껴보는 차분함이구나. 아무렇지도 않으니 걱정하지 않아도 돼."

그러고 보니 움푹 패인 동공에서 빛나던 붉은색이 칙칙한 색이 아니라 선명하게 바뀐 것 같았다.

라일의 대답에 안심한 데미안은 구석에서 열심히 무엇인가를 만지고 있는 뮤렐을 발견했다.

"뮤렐, 뭐 하고 있어?"

"예? 아무것도 아닙니다."

"뭘 만들고 있는 것 같은데?"

데미안이 재차 질문을 하자 그제야 뮤렐은 쑥스러운 표정을 지으며 들고 있던 물건을 내밀었다.

그것은 어린아이 주먹만한 크기를 가진 쇠로 만든 강철 구슬이었다. 뮤렐이 내민 강철 구슬을 받아 든 데미안은 그것이 생각보다 가벼운 것을 느꼈다.

"이게 뭐지? 가벼운 걸 보면 속까지 쇠는 아닌 것 같은데……."

"제가 만들어본 폭탄입니다."

"폭탄? 어떻게 만든 거지?"

"이스턴 대륙에서 대왕 오징어를 상대할 때 화포를 사용해 작약을 날리는 것을 데미안님께서도 보지 않으셨습니까? 이것은 그때 보았던 작약을 연구해 작게 만든 겁니다."

"그래?"

대꾸를 하면서도 데미안은 이 강철 구슬을 무슨 방법으로 사용할 것이며, 또 이렇게 작은 것이 얼마만한 위력을 가졌을지 그 파괴력이 의심스러웠다. 그런 데미안의 생각을 눈치 챘는지 사용법에 대해 설명했다.

"이 강철 구슬 안에는 성수(聖水)가 가득 들어 있습니다. 그리고 작약이 가득 든 작은 강철 구슬이 들어 있어 충격을 받게 되면 터지게 되어 있습니다. 다시 말해 구슬이 폭발을 하면 강철 구슬 안에 들어 있는 성수가 주위에 퍼지게 됩니다. 사람들에게는 별 피해가 없지만 악령의 지배를 받는 존재들에게는 치명적인 무기가 될 수 있을 것 같아 만들어봤습니다."

뮤렐의 설명에 데미안은 강철 구슬의 위력이 자신의 생각보다 훨씬 뛰어나다는 것을 알 수 있었다. 잘만 활용한다면 악령의 지배를 받는 존재들을 상대하는 데 상당한 도움이 될 것 같았다.

"뮤렐, 만드는 데 어렵지는 않아?"

"3싸이클 정도의 마법을 다루는 마법사라면 그리 어렵지 않게 만들 수 있을 겁니다. 다만 작약이 들어가는 구슬을 만드는 데 세심한 주위를 기울인다면 만드는 것은 별로 문제될 것은 없습니다."

"그래? 그렇다면 이 폭탄을 만드는 방법을 페인야드에 통신으로 알려주면 좋겠는데……."

"페인야드를 떠나기 전 궁정 마법사인 유로안 디미트리히님께 이미 알려드렸습니다."

"그래? 뮤렐이 만든 이 폭탄이 앞으로 많은 사람들을 구하게 될 거야."

"제가 만든 신성탄(神聖彈)이 데미안님과 다른 사람들에게 도움이 된다면 전 그것으로 만족합니다."

"고마워. 뮤렐이 내 동료라는 것이 얼마나 든든한지 몰라."

데미안은 손을 내밀어 뮤렐의 손을 꼭 잡았다. 뮤렐이 웃음으로 화답할 때 레포토닌 마을에 사는 중년 여인이 다른 여인과 함께 음식을 들고 나타났다.
음식이라고 해봐야 빵과 수프, 그리고 구운 닭 두 마리가 고작이었다.
"워낙 궁벽한 곳이라 변변한 음식이 없습니다. 대신 빵과 수프는 많으니 얼마든 드십시오."
"아닙니다. 잘 먹겠습니다."
데미안은 일행들을 대표해 감사의 인사를 했다.
비록 간단한 음식이기는 했지만 따끈한 수프와 먹는 빵 맛은 상당히 좋았다. 식사를 마친 일행들은 각자 흩어져 휴식을 취했다.

제33장
Nightmare I

　일행들이 휴식을 취하고 있을 때 여인 둘이 그릇을 치우기 위해 다시 집 안으로 들어왔다.
　"그런데… 마을에 사는 분들이 얼마 되지 않는 것 같은데 마을에 무슨 일이 있는 겁니까?"
　로빈의 질문에 여인은 잠시 머뭇거리다가 곧 입을 열었다.
　"저희 마을에 사는 사람은 실제로 열네 가구 마흔일곱 명이에요. 남자들의 수는 열일곱 명, 그 가운데 어른은 열한 명뿐이에요. 하지만 얼마 전에 있었던 산적들과의 마찰 때문에 대부분 다쳐서 지금은 파웰 시에 치료를 받기 위해 마을을 떠난 상태랍니다. 그래서 지금 마을에는 여자들과 아이들만 남아 있답니다."
　그제야 여인이 처음 자신들을 대할 때 그렇게 경계했던 이유를 알 수 있었다. 하지만 마을의 규모에 비하면 인구수가 너무 적었다. 로빈이 그 이유를 묻자 곁에 있던 여인이 대신 대답했다.

"예전에는 이곳도 상당히 큰 마을이었다는데 루벤트 제국에서 수복된 후 탈영병과 용병들이 모여 만든 산적들이 자주 마을을 습격하는 바람에 지금처럼 작은 마을이 되었답니다."

"그렇다면 파웰 시에 병사들을 파견해 달라고 부탁을 하지 그러셨습니까?"

"몇 번이나 부탁했었어요. 하지만 산적들의 근거지를 몰라 파웰 시의 경비단이 몇 번이나 출동했지만 번번이 실패했어요. 또 산적의 이동 속도가 너무 빨라 파웰 시의 경비단으로는 어쩔 수 없었어요."

여인의 대답에 입을 연 사람은 데미안이었다.

"그럼 현재 마을에 있는 사람은 얼마나 됩니까?"

"아이들까지 모두 합치면 서른여섯 명입니다."

"그럼 내일 아침 그분들을 모두 모아주시겠습니까?"

데미안의 말에 여인은 영문을 몰라 눈만 깜빡였다.

"아마 내일 몬스터들의 대대적인 공격이 있을 겁니다. 마을에 있는 것은 너무나 위험합니다. 때문에 파웰 시로 피신을 해야 합니다."

"몬스터의 공격이 있을 거라고요? 그게 확실한가요? 저희 마을은 아직까지 단 한 번도 몬스터의 공격을 받은 적이 없었어요."

"아주머니, 몬스터의 공격은 틀림없어요."

네로브의 대답에 여인은 상대의 정체를 몰라 궁금하다는 표정을 지었다.

"이 아이는 제 딸 네로브라고 합니다."

데미안의 설명에 여인은 깜짝 놀란 표정을 지었다. 겉으로 봐서는 누가 봐도 딸이 아니라 여동생처럼 보였기 때문이다. 하지만 어디선가 그녀의 이름을 들어본 적이 있는 것 같았는데 어디서 들었는지 기억을 할 수가 없었다.

환상적인 아름다움을 자랑하는 두 남녀.

너무나 아름다웠기 때문일까? 그리고 보니 네로브가 데미안을 상당히 닮은 듯 보였다. 게다가 네로브에게는 범접하기 힘든 위엄과 신성한 기운이 어려 있어 도저히 나이 어린 소녀란 생각은 들지 않았다.

그래서일까? 여인은 자신도 모르게 조심스러운 태도로 네로브에게 물었다.

"공녀님, 정말 몬스터가 이곳을 공격할까요?"

"대지의 여신 아레네스께서 저에게 알려주셨어요."

네로브의 대답에 자신이 어디서 그녀의 이름을 들었는지 그제야 기억할 수 있었다. 파웰 시에 있는 아레네스의 신전에 참배를 갔을 때 그곳 신관과 사제들이 그녀에 대해 입에 침이 마르도록 칭송하는 것을 들었던 것이다.

"하지만 저희들은 가진 것이 없어 파웰로 피신한다고 하더라도 당장 잘 곳도 구하기 힘듭니다."

"그 점은 내가 파웰 시의 시장에게 말을 해둘 테니까 걱정하지 않아도 됩니다. 그러니 내일 아침 식사를 마친 후 파웰 시로 피신할 준비를 하라고 다른 분들께도 전해주십시오."

"명심하겠습니다, 공작님."

여인이 집을 빠져나가고 일행들은 잠시 침묵을 지켰다. 잠시 일행들의 얼굴을 바라보던 네로브는 천천히 자리에서 일어났다.

"내일은 아주 피곤한 날이 될 것 같아. 난 들어가서 먼저 쉴래."

네로브의 말에 다른 사람들도 모두 일찍 잠자리에 들기로 했다.

데미안은 자기 전 명상을 해야겠다는 생각에 집의 뒤뜰로 나갔다.

만약 도시에 있었다면 이런 평온함은 느낄 수 없었을 것이다. 불어오는 바람에 밀밭이 출렁였고, 간간이 들려오는 풀벌레 소리가 너무나 듣기 좋았다. 수천만 개의 별들이 제각기 빛을 뿌리는 밤하늘을 잠시 바라보던 데미안은 곧 그 자리에 주저앉았다.

살며시 눈을 감은 데미안은 일전 히그리안 성에서 자신이 보았던 괴상한 궤적을 기억하려고 노력했다. 하지만 기억은 가물가물했고, 마치 뿌연 안개 속에 쌓인 것처럼 좀처럼 기억해 낼 수가 없었다.

그러는 사이 데미안의 몸에서는 붉은색의 마나가 뿜어져 나와 그의 몸을 감쌌다. 그리고 데미안의 몸은 회전을 하며 서서히 허공으로 떠오르기 시작했다.

데미안이 떠오른 주위에는 데미안의 움직임에 따라 작은 돌풍이 생겨 주위의 작은 돌이나 나뭇잎, 풀잎들을 빨아들이고 있었.

극도의 자유스러움을 느끼던 데미안은 다시 한 번 자신의 눈앞에서 펼쳐지는 이상한 궤적을 그리는 선들의 움직임을 발견할 수 있었다. 하나로 합쳐지는가 하면 흩어졌고, 직선을 그리는가 하면 곡선, 혹은 나선형의 움직임을 허공에 그리고 있었다.

환상적으로 움직이는 궤적에 마음을 빼앗긴 데미안은 얼마만큼의 시간이 지났는지 전혀 짐작할 수 없었다.

한참 동안 자신의 눈앞에서 살아 있는 생명체처럼 움직이는 선의 궤적을 바라보던 데미안에게 갑자기 음성이 들려왔다.

"아빠, 벌써 아침이야. 모두들 기다리고 있으니까 그만 해."

갑자기 들린 음성에 고개를 돌리고 보니 네로브였다. 하지만 아직 자신은 명상 중이었는데 그녀가 어떻게 자신의 생각 속으로 들어올 수 있는 것인지 전혀 알 수가 없었다.

'네로브가 어떻게 들어온 거지?'

"그만 깨어나면 가르쳐 줄게, 아빠."

그 말에 데미안이 눈을 뜨자 뜻 모를 미소를 지은 네로브가 자신의 얼굴을 바라보고 있었다.

천천히 지상으로 내려선 데미안은 자신의 품으로 뛰어든 네로브를 안아 그녀의 뺨에 입맞춤을 해주었다. 그리고는 그녀의 머릿결을 어루만져 주며 물었다.

"어떻게 내 생각 속으로 들어올 수 있었던 거야?"

"자세하게는 나도 잘 몰라. 하지만 아빠에 대해서 정신을 집중하면 아빠가 무슨 생각을 하는지 알 수 있어. 또 대화도 가능하고 말이야. 아마 아레네스께서 주신 능력 같아."

"그래?"

데미안은 네로브와 함께 집 안으로 들어섰고, 일행들과 함께 간단한 식사를 마친 후 집을 나섰다. 집 밖에는 간단한 집기와 옷가지를 든 마을 사람들이 데미안 일행이 나오기만을 기다리고 있었다.

전날 여인이 말한 대로 성인 남자는 단 한 명도 찾아볼 수 없었다. 수십 명에 이르는 아이들이 똘망똘망한 눈망울로 자신을 바라보는 것을 깨달은 데미안은 먼저 여인에게 질문을 던졌다.

"마을에 마차는 없습니까?"

"짐마차로 쓰던 것이 몇 대 있지만 말이 없어서……."

"헥터, 짐마차에 우리가 타고 온 말을 연결시켜 파웰 시까지 이동할 수 있도록 해주겠어? 뮤렐하고 데보라도 좀 도와줘."

"저도 돕겠습니다."

로빈도 사제복을 걷어붙이고 나섰다.

잠시 후 짐마차 한 대에 두 마리씩 말을 매어 네 대의 마차가 완성되었다. 마을 사람들이 모두 탄 것을 확인한 데미안은 천천히 파웰 시를 향해 이동했다.

이동 속도가 늦은 탓인지는 몰라도 거의 두 시간이 지나서야 파웰 시의 성곽에 도착할 수 있었다.

과거 트레디날 제국과 루벤트 제국, 두 나라 간의 전쟁이 일어나기 전 헥터의 아버지인 제롬 티그리스 후작을 만나기 위해 여러 도시를 거쳐 이곳 파웰 시에 들른 적이 있었다.

토바실 지역의 중심 도시이기에 파웰은 상당한 수의 상인들이 찾는 도시였다. 또 상인들을 보호하기 위해 수많은 용병들이 모여들던 도시였다.

전국에서 찾아드는 상인과 용병들로 활력에 넘치던 도시라고 기억하고 있던 데미안은 이전과는 도시 분위기가 상당히 달라진 것을 쉽게 깨달을 수 있었다.

성벽이 그리 높아 보이지는 않았지만 검붉은 색을 띠고 있어 무척 견고하게 보였다. 그리고 성벽 주위로는 깊고 넓은 해자가 있었고, 해자에는 검푸른 물이 넘실거리고 있었다.

성벽 위에는 중무장을 한 병사들 10여 명이 주위를 노려보고 있었다.

데미안 일행과 마을 사람들이 탄 마차가 파웰 시의 성 외곽으로 다가들자 성문 바로 위에 설치된 경비 초소에 있던 젊은 기사 하나가 큰 소리로 일행들을 향해 외쳤다.

"멈춰라—!"

일행들이 멈추자 젊은 기사는 먼저 일행들과 마을 사람들의 행색을 살폈다.

"그대들은 무슨 일로 이곳을 찾아왔는가?"

"우리들은 여행자들이고, 이 사람들은 레포토닌에 사는 사람들입니다. 몬스터의 공격을 피하기 위해 왔습니다. 저희들이 파웰 시로 들어갈 수 있도록 허락해 주십시오."

"몬스터의 공격?"

뮤렐의 말에 젊은 기사는 깜짝 놀라며 일행들의 뒤쪽을 바라보았다. 하지만 아무것도 보이지 않았다.

"그대들은 지금 날 희롱하는 것인가?"

젊은 기사가 성문을 열 생각은 하지 않고 계속 성벽 위에서 떠들어대자 데보라가 더 이상은 참지 못하겠는지 마차 위에서 벌떡 일어섰다.

"이봐! 건방지게 그 위에서 떠들지 말고 당장 성문을 열란 말이야!"

낯뜨거운 복장을 한 여자 하나가 자신을 향해 소리치자 젊은 기사의 얼굴은 당장 시뻘겋게 달아올랐다.

"흥! 감히 용병 주제에 경비대장인 나에게 소리치다니! 그러고도 파웰 시로 들어올 수 있다고……"

화를 터뜨리던 젊은 기사의 외침이 갑자기 끊겼다.

젊은 기사를 보고 있던 데미안 일행이나 레포토닌 사람들의 눈이 휘둥그레졌다.

젊은 기사의 몸이 갑자기 허공으로 치솟은 것이다. 누가 마법을 사용한 것도 아니었다. 다만 젊은 기사를 향해 데미안이 손을 뻗고 있었는데 데미안의 손과 젊은 기사 사이에는 붉은 마나가 희미하게 연결되어 있을 뿐이었다.

데미안의 손짓에 따라 허공으로 치솟았던 젊은 기사의 몸이 천천히 지상으로 내려서고 있었다. 얼떨떨한 표정을 짓고 있는 젊은 기사에게 데미안이 입을 열었다.

"그대는 그대의 지위만 믿고 약한 자를 핍박했다. 기사의 직위를 박탈당하고 싶은가?"

난생처음 당하는 기괴한 상황에 기가 질려 있던 젊은 기사는 담담하지만 위엄에 찬 데미안의 말에 왠지 위축되는 자신을 발견했다. 하지만 한편으론 용병으로밖에 보이지 않는 데미안이 무슨 자격으로 자신에게 그런 말을 하는 것인지 의문이 갔다.

"그, 그대는 누구인가? 대체 누구인데 파웰 시의 경비대장인 본인에게 그런……"

"나는 데미안 싸일렉스다."

"데미안 싸일렉스? 말도 안 되는 소리! 후작 각하께서 비밀 임무 때문에 트레디날 제국을 떠나신 것이 언제인데……"

"파웰 시의 시장인 라크네 폴러스에게 물어보면 내 신분을 확인할 알 수 있을 것이다."

"조, 좋다! 만약 시장님께서 네가 싸일렉스 후작 각하가 아니라고 한다면 널 가만두지 않을 테다!"

데미안이 멱살을 놓자 경비대장은 재빨리 뒤로 물러났다. 잠시 동안 데미안을 노려보던 경비대장은 성벽 위에 있는 자신의 부하들에게 성문을 열도록 명령했다.

육중한 소리를 내며 높이 5미터는 족히 될 듯한 성문이 열렸고, 데미안 일행과 레포토닌 마을 사람들은 곧 성문을 통과했다. 재빨리 말 위에 오른 경비대장은 곁눈질로 데미안을 노려보면서 시청으로 말을 몰았다.

과거 상인과 용병들이 북적이던 모습과는 달리 문을 닫은 상점들도 간간이 보였고, 거리를 오가는 사람들의 표정도 그리 밝아 보이지 않았다.

말을 달리기를 30분 정도 되자 깨끗하게 지어진 시청 건물이 일행들의 눈에 들어왔다. 그리고 활짝 열린 정문에 50대 후반으로 보이는 뚱뚱한 체격의 사내가 연신 손을 비비고 서 있는 모습이 보였다.

시청을 향해 다가오는 무리 중 붉은 머리를 하고 있는 데미안을 확인한 사내는 거의 구르듯 일행들에게로 다가와 땅에 엎드려 절을 했다.

"파웰의 시장 라크네 폴러스가 싸일렉스 공작 각하께 인사 올립니다."

"일어나시오."

담담한 데미안의 말에 라크네는 자리에서 일어났다.

"그렇지 않아도 어제 샤드 대공 전하께서 연락을 하셔서 기다리고 있었습니다. 어서 안으로 들어가시지요."

데미안은 말에서 내려 라크네에게 같이 온 레포토닌 마을 사람들을 가리켰다.

"저 사람들은 레포토닌 사람들이오. 그들의 가족이 이곳에 치료를 받기 위해 왔다고 하니 그들과 만날 수 있도록 조치하고, 그들에게 쉴 곳을 마련해 주시오."

"알겠습니다. 곧 조치를 하겠습니다."

라크네는 연신 고개를 조아렸고, 데미안은 자신에게 쉴 곳을 마련해 주었던 여인에게 부드러운 미소를 지었다.

"시장이 아마 곧 부군들을 만날 수 있도록 조치를 취해줄 겁니다. 그러니 걱정하지 않으셔도 될 겁니다."

"감사합니다, 싸일렉스 공작님. 정말 감사합니다."

"감사합니다, 공작님."

데미안의 말에 마을의 여인들은 일제히 데미안에게 감사의 인사를 했다. 고개를 숙여 가볍게 목례를 취한 데미안은 라크네의 안내를 받아 곧 시청 안으로 들어갔다.

일행들이 잠시 휴식을 취하고 있는 동안 데미안은 라크네에게 오늘 있을 몬스터의 공격을 통보했다. 그렇지 않아도 식은땀을 흘리고 있던 라크네는 안색마저 창백해진 것 같았다.

"그, 그렇지 않아도 어제 샤드 대공 전하께서 그 말씀을 하셨습니다만 대체 뭘 어떻게 준비해야 할지 몰라 고심하던 차였습니다. 싸일렉스 공작 각하, 이곳 파웰 시에는 자그마치 18만 명의 인구가 살고 있습니다. 만약 몬스터의 공격을 막아내지 못한다면……."

라크네는 연신 식은땀을 닦으며 말꼬리를 흐렸다.

데미안이 보기에 라크네는 전형적인 행정형 관료였다. 평화 시라면 아무런 문제도 안 되겠지만 지금처럼 비상 시국에는 그가 할 수 있는 일이라고는 아무것도 없었다.

"지금 이 파웰 시에 신관들의 수는 얼마나 있소? 또 병사들의 수는?"

"그렇지 않아도 샤드 대공 전하의 명으로 어제 조사를 마쳤습니다. 고위 신관이 세 명에 신관이 스물아홉, 사제들은 백 명이 넘는 것으로 조사되었습니다. 그리고 병사들의 수는 경비대에 8백 명이 있고, 파웰 시에 치안 유지를 위해 파견된 병사가 약 2천 5백 명이 있습니다. 그리고 어제저녁 늦게 쉐도우 기사단의 기사 분들이 도착해 계십니다."

"쉐도우 기사단의 기사들이?"

"예, 잠시만 기다리십시오. 그분을 모시고 오겠습니다."

밖으로 나간 라크네는 곧 하프 플레이트 메일을 걸친 기사와 함께 응접실로 돌아왔다.

1미터 90센티미터는 넘을 듯한 키에, 하프 플레이트 메일 밖으로 드러난 팔뚝은 탄탄한 근육으로 싸여 있었다. 짧게 깎은 머리가 그의 인상을 더욱 강하게 만들었다.

"쉐도우 기사단의 부단장 엔쏘니 트레비앙, 데미안 싸일렉스 공작께 인사를 올립니다."

사내는 왼쪽 무릎을 바닥에 대고는 고개를 숙여 데미안에게 인사를 했다. 상대의 모습을 확인한 데미안은 깜짝 놀랐다.

"너, 넌?"

"엔쏘니 트레비앙이옵니다, 공작 전하."

고개를 드는 엔쏘니의 얼굴에는 보기 좋은 미소가 걸려 있었다.

"엔쏘니!"

황급히 다가간 데미안은 엔쏘니를 와락 끌어안았다. 엄청나게 발달한 상체 근육 때문에 손이 닿지도 않았다.

상대에게서 전해지는 따스한 온기.

한동안 상대를 껴안고 있던 데미안은 그제야 상대를 놓아주었다. 조금 떨어진 곳에서 엔쏘니를 바라보던 데미안은 그제야 상대에게 자리를 권했다.

마주 앉은 데미안은 이젠 30대로 보이는 상대의 모습에 자신이 이스턴 대륙에서 정말 10년의 세월을 보냈다는 것을 실감했다. 엔쏘니 역시 많은 경험을 했는지 차분해진 그의 눈을 보고 데미안은 고개를 끄덕였다. 하지만 엔쏘니의 놀람에 비하면 그의 놀라움은 아무것도 아니었다.

어제저녁 가족들과 식사를 나누고 있던 엔쏘니는 황궁으로부터 갑작스런 호출을 받았다. 무장을 한 채 오라는 명령이었다. 부랴부랴 준비를 해 황궁에 도착하고 보니 이미 50여 명의 단원들이 기다리고 있었다.

엔쏘니는 기사들에게 소집의 이유를 물었지만 그들도 모르기는 마찬가지였다. 그러다 엔쏘니는 샤드를 만나게 되었고, 그의 명령에 따라 파웰로 급파되었던 것이다.

샤드가 비밀리에 전한 명령서에 의하면 파웰에 몬스터의 공격이 있을 것이니 새로 임명된 싸일렉스 공작을 도와 몬스터를 막아내라는 것이었다. 엔쏘니는 몇 번이나 자신의 눈을 의심해 다시 확인을 했지만 분명 싸일렉스 공작이라고 쓰여 있었다.

그리고 자신의 예상이 맞다면 싸일렉스 공작이란 자렌토를 지칭하는 것이 아니라 데미안을 지칭하는 것이 틀림없을 것이란 생각이 들었다.

10년 만에 만나는 친구. 그 친구가 이제는 제국 내 두 명의 공작 가운데 한 명이 된 것이다. 하지만 엔쏘니는 그가 지난 10년의 세월 동안 얼마나 변했을까 그것이 더 궁금했다.

많이 변했을 것이란 엔쏘니의 예상과는 달리 그의 모습은 조금도 변하지 않았다. 아니, 어떻게 보면 10년 전보다 더 어려진 것도 같았다.

그런 데미안이 신기한 생각도 들었지만 무엇보다도 무사한 데미안의 모습에 기쁨을 감추지 못했다.

"두 분께서는 잘 아는 사이신가 보군요."

"후후후, 왕립 아카데미 동기라오, 시장."

"아! 그러셨군요."

고개를 끄덕이면서도 30대로 보이는 엔쏘니와 20대를 갓 넘은 것처럼 보이는 데미안이 어떻게 왕립 아카데미 동기가 되었는지 신기한 생각이 들었다. 게다가 데미안이 활약하기 시작한 시기가 제국 전쟁 전인데 어찌 저렇게 어려 보이는 것인지 궁금하기도 했다.

"시장은 당장 모든 신관들과 병사들을 집결시키게."

"알겠습니다, 공작 각하."

라크네가 나가자 데미안은 곧 부드러운 미소를 지으며 엔쏘니에게 질문했다.

"그동안 어떻게 지냈어? 그리고 다른 친구들과 연락은 하고 지내는 거야? 참! 결혼은 했겠지?"

데미안의 입에서 쉴 새 없이 질문이 쏟아져 나왔고, 엔쏘니는 무슨 질문에 먼저 대답해야 할지 몰랐다.

"먼저 그동안 전 잘 지냈습니다. 다행히……"

"지금 무슨 짓을 하는 거야? 넌 내 친구잖아. 그런데 왜 내게 존대를 하는 거야? 제발 그러지 마."

데미안의 말에 잠시 그의 얼굴을 바라보던 엔쏘니는 곧 다시 입을 열었다.

"다행히 루벤트 제국과의 전쟁에서 전공을 세울 수 있어 전쟁이 끝난 후 백작가로 승격할 수 있었어. 그 후 2년이 지나 엘렌이란 레이디를 만나 결혼을 했고, 친구들과는 그때 다시 만나서 지금도 반년에 한 번씩 만나고 있어."

"그래? 모두 많이 변했겠지?"

데미안의 음성에서 그가 친구들을 그리워한다는 느낌이 희미하게 들었다. 제국 내에서는 영웅으로 불리는 데미안이지만 그도 친구를 그리워하는 평범한 사람이라는 느낌을 지울 수 없었다.
"그래, 많이 변했어. 참, 데미안, 율리앙 알지?"
"그럼. 율리앙은 어떻게 지내?"
"그 녀석, 지금 트로니우스의 사제가 되어 트레디날 제국을 떠돌아다니고 있어."
"사제? 율리앙이?"
"그래. 그때 전쟁에서 비록 적이라고는 하지만 사람을 죽인 것을 몇 년 동안이나 괴로워했었거든. 그래서 갑자기 트로니우스 교단에 투신해 버렸어. 페밀턴 남작가가 발칵 뒤집혀서 한동안 난리도 아니었어."
"율리앙이 사제가 되었구나. 어떻게 생각해 보면 율리앙의 성격으로 봐서 기사보다는 성직자가 더 맞을지도 모르겠어."
"그런데 데미안, 한 가지 묻고 싶은 것이 있어."
"뭔데?"
"샤드 대공께서 나에게 해주신 말씀에 이제 제국 내의 최강의 기사는 너라고 하셨어. 샤드 대공께서 소드 마스터 중에서도 중급의 실력을 넘는다는 것을 모르는 사람이 없잖아? 그런 대공의 검술 실력을 뛰어넘을 정도라면 네 검술 실력이 설마… 소드 마스터 상급의 실력을 가지고 있단 거야? 정말 그런 거야?"
"그럴 리가 있겠어? 샤드 대공 전하와 비무를 할 때도 그분께서 날 봐주셨기 때문에 겨우 서 있을 수 있었어. 소드 마스터 상급이라니 절대 아니야."
극구 부인하는 데미안이었지만 샤드 대공이 거짓말할 이유가 없음을 잘 아는 엔쏘니였다.

가만 생각해 보면 왕립 아카데미에서도 누구보다 빠른 성취를 보이던 데미안이었다. 그렇다 하더라도 30대에 소드 마스터 상급이라니……. 그것이 어떤 경지인지 엔쏘니는 짐작조차 가지 않았다.

왕립 아카데미에서 데미안에게 패배한 이후 누구보다 열심히 수련을 쌓았던 엔쏘니였다. 전쟁이 일어나기 전 레토리아 왕국을 찾아갔을 때 데미안은 소드 마스터 초급에 이르렀었고, 10년이 지난 지금은 소드 마스터 상급의 실력을 가지고 있었다.

도저히 현실적으로 일어날 수 없는 일이라고 생각하는 엔쏘니였지만 당사자가 자신의 눈앞에 있으니 더 이상 할 말이 없었다.

"그보다 이곳에 온 쉐도우 기사단의 기사들 가운데 골리앗을 소유한 골리앗 라이더는 얼마나 되지?"

"50명 가운데 20명이 골리앗을 소유하고 있어."

"그들의 실력은?"

"대부분 소드 익스퍼트 상급이지만 몇몇은 최상급의 실력을 가지고 있어."

"다행이군. 잠시 후 신관들이 모이면 작전을 상의하자고. 참! 점심 식사는 했어? 하지 않았으면 내 일행들과 함께하지. 내가 소개시켜 줄게."

데미안의 안내를 받은 엔쏘니는 곧 데미안 일행들을 만났고, 그들과 인사를 나눴다.

가만히 일행들의 얼굴을 살피던 엔쏘니는 그들 대부분을 본 적이 있다는 것을 깨달았다. 다만 한 가지 과거와 다른 점이라면 당시 어린 소녀였던 네로브가 지금은 쳐다보는 것만으로도 눈이 부실만큼 아름다운 소녀로 변했다는 점이었다.

간단히 식사를 마친 데미안과 엔쏘니는 다시 응접실로 향했고, 라크네와 고위 신관이나 입을 수 있는 흰색 신관복을 입은 세 명의 신관이 자신들을 기다리고 있었다.

그들 세 사람은 왕위 계승식 때 데미안이 알렉스에게 백작의 작위를 받는 것을 직접 본 사람들이었다. 해서 누구보다 데미안의 얼굴을 똑똑히 기억하고 있었다. 하지만 문제는 데미안의 모습이 그때와 조금도 달라지지 않았다는 점이었다.

조금도 나이를 먹지 않은 데미안의 모습을 발견한 세 사람은 적지 않은 충격을 받았다. 인간인 이상 나이를 먹는 것은 자연스런 현상이었다. 조금도 변하지 않은 데미안의 모습을 대하면서 세 명의 고위 신관들은 그를 어떻게 대해야 좋을지 몰랐다.

"세 분은 뭐 하시는 겁니까? 어서 공작 각하께 인사를 드리지 않고."

"선더버드의 고위 신관 자잔트로스가 싸일렉스 공작 각하께 인사를 드립니다."

라크네의 말에 너무 말라 신경질적으로 보이는 60대 신관이 데미안에게 인사를 하자 다른 두 노인도 데미안에게 곧 인사를 했다.

"트로니우스의 고위 신관 렌퀘스트가 데미안 싸일렉스 공작 각하께 인사를 올립니다."

"하렌의 고위 신관 맥시밀리언이 싸일렉스 공작 각하께 인사드립니다."

렌퀘스트는 보통의 체격에 하얀 눈썹과 수염이 인상적인 노인이었고, 맥시밀리언이란 노인은 부드럽고 푸근한 미소가 돋보이는 노인이었다.

"만나게 되어 반갑소. 일단 앉읍시다."

데미안의 말에 사람들은 테이블을 중심으로 둘러앉았다.

잠시 고위 신관들을 바라보던 데미안은 천천히, 그리고 침착한 음성으로 입을 열었다.

"아마도 오늘 저녁 대대적인 몬스터의 공격이 있을 것으로 예상되오."

"예? 그게 무슨 말씀이십니까, 공작 각하?"

시장으로부터 갑작스런 연락을 받고 허겁지겁 모여든 고위 신관들은 난데없는 데미안의 말에 깜짝 놀랐다.

"대체 어디서 그런 정보를 얻으셨습니까?"

"내 딸에게서요."

"예? 겨우 그런……."

"이보시오. 당신은 공작님의 따님이 누구신지 잊었단 말이오? 바로 네로브 싸일렉스님 아니오. 그분이 하신 말씀이라면 곧 아레네스께서 하신 말씀. 틀릴 이유가 없소!"

맥시밀리언의 말에 자잔트로스가 격렬한 반응을 보였다.

"신을 따르는 자로서 그분의 말씀을 들을 수 있다는 것보다 더 축복된 일은 없소이다! 네로브 싸일렉스님은 지상에서 유일하게 아레네스의 말씀을 들을 수 있는 분. 그분의 말씀을 믿지 못한다는 것은 그 자체만으로 죄악이오!"

너무도 단호한 자잔트로스의 말에 다른 사람은 아무 말도 할 수 없었다. 그리고 데미안은 설마 네로브의 말이 이렇게까지 다른 사람들한테 절대적으로 받아들여질 줄은 몰랐기에 놀라지 않을 수 없었다.

"자자, 진정하시고 계획부터 세우도록 합시다."

데미안의 말에 라크네는 파웰 시의 지도를 펼쳤다. 그리고 자신의 생각을 이야기했다.

"전체 지형을 생각해 보면 파웰 시의 서쪽을 제외한 세 부분은 평지와 연결되어 있어 몬스터들이 공격에 상당히 취약한 상황이오. 그동안 몇 차례 대규모 몬스터들과 싸워본 본인의 경험에 의하면 트롤이나 오거, 미노타우로스 같은 대형 몬스터들이 먼저 성벽을 무너뜨리기 위해 공격을 하고 오크나 놀, 코볼드 무리가 바로 그 뒤에 공격을 취했었소."

데미안의 말에 그 자리에 모여 있던 사람들은 자신도 모르게 침을 삼켰다. 말이 좋아 대형 몬스터이지 모인 사람들 가운데에는 미노타우로스 같은 몬스터는 본 적도 없었다.

"공작 각하, 몬스터들의 수는 어느 정도로 예상하십니까?"

엔쏘니의 질문에 데미안은 잠시 생각하다가 곧 대답했다.

"내가 경험한 것으로 보면 대략 1만에서 약 2만 정도일 것이라고 예상이 되네."

데미안의 대답에 사람들의 얼굴은 일순간 창백하게 변했다.

현재 파웰 시에 있는 병력을 모두 합친다고 하더라도 3천 3백 명밖에 되지 않은데, 공격하는 몬스터들은 그 3배에서 6배에 이른다니 질리지 않을 수 없었다.

"몬스터들의 수도 문제가 되겠지만 무엇보다 신경이 쓰이는 것은 가고일이나 와이번 같은 하늘을 나는 몬스터들이 있다는 거네."

데미안의 말에 사람들의 얼굴은 더욱 창백해졌다. 실력이 아무리 뛰어난 기사나 마법사라고 하더라도 가고일이나 와이번을 상대하기란 그리 쉬운 일이 아니었다.

"게다가 대부분의 몬스터들이 사악한 존재에게 정신을 지배받고 있기 때문에 그들을 상대하는 것이 더욱 어려울 것이네. 그들을 상대할 수 있는 것은 오직 신성력뿐이지."

데미안은 자신이 경험한 상황을 그들에게 설명했다. 데미안의 이야기를 들은 사람들은 설마 하는 생각을 하면서도 그가 자신들에게 있지도 않은 일을 이야기할 까닭이 없다고 생각하고 귀를 기울였다.

"그러니까 공작 각하의 말씀은 신성력이 깃든 무기가 아니면 몬스터들에게 아무런 타격도 줄 수 없다는 말씀이십니까?"

"그렇네. 몬스터들은 사악한 힘에 지배를 받기 때문에 일반적인 무기로는 그들에게 제대로 된 타격을 줄 수 없네. 그리고 설사 타격을 준다고 하더라도 금세 원래 상태로 돌아갈 것이네."

"그럼 저희들은 무엇을 해야 합니까, 공작 각하?"

"그대들과 신관들이 가진 신성력으로 병사들의 무기들을 일시적으로나마 신성력을 가진 아티펙트로 만들어야 하네. 지금부터 자네들이 해주어야 할 일을 설명하겠네."

데미안의 말에 사람들의 시선은 파웰 시의 지도로 향했다.

* * *

땅거미가 지기 시작할 무렵 레포토닌 마을로 접근하는 무리가 있었다. 10여 마리의 말에 올라탄 사람들과 그들의 뒤를 따르는 30여 명의 험악한 인상의 사나이들.

하나같이 험악한 인상을 하고 있는 사내들은 자신들이 들어서고 있는 레포토닌 마을을 발견하고는 음흉한 미소를 지었다. 특히 가장 앞쪽 말에 탄 사내는 왼쪽 눈에 검은 안대를 하고 있어 더욱 흉악해 보였다. 두목으로 보이는 사내는 곁의 사내들에게 낮은 음성으로 지시를 내렸다.

"어서 마을로 가 마을 사람들을 모두 끌어내라."

"와—!"

"으하하하! 이젠 이 마을의 모든 것이 우리 것이다!"

"푸하하하!"

지저분한 복장을 한 사내들이 일제히 마을로 쏟아져 들어갔다. 마을로 들어간 사내들은 각자 흩어져 가옥으로 난입했다. 하지만 얼마 되지 않아 사내들은 허탈한 표정을 지으며 집 밖으로 나왔다.

"두목, 아무도 없습니다!"

"뭐라고?"

"아무도 없다니까요. 게다가 귀중품이라고 할 수 있는 건 아무것도 없어요."

부하의 말에 애꾸눈 사내는 어이가 없었다.

자신이 두목의 자리에 오른 것이 거의 5년이 되지만 이렇게 깨끗이 실패해 보기는 처음이었다.

"짐마차까지 없는 걸 보면 마을을 떠난 것 같습니다."

"마을을 떠나? 추수철이 다 되었는데 추수도 안 하고 마을을 떠났단 말이냐? 빌어먹을! 대체 무슨 이유로 마을을 떠난 거지?"

애꾸눈 사내는 아무리 생각을 해보았지만 도저히 영문을 알 수 없었다. 그러는 사이 주위는 짙은 어둠에 잠겼다.

"일단 오늘은 이곳에서 야영을 한다. 식사 준비를 해라."

애꾸눈 사내는 신경질적으로 말을 내뱉었다.

부하들이 식사를 준비하는 동안 애꾸눈 사내는 마을 사람들이 갑자기 마을을 떠난 이유를 생각해 보았다.

일 년을 통해 가장 바쁜 시기인 추수철에, 그것도 농부가 자신의 농토를 버리고 떠났다? 애꾸눈 사내는 오래간만에 머리가 빠개질 정도로 머리를 써보았지만 도저히 그 이유를 알 도리가 없었다.

"제길, 대체 왜 마을을 떠난 거지?"

"흐흐흐, 내가 그 이유를 가르쳐 줄까?"

갑자기 들린 음산한 음성에 애꾸눈 사내는 자리에서 벌떡 일어나 주위를 두리번거렸지만 그의 눈에 보이는 것은 그저 식사 준비를 하는 부하들의 모습뿐이었다. 잔뜩 긴장한 애꾸눈 사내의 귀에 다시 음산한 음성이 들려왔다.

"흐흐흐, 넌 위대하신 지하르트님의 종으로 선택되었다. 그분께 너의 충성을 바쳐라."

"닥쳐!"

주위를 두리번거리던 애꾸눈 사내의 눈에 검은 로브를 걸친 사내가 들어왔다. 40대 중반으로 보이는 사내는 내뱉는 목소리만큼이나 창백한 안색을 하고 있었다. 그에게서 느껴지는 것은 시신에서나 느낄 수 있는 음습함뿐이었다.

재수없게 생긴 얼굴은 고사하고라도 그에게서 느껴지는 더러운 느낌을 애꾸눈 사내로서는 난생처음 대하는 것이었다.

"넌 누구냐?"

발견하는 즉시 롱 소드를 뽑아 든 애꾸눈 사내는 금방이라도 검은 로브의 중년 사내를 공격할 듯 보였다. 하지만 중년 마법사는 가소롭다는 표정을 짓고 있었다.
"내가 누군지 넌 알 자격도 없다."
"이런 빌어먹을 놈이…… 죽어!"
사내의 말에 애꾸눈 사내는 치미는 화를 참지 못하고 그대로 롱 소드를 휘둘렀다. 롱 소드는 완만한 곡선을 그리다가 검은 로브 밖으로 드러난 사내의 목을 향해 급격하게 떨어졌다. 롱 소드는 사내의 왼쪽 목으로부터 시작해 가슴 절반까지 사정없이 잘라냈다.

애꾸눈 사내는 붉은 피를 뿌리며 비명을 지를 사내의 모습을 기대했지만 상황은 전혀 그렇지 못했다. 자신의 목이 반쯤 꺾여졌음에도 불구하고 중년 마법사는 얼굴에 그 괴상한 웃음을 지우지 않고 있었다. 그리고 쩍 벌어진 상처에서는 단 한 방울의 피도 흐르지 않았다.

인간이라면 당장 비명을 지르고, 사방으로 선혈을 뿜으며 쓰러졌어야 정상이었다. 하지만 중년 마법사는 여전히 조롱 섞인 미소를 짓고 있었다.

"이것이 네 대답인가?"
"어, 어떻게……?!"
"흐흐흐… 크하하하!"

나지막했던 중년 마법사의 웃음은 곧 미친 사람처럼 커졌다. 그와 동시에 쩍 벌어진 상처는 급속하게 아물어갔다. 곧 원래의 모습으로 돌아간 중년 마법사는 갑자기 손을 뻗었다.

너무나 방심했을까?

애꾸눈 사내는 너무도 간단히 중년 마법사에게 목을 잡혔다. 금방이라도 숨이 끊어질 것 같은 괴로움에 애꾸눈 사내는 미친 듯이 수중의 롱 소드를 휘둘렀다. 하지만 조금 전과는 달리 롱 소드는 마치 바위에 부딪친 것처럼 맥없이 퉁겨져 나올 뿐이었다.

애꾸눈 사내의 목을 잡은 중년 마법사의 손은 더욱 조여 들어왔고, 애꾸눈 사내는 그의 손아귀에서 빠져나오기 위해 몸부림을 쳤지만 아무 소용 없었다.

중년 마법사는 애꾸눈 사내를 천천히 자신의 얼굴 앞으로 끌어당겼다. 동시에 중년 마법사의 눈에서 희미하지만 분명하게 느낄 수 있는 검은색 안개가 뿜어져 나와 애꾸눈 사내의 눈으로 스며들어 갔다.

"흐흐흐, 이제 육신의 눈을 감고 마음의 눈을 떠라. 그리고 네 주인께 네 영혼을 바쳐라."

중년 마법사의 음산한 음성을 듣는 순간 애꾸눈 사내의 눈은 당장 흐리멍덩하게 변했다.

"제… 영혼을… 주인님께… 바치겠습니다……"

말이 끝나는 순간 애꾸눈 사내의 하나밖에 안 남은 눈에서 붉은색 광채가 뿌려지기 시작했다.

"네 부하들을 모아라."

"예."

애꾸눈 사내는 곧 부하들을 불렀고, 부하들은 두목 곁에 선 괴상한 복장의 중년 사내를 발견하고는 이상한 생각이 들었다. 복장으로 봐서는 마법사가 분명했지만 그가 두목 곁에 같이 서 있는 이유를 알 수 없었다.

애꾸눈 사내의 부하들이 모이자 마법사 복장의 사내가 앞으로 나섰다.

"이제부터 너희들은 파웰 시를 약탈한다."

"뭐라고?"

"저 자식, 미친놈 아니야?"

"파웰 시에 경비 병력만 해도 얼만데……."

애꾸눈 사내의 부하들이 계속해서 웅성거리자 검은 로브를 중년 마법사의 눈이 잔뜩 찌푸려졌다.

"닥쳐! 여기를 봐라."

중년 마법사의 말에 애꾸눈 사내의 부하들은 자신도 모르게 중년 마법사에게로 눈을 돌렸다. 그리고 그의 손에 화려한 빛을 뿌리고 있는 광원(光源)을 발견했다.

사내들의 시선이 자신이 만들어낸 광원으로 쏠리는 것을 확인하는 순간 중년 마법사의 눈에서 검은색 안개 같은 것이 쏟아져 나와 사내들의 눈 속으로 스며들었다. 사내들의 눈빛에서 초점이 사라지는 것을 확인한 중년 마법사 애꾸눈 사내의 부하들에게 명령을 내렸다.

"앞으로 두 시간 후 너희들은 파웰 시를 발칵 뒤집어놓아야 한다. 너희들의 주인이시자 지상의 영원한 지배자이신 지하르트님을 위해서."

"알겠습니다."

"호호호."

사내들의 대답을 들은 중년 마법사는 음산한 미소를 지었다. 그와 동시에 그의 몸은 어두운 밤하늘로 떠오르기 시작했고, 얼마 지나지 않아 어둠 속으로 완전히 사라졌다.

* * *

어둠에 싸인 성벽.

간간이 밝혀져 있는 횃불에 드러나는 경비병의 손에는 날카로운 창들이 서 있었다. 음영이 진 경비병들의 얼굴은 어두운 탓인지 딱딱하게 굳어 있는 듯 보였다.

시간이 지날수록 주위는 더욱 어두워졌다.

한참의 시간이 지난 후 걸음을 옮기던 경비병 중 하나가 어두운 들판을 가리켰다.

"저게 뭐지?"

"뭐가?"

"저기 말이야."

"저거 불빛 아니야?"

"그렇지. 불빛 맞지?"

경비병들의 말에 근처를 지나던 경비대장이 걸음을 멈췄다.

"뭔가?"

"저기 저 불빛이 점점 이쪽으로 다가오는 것을 발견해 이야기를 하던 중입니다."

경비병의 말에 경비대장은 그가 가리킨 곳을 바라봤다. 반딧불만큼이나 작은 불빛 서너 개가 파웰 시를 향해 다가오는 것이 보였다.

그 불빛을 발견한 경비대장은 잔뜩 긴장한 얼굴로 경비병들에게 지시를 내렸다.

"다른 경비병들에게 모두 조심하라고 전해라. 그리고 공작 각하의 동료 분에게도 전해드리도록 해라."

"알겠습니다."

경비병은 나직하게 대답하고 계단을 내려갔다. 그리고 얼마 지나지 않아 엔쏘니와 로빈이 성벽으로 올라왔다. 그들을 발견한 경비대장은 파웰 시로 다가오는 불빛을 가리키며 입을 열었다.

"조금 전에 발견했습니다."

"일단 두고 보기로 합시다. 병사들에게 주의를 주는 것을 잊지 말고."

"명심하겠습니다."

경비대장이 내려간 후 불빛을 유심히 바라보던 로빈이 고개를 갸웃거리며 입을 열었다.

"트레비앙 백작님, 저 불빛에서 사악한 힘이 느껴집니다. 조심해야 할 것 같습니다."

"정말이오?"

비록 로빈의 나이가 어리다고는 하지만 함부로 대할 수 없는 신성한 기운이 그의 전신에 어려 있어 쉽게 말을 낮출 수 없었다.

"거리가 상당히 떨어져 있는데도 사악한 힘이 느껴진단 말입니까?"

엔쏘니의 말에 로빈은 빙그레 미소를 지었다.

"비가 올 때 자연스럽게 먹구름이 끼듯 사악한 힘은 신을 믿는 자라면 누구든 느낄 수 있습니다. 비록 거리가 떨어져 있다고 해도 말입니다."

"그러나저러나 몬스터들의 공격이 없는 것이 더 신경 쓰이는구려."

"아마 곧 있을 겁니다."

두 사람이 대화를 나누는 사이 불빛은 거의 성벽 가까이까지 다가왔다. 그리고 횃불을 들고 있는 40여 명의 사내들을 발견한 경비병이 입을 열었다.

"멈춰라!"
사내들이 멈춘 것을 확인한 경비병이 재차 입을 열었다.
"그대들은 누구냐?"
"우리는 바렉스에서 온 용병들입니다. 일거리를 찾아왔습니다."
사내의 대답에 엔쏘니는 사내들의 모습을 유심히 살폈지만 일반적인 용병들과 다른 점을 찾을 수 없었다. 그 모습을 본 로빈이 귀띔을 해주었다.
"눈을 살펴보십시오. 아마 일반인과는 다를 겁니다."
다시 한 번 살펴보니 사내들의 눈이 붉게 물들어 있는 것 같았다. 하지만 그것이 원래 눈이 붉기 때문인지 아니면 불빛 때문에 붉게 보이는 것인지 구별하기 힘들었다.
"사악한 힘에 지배받는 자들의 가장 큰 특징은 붉은 눈빛입니다. 무슨 이유 때문인지는 모르지만 사악한 힘에 지배를 받는 자들은, 물론 몬스터도 마찬가지입니다만 눈빛이 붉게 빛납니다. 육안으로 식별을 할 수 있을 정도로 말입니다."
"그렇다면 저들은 악령의 졸개가 된 것이 분명하군."
경비병과 대화를 나누고 있던 사내들의 얼굴을 유심하게 살핀 엔쏘니는 얼굴을 굳히며 입을 열었다.
"어떻게 할까요, 트레비앙 백작님?"
"일단 들여보내도록 하고 적당한 이유를 들어 저들을 한곳에 모여 있도록 하게."
엔쏘니의 말에 대답을 한 경비병은 아래로 신호를 보내 성문을 열도록 했다.
둔중한 소리와 함께 성문이 열리자 사내들이 성안으로 들어왔다. 비록 로빈에게 이야기를 전해 듣기는 했지만 눈빛이 조금 붉다는 것을 제외하고는 보통 사람들과 다른 점을 발견할 수 없었다.

"지금 파웰 시는 몬스터의 공격에 대비하고 있기 때문에 여관이나 음식점들이 일찍 장사를 마친다네. 자네들이 아는 여관이 있는가? 그런 곳이 있다면 내가 안내해 주겠네."

늙은 병사의 말에 사내들은 잠시 서로의 얼굴을 보다가 곧 입을 열었다.

"초행길이라 아는 여관이 없습니다. 싸고 좋은 여관이 있으면 소개시켜 주시지요."

"그래? 그럼 내가 좋은 여관을 알고 있으니 그곳으로 안내해 주겠네. 날 따라오게."

늙은 병사는 앞장서서 사내들을 안내했고, 잠시 주위를 두리번거리던 사내들은 곧 늙은 병사의 뒤를 따랐다.

성벽 위에서 그 모습을 보고 있던 엔쏘니가 입을 열었다.

"톰슨."

"예. 기다리고 있었습니다, 부단장님."

"저들의 뒤를 따라 여관을 확인하고, 여관 주위에 있는 일반인들을 신속하게 대피시키도록. 저들이 눈치 채지 못하도록 주의하라."

"명심하겠습니다."

어둠 속에서 들려오던 음성은 한줄기 바람이 얼굴을 스친다고 느끼는 순간 사라지고 없었다.

"이제 시작인가?"

"아마 상당히 긴 밤이 될 것 같습니다."

제34장
Nightmare II

"공작 각하, 방금 남쪽 성문을 통해 약 40여 명의 사내들이 들어왔는데 그들의 상태가 이상하다고 합니다."

"이상하다니?"

"그들의 눈빛이 붉었다고 합니다."

"그래?"

"트레비앙 백작님께서 그들을 한곳으로 격리시켜 두었다고 전하라 하셨습니다."

쉐도우 기사단의 기사 중 하나가 보고를 마쳤다.

남쪽 성문에서는 로빈과 뮤렐이, 동쪽 성문에는 라일과 헥터가, 그리고 이곳 북쪽 성문에는 데미안과 데보라, 그리고 레오가 지키고 있었다.

눈빛이 붉은 사내들이라면 보나마나 악령의 지배를 받는 자들이 분명했다. 격리를 해둔 것은 다행이지만 기다렸던 몬스터의 공격이 아니었기에 그들의 행동에 은근히 신경 쓰이는 것도 사실이었다.

동, 남, 북쪽이 평지로 연결되어 있는 반면 서쪽은 날카로운 돌뿐인 황무지라는 것이 다행이기는 했지만 안심할 수는 없는 상태였다. 이런 상황에서 악령의 지배를 받는 것으로 의심되는 자들이 남쪽 성문으로 접근했다는 것으로 보아 곧 몬스터의 공격이 있을 것 같았다.

"그대는 지금부터 전 경비 병력에게 더욱 경계를 철저히 하도록 전하라. 곧 몬스터들의 공격이 있을 것이다."

"명령에 따르겠습니다, 공작 각하."

대답을 한 기사는 곧 사라졌고, 데미안은 다시 고개를 돌려 어둠에 싸인 들판을 바라보았다.

"이쪽은 아무 이상도 없어."

데보라가 레오와 함께 다가오며 입을 열었다. 하지만 데미안은 고개를 돌릴 생각도 하지 않았다. 그런 데미안의 태도가 조금 신경 쓰이기는 했지만 데보라는 아무 말도 하지 않고 그의 곁에 섰다.

데보라가 막 입을 열려고 할 때 데미안의 눈빛이 빛났다.

"왔군."

데미안의 나직한 말에 데보라도 유심히 전방을 살폈지만 눈에 보이는 것은 아무것도 없었다. 데미안이 안색을 굳히는 순간 레오의 몸이 변하기 시작했다. 그의 온몸에서는 황금빛 털이 돋기 시작해 호인족 원래의 모습으로 변화를 마쳤다. 그런 레오의 손에는 파륜느가 들려 있었다.

"몬스터 냄새난다."

"냄새?"

"나쁜 냄새다."

레오의 짤막한 대답에 데보라는 자신의 브로드 소드를 제외한 나머지 무기들을 풀어 바닥에 내려놓았다. 그리고 크로스 보를 들어 세 발의 화살을 먹였다. 현재 그녀가 들고 있는 쿼럴은 모두 로빈이 신성력을 부여한 것이었다.

전면을 바라보던 데보라의 귀에 무엇인가가 조심스럽게 걸음을 옮기는 소리가 들렸다. 그리고 얼마 지나지 않아 반딧불처럼 빛나는 수백 수천 개의 새파란 빛이 성으로 다가오는 것을 발견할 수 있었다.

"궁수부대는 대기하도록."

데미안의 나직한 말에 성벽 위에 일렬로 서 있던 궁병(弓兵)들의 얼굴은 두려움과 긴장으로 딱딱하게 굳어졌다. 하지만 상당한 훈련이 되어 있었는지 데미안의 명령에 따라 일제히 자신의 활에 화살을 먹이고는 공격 명령을 기다렸다. 그들이 사용하는 화살 역시 로빈과 신전의 신관들이 신성력을 부여한 화살들이었다.

비록 주위가 짙은 어둠에 싸여 있다고는 하지만 데미안은 성으로 다가오는 몬스터들의 모습을 분명히 확인할 수 있었다. 그리고 그들의 모습 가운데에는 붉은 눈빛을 한 몬스터가 상당수 섞여 있다는 것을 확인할 수 있었다.

가장 앞 열에 서 있는 것은 역시 트롤과 오거, 레이미어, 미노타우로스들이었다. 그들의 수가 비록 수십 마리에 불과하다고는 하지만 그들의 힘으로 성벽을 무너뜨리는 것은 그야말로 시간문제였다.

물론 그들의 뒤에 있는 오크나 놀, 코볼드도 문제겠지만 그에

앞서 트롤들을 가장 빠른 시간 내에 처치해야만 피해를 줄일 수 있을 것 같았다.

조용히 오른손에 낀 반지를 만지자 허공에 플레임이 모습을 드러냈다.

"안녕하셨어요, 데미안님."

"응, 플레임."

플레임이 허공을 날아다니다가 데미안의 어깨에 앉자 데미안이 조용히 입을 열었다.

"선더볼트는 이상없지?"

"그럼요. 지금도 데미안님께서 부르시기만 간절히 기다리고 있을 거예요."

"좋아, 그러면 잠시 후에 내가 부를 때 와줘."

"예, 데미안님."

대답을 한 플레임이 다시 반지 속으로 사라지자 이번에는 데보라에게 나직이 입을 열었다.

"데보라는 여기서 레오와 함께 병사들을 맡아줘."

"알았어. 데미안."

"응?"

"조심해."

"알았어."

대답을 마친 데미안은 조용히 스펠을 캐스팅하기 시작했다. 성과 몬스터들의 거리를 재던 데미안은 힘차게 손을 뻗었다.

"컨틴뉴얼 라이트(Continual Light:영구적인 빛)!"

순간 지상 4, 50미터 상공에 엄청난 밝기를 가진 빛 덩어리가 생기며 주위를 환하게 밝혔다.

갑자기 빛이 나타나자 몬스터들은 당황했고, 그 순간을 이용해 데미안은 성벽에서 뛰어내렸다.

"선더볼트, 나에게 문을 열어라!"

데미안의 외침이 끝나기 전 허공에 6미터 크기의 청동색 기사가 나타났고, 데미안의 몸은 그 속으로 스며들었다.

쿵!

지면에 내려선 선더볼트는 그 탄력을 이용해 전면으로 달려갔다. 거대한 청동색 거인이 달려들자 몬스터들은 당황해 자신도 모르게 뒤로 물러섰지만 선더볼트의 동작이 훨씬 빨랐다.

선더볼트의 손에 들린 4미터짜리 거검(巨劍)이 휘둘러지자 앞쪽에 서 있던 트롤의 몸이 두 동강나며 주위로 엄청난 피를 뿌렸다. 제아무리 재생력이 좋은 트롤이라고 하더라도 몸이 두 동강난 상태에서 재생은 불가능하다고 생각한 데미안은 재차 검을 휘둘러 미노타우로스를 세로로 쪼개었다.

폭풍처럼 몰아치는 선더볼트의 공격에 몬스터들은 대항할 생각을 못하고 뒤로 물러설 뿐이었다. 선더볼트를 향해 몸을 날리는 레이미어를 옆으로 피하면서 검으로 두 동강을 낸 데미안은 왼손으로 마법을 준비했다.

"체인 라이트닝—!"

선더볼트에서 뿜어져 나온 번개는 대형 몬스터 뒤에 서 있던 오크들을 향해 굽이쳐 날아갔고, 새하얀 번개에 직격당한 오크들의 몸은 피할 사이도 없이 폭죽처럼 터져 나갔다. 자신의 공격이 어느 정도 통했다고 생각한 데미안은 메시지 마법을 사용해 공격 명령을 내렸다.

"쏴라—!"

순간 몬스터들을 향해 비처럼 화살이 쏟아졌다. 화살에 맞은 몬스터들은 비명을 지르며 지면에 쓰러졌다. 하지만 일부 몬스터들의 상황은 달랐다. 피를 뿌리는 것이 아니라 온몸에서 검은 연기를 뿜어내고 있었다.

잠시 그 모습을 보고 있던 데미안은 등에 커다란 충격을 받고 비틀거렸다. 재빨리 뒤를 돌아보니 오거 한 마리가 커다란 도끼를 든 채 서 있었다. 보통 오거들이 사용하는 돌도끼가 아닌 점이 이상하게 생각되었지만 생각을 길게 할 수는 없었다. 레이미어 두 마리가 선더볼트를 향해 달려든 것이다. 이어서 미노타우로스 서너 마리도 달려왔다.

데미안은 선더볼트를 일으켜 세우려고 했지만 달라붙어 있는 레이미어 때문에 그럴 수 없었다. 더 이상 지체하면 선더볼트에 심각한 타격을 입을 수도 있다는 것을 깨달은 데미안은 탈출할 방법을 생각했다. 그리고 그 방법을 찾아냈다.

"앱솔루트 아머!"

선더볼트의 동체 주위에 붉은색의 연기 같은 것이 어린다고 느끼는 순간 선더볼트를 친친 동여매고 있던 레이미어들이 주위로 날아갔다. 그 순간을 이용해 데미안은 선더볼트를 움직여 뒤로 물러섰다. 그러나 미노타우로스들은 공격을 멈추지 않았다.

데미안은 자연스럽게 댄싱 스텝을 밟았고, 선더볼트의 모습은 미노타우로스의 시야에서 사라졌다. 미노타우로스들이 두리번거릴 때 그들의 등 뒤에서 선더볼트가 모습을 드러냈다. 동시에 검을 휘둘러 미노타우로스들의 허리를 단숨에 잘랐다.

엄청난 선혈을 뿌리는 미노타우로스들이 바닥에 쓰러지는 모습을 보고 한숨 돌리던 데미안은 미노타우로스가 꿈틀거리는 것을 발견했다.

 허리가 잘려 내장과 선혈로 땅을 물들이던 미노타우로스의 잘려진 몸이 천천히 연결되고 있었던 것이다. 아무리 재생력이 좋다고 하더라도 이건 말도 안 되는 장면이었다.

 얼마 지나지 않아 미노타우로스의 몸은 하나로 연결되었고, 자리에서 일어난 미노타우로스들은 또다시 무기를 들고는 선더볼트를 향해 달려들었다.

 제아무리 재생력이 좋다고 하더라도 이것은 도저히 있을 수 없는 일이었다. 그렇다면 한 가지 이유 말고는 지금 자신의 눈앞에서 벌어진 상황을 설명할 수 없었다.

 좀비Zombi.

 지금 선더볼트를 공격하는 몬스터들은 바로 좀비들이었던 것이다. 그것도 단순히 마법의 힘에 의해 움직이는 것이 아니라 어둡고 사악하기 이를 데 없는 마력에 의해 지배를 받는 것 같았다.

 데미안은 선더볼트 안에서 사방을 둘러보았지만 어디에도 대형 몬스터들을 조종하는 것으로 보이는 마법사의 모습은 보이지 않았다. 만약 자신이 대형 몬스터들을 막지 못한다면 파웰 시가 입을 피해는 상상할 수도 없을 것 같았다.

 그들을 막을 방법은 단 하나.

 자신이 직접 미디아로 그들을 상대하는 수밖에 없었다. 아마도 미디아가 가지고 있는 신성력으로 상대해야만 할 것 같았다. 데미안은 일단 심호흡을 하고는 속으로 생각했다.

 '선더볼트, 마음의 문을 닫아라.'

 자신들을 상대하던 선더볼트의 거대한 동체가 사라지자 트롤이나 미노타우로스들은 갑자기 상대를 잃고 주위를 두리번거렸다.

그러다 미디아를 뽑아 들고 있는 데미안의 모습을 발견하고는 손에 든 거대한 베틀 엑스를 휘두르며 달려들었다.

데미안은 미노타우로스와 트롤 오거들이 휘두르는 베틀 엑스를 간발의 차이로 피하면서 요리조리 피하고 있었다. 그 모습에 이미 생명이 끊어진 몬스터들이건만 화가 치미는지 베틀 엑스를 마구 휘둘러 주위를 엉망으로 만들고 있었다.

성벽 위에서 그 광경을 지켜보던 데보라는 데미안이 갑자기 선더볼트를 돌려보내고 직접 상대하자 조마조마한 심정으로 데미안을 바라보고 있었다. 그리고 대다수의 병사들이 활 쏘기를 멈춘 채 불안한 눈으로 데미안의 모습을 보았다.

병사들 가운데 대부분이 이렇게 커다란 몬스터들은 처음 보았다. 그리고 그 몬스터들이 선더볼트가 휘두른 검에 의해 두 동강이 났다가 다시 연결되어 일어나는 장면 역시 똑똑히 보았다. 그러니 데미안이 공작의 작위를 가지고 있고, 또 소드 마스터라고 하더라도 도저히 몬스터들을 물리칠 수는 없을 거란 생각이 들었다.

병사들의 그런 걱정을 아는지 모르는지 데미안은 대형 몬스터들에게 신경을 집중시켰다. 어떤 의미에서는 상대가 좀비들이라는 것이 다행이었다.

데미안은 댄싱 스텝으로 대형 몬스터들의 공격을 피하면서 계속해 몬스터들에게 작은 상처를 입혔다. 그 정도로 상처가 상대에게 아무런 타격을 줄 수 없다는 것을 그도 알 텐데도 공격을 멈추지 않았다.

미디아가 훑고 지나간 자리에서는 여지없이 검은색 연기가 피어 올랐다. 쩍 벌어진 상처는 시간이 지나도 아물 줄 몰랐다. 잠시 전 상황과는 달리 대형 몬스터들의 상처는 조금도 낫지 않았다.

상처를 입은 대형 몬스터들은 미친 듯 데미안에게 공격을 퍼부었지만 엄청나게 빠른 속도로 움직이는 그에게 타격을 줄 수는 없었다. 대형 몬스터들이 자신의 뒤를 따르는 것을 확인한 데미안은 빠른 속도로 앞으로 달려갔다.

오거, 트롤, 미노타우로스, 레이미어 등 총 20여 마리의 몬스터가 거의 일렬로 자신의 뒤를 따라오는 것을 발견한 데미안은 그대로 지면을 박차고 허공으로 몸을 띄웠다. 허공에서 몸을 돌린 데미안은 지체없이 미디아를 휘둘렀다.

"헬 버스터—!"

데미안의 외침과 동시에 지면에서 흙먼지가 10여 미터 높이로 치솟았다.

성벽 위에서 그 모습을 확인한 데보라는 그제야 긴장을 풀 수 있었다. 그와 함께 이전에 보았던 헬 버스터와는 조금 다른 것을 발견할 수 있었다.

전에 헬 버스터를 사용했을 땐 거의 정사각형으로 공격 범위가 일정했었다. 하지만 공격 대상들이 그 지역 내에서 적당한 간격으로 흩어져 있는 것이 아니기에 공격의 효율만 따진다면 상당히 떨어진다고도 볼 수 있었다.

하지만 지금 자신이 본 상황은 이전과는 달랐다. 일렬로 달려오던 대형 몬스터들의 좌우 폭에 맞춰 무자비한 공격이 쏟아진 것이다. 금방이라도 흙먼지를 뚫고 나올 것 같던 몬스터들의 모습은 어디에서도 보이지 않았다. 하지만 데미안은 자신의 공격이 성공한 것보다는 다른 곳의 상황이 걱정되어 마음을 놓을 수가 없었다.

데미안은 가라앉는 흙먼지 사이로 산산조각 난 몬스터들의 조각을 발견하고는 지체없이 레비테이션 마법을 이용해 몸을 허공으로 띄웠다.

"뭐 하고 있나, 지금! 공격해라!"

데미안의 명령에 놀란 병사들은 황급히 몬스터들을 향해 다시 화살을 쏘았고, 병사들의 화살에 쓰러지는 몬스터들의 모습을 확인하고서야 데미안은 데보라를 향해 메시지 마법의 스펠을 캐스팅했다.

"데보라, 만약 다른 곳에도 저런 좀비들이 나타났다면 곤란을 겪고 있을 거야. 확인을 하고 올 테니까 잠시만 병사들을 지휘해 줘."

"알았어. 빨리 갔다 와."

"워프!"

데보라가 고개를 끄덕이는 것을 보고 데미안은 그대로 동쪽 성문으로 워프를 했다.

데미안이 동쪽 성문으로 도착해 보니 예상대로 곤란한 상황에 처해 있었다.

신의 무기를 가지지 않은 라일은 자신의 골리앗, 팬텀을 타고 몬스터 무리에 뛰어들어 거대한 검을 휘두르고 있었고, 헥터는 블레이즈를 꺼내 든 채 몬스터들을 상대하고 있었다.

라일의 골리앗이 검을 휘둘러 몬스터를 두 동강 내면 헥터는 블레이즈가 가진 신성력으로 상처를 태우고 있었다. 하지만 몬스터의 수가 너무 많아 좀처럼 그 수는 줄어들지 않고 있었다.

병사들은 두 사람을 피해 화살로 몬스터들을 공격했지만 몬스터들, 특히 방패를 든 오크들 때문에 제대로 된 공격을 할 수 없었다. 게다가 라일과 헥터를 제외하고는 직접 몬스터를 상대할 사람이 없었다.

 역시 가장 커다란 문제는 대형 몬스터들이었다.

 데미안은 재빨리 라일과 헥터에게 자신의 생각을 메시지 마법으로 전달했다. 데미안의 메시지를 들은 두 사람은 황급히 물러섰고, 데미안은 몸속의 마나를 미디아로 보내서는 그대로 내뻗었다.

 "헬 버스터―!"

 사방에서 흙먼지가 자욱하게 일어났다. 지면으로 내려선 데미안의 안색은 조금 창백해져 있었다. 그 모습을 본 헥터가 재빨리 데미안에게 다가왔다.

 "괜찮으십니까?"

 "괜찮아. 난 괜찮으니까 어서 저것들이 움직이기 전에 블레이즈로……."

 "알겠습니다."

 데미안의 안색이 창백해진 것이 조금 신경 쓰이기는 했지만 그의 말대로 우선은 몬스터들을 상대하는 것이 우선이기에 헥터는 돌아서야만 했다.

 조금 전 동쪽 성문에서 대형 몬스터를 상대할 때와는 달리 광활한 지역에 데미안의 공격이 쏟아졌는지 상처를 입지 않은 몬스터가 거의 없었다. 게다가 미디아가 가진 신성력 때문에 몬스터들의 상처에서는 검은 연기가 치솟고 있었다.

 크게 심호흡을 하고는 블레이즈를 높이 쳐들고는 블레이즈에 힘껏 마나를 집어넣었다.

 "익스플로전 오브 솔라!"

순간 블레이즈는 마치 태양으로 변한 듯 엄청난 빛과 열기를 사방으로 뿜어댔다. 상처에 비치 닿자 상처는 당장 검은 연기를 뿜어대며 타 들어갔고, 또 자신도 모르게 블레이즈를 바라본 몬스터들은 눈동자가 그대로 타버렸다.

사방에서 몬스터들이 비명을 지르며 쓰러지자 멍하니 그 모습을 바라보던 병사들은 다시 한 번 입을 벌리며 놀라고 말았다. 이런 광경은 단 한 번도 상상해 본 적도, 또 경험해 본 적도 없었다.

"후우, 후우. 헥터, 난 남쪽으로 가볼 테니 맡아줘."

"알겠습니다. 맡겨주십시오."

데미안이 몰아쉬는 숨소리를 들은 헥터는 그에게 쉬라는 말을 하려고 했지만 그렇다고 쉴 데미안이 아니기에 그만 입을 다물었다. 데미안은 몇 번의 심호흡을 하고는 남쪽 성문으로 가기 위해 천천히 허공으로 몸을 띄웠다.

그가 막 워프를 시도하려 했을 때 남쪽 성문 쪽에서 화광(火光)이 하늘 높이 치솟는 것을 발견했다. 혹시 몬스터들의 공격에 성문이 파괴된 것은 아닐까 걱정이 되었다.

"워프—!"

데미안은 두 번째 워프를 시도했다.

그가 허공에서 모습을 드러냈을 때 데미안은 자신의 발 아래에서 불타는 가옥들을 발견할 수 있었다. 그리고 그 불길 속에서 서로의 목숨을 빼앗기 위해 검을 휘두르는 사람들의 모습을 보았다.

검은 하드 레더를 걸치고 있는 사람들과 라이트 레더와 하드 레더, 플레이트 메일 등 복장이 다른 사내들이 격렬한 싸움을 벌이고 있었다.

검술 실력은 압도적으로 쉐도우 기사단이 앞섰지만 상대는 악령의 지배를 받는 존재. 설사 상처를 입는다고 하더라도 곧 아물어 쉐도우 기사단을 질리게 만들고 있었다. 트롤처럼 아무리 깊은 상처를 입는다 하더라도 곧 아물어 버리니 쉐도우 기사단으로서는 질리지 않을 수 없었다.

부단장인 엔쏘니에게 상대들이 웬만한 상처를 입혀서는 제압할 수 없다는 말을 듣기는 했지만 설마 이런 상대일 줄은 상상도 하지 못했다.

그들과의 싸움이 있기 전 엔쏘니가 그들의 검을 신관들에게 보이라는 말을 했지만 그의 말을 들은 사람은 겨우 서너 명에 불과했다. 하지만 그들조차 특별한 위력을 발휘할 수 없었던 것은 그들 검에 실린 신성력을 알았는지 검술 실력이 뛰어난 10여 명의 사내가 그들을 집중적으로 상대했기 때문이다.

좁은 지역에서 벌어지는 싸움이라 자신의 실력을 100% 발휘하기란 쉽지 않은 일이었다. 심호흡을 한 데미안은 그대로 그들 머리 위로 뛰어내렸다.

"뭐, 뭐야?!"

하프 플레이트 메일을 걸친 사내의 말에 데미안은 미디아를 힘껏 찔러 넣었다. 미디아는 간단하게 플레이트 메일을 관통했고, 그 순간 사내의 몸에서는 검은 연기가 치솟았다.

"크아악—!"

처절한 비명과 함께 바닥에 쓰러진 사내는 격렬하게 몸부림을 쳤다. 그리고 서서히 녹아들더니 종내에는 제대로 녹지 않은 의복과 몇 조각의 뼈만 남겨놓은 채 사람들의 시야에서 완전히 사라졌다.

사내의 비명 소리가 너무 처절했기 때문일까?

얼어붙은 듯 굳어 있는 사람들의 사이를 비집고 다니며 데미안은 쉐도우 기사단들과 검을 마주 대하고 있던 사내들에게 가차없이 검을 휘둘렀다. 미디아에 의해 목숨을 잃은 사람들은 하나같이 비명을 지르며 바닥에 쓰러져 격렬하게 몸부림을 치며 목숨을 잃어갔다.

가쁜 숨을 몰아쉬던 데미안은 그때까지도 멍한 표정을 짓고 있는 쉐도우 기사단의 기사들을 발견하고는 소리를 질렀다.

"하아, 적에게 목숨을 맡길 생각인가! 하아."

"예? 아!"

데미안의 고함에 정신을 차린 기사들은 사내들을 향해 일제히 검을 휘둘렀고, 얼마 지나지 않아 곧 그들 모두를 제거할 수 있었다.

상대들이 모두 녹아내린 모습을 직접 눈으로 확인하고도 쉐도우 기사단의 기사들은 좀처럼 믿기 힘들었다. 기사들이 믿을 수 없다는 표정으로 자신의 검을 내려다보는 모습을 발견한 데미안은 나직이 한숨을 쉬고는 곧 명령을 내렸다.

"골리앗을 가지지 못한 예비 기사들은 여기 남아서 화재를 진압하도록 하고 골리앗 라이더들은 즉시 날 따라오도록."

말을 마친 데미안은 남쪽 성문을 향해 달리기 시작했다.

얼마 전에 있었던 히그리안 성에서 몬스터와 싸운 후 자신의 몸이 변했다는 것을 느끼고 있었다.

인간이라면 누구든 가지고 있는 신체 장기가 작아졌고, 대신 주먹만한 크기로 자신의 아랫배에 존재하던 마나 홀이 지금은 하복부 전체를 차지할 정도로 커졌다. 따라서 데미안이 사용할 수 있는 마나의 양도 다를 수밖에 없었다.

게다가 조금 전처럼 마나를 극심하게 사용하면 예전엔 며칠 동안 휴식을 취해야만 회복을 할 수 있었는데, 지금은 마치 살아 있는 생명체처럼 마나 홀이 주위의 마나를 빨아들여 저절로 회복할 수 있었다.

데미안이 달려가는 지금도 마나는 급속하게 몸 안으로 빨려들어 몸은 원래 상태로 돌아왔다.

앞서 달려가던 데미안의 속도가 점점 빨라져 결국 시야에서 완전히 사라지자 쉐도우 기사단의 기사들은 벌린 입을 다물지 못했다. 불과 2킬로미터도 되지 않은 거리를 달리는 동안 데미안은 완전히 회복한 것이다.

지면을 박찬 데미안은 성벽 위로 내려설 수 있었고, 대형 몬스터들 사이에서 외롭게 싸우고 있는 한 대의 골리앗을 발견할 수 있었다. 묻지 않아도 엔쏘니가 분명해 보였다. 하지만 로빈과 뮤렐의 모습이 보이지 않았다.

설마 하는 마음으로 주위를 살피던 데미안의 눈에 몬스터들이 날려 보낸 무기에 상처를 입은 병사들을 치료하고 있는 로빈의 모습이 보였다. 황급히 다가간 데미안은 로빈에게 뮤렐의 행방을 물었다.

초췌한 모습을 한 로빈은 대답할 기운도 없는지 손으로 어두운 밤하늘을 가리켰다. 그 손끝에 레비테이션 마법으로 몸을 띄운 채 사방을 향해 무엇인가를 던지는 뮤렐의 모습이 보였다. 아마도 그가 만들었다는 신성탄 같아 보였다.

신성탄에서 쏟아져 나온 성수가 몬스터들의 몸에 뿌려질 때마다 몬스터들의 몸에서는 예외없이 검은 연기가 피어 올랐다. 하지만 수십 개의 신성탄으로 감당하기에는 몬스터들의 수가 너무 많앗다.
 작은 몸집을 가진 몬스터들에게는 치명적인 무기였지만, 대형 몬스터는 고사하고 오크 정도만 되어도 자신의 상처에는 상관없이 성을 공략하기에 여념이 없었다. 게다가 그나마 신성탄이 모두 떨어졌는지 뮤렐은 곧 허리에 차고 있던 누바케인을 꺼내 들었다.
 "파이어 애로우! 파이어 윌! 파이어 랜스! 파이어 버스터!"
 뮤렐이 사방을 향해 난사한 마법에 몬스터들은 속수무책으로 당했다. 자신의 털에 붙은 불길을 끄기 위해 땅 위를 뒹구는 모습을 보면서 뮤렐은 가쁜 호흡을 내쉬었다.
 비록 그가 6싸이클의 마법을 알고 있고, 또 사용할 수도 있었지만 마법을 익힌 지 얼마 되지 않은 뮤렐로서는 무리가 따르지 않을 수 없었다. 또 지금은 누바케인이 가진 힘을 이용하기 위해 자신의 능력 이상으로 마나를 사용했기 때문에 기절하기 일보 직전이었다.
 몬스터들의 수가 워낙 많아 특별히 겨냥할 필요는 없었지만 뮤렐 혼자 물리칠 수 있는 수가 아니었다.
 데미안은 틀림없이 몬스터들을 통제하는 존재가 몬스터들과 함께 왔을 것이라고 생각했다. 하지만 북쪽에 나타난 몬스터에서도, 또 동쪽에서 나타난 몬스터에서도 그런 존재를 찾을 수가 없었다.
 지금 도착한 곳에서도 유심히 몬스터들을 살펴보았지만 그런 존재는 찾을 수 없었다. 일단 쉐도우 기사단의 골리앗 라이더들이 도착한 것을 확인한 데미안은 곧 그들에게 지시를 내렸다.
 데미안에게서 명령을 받은 골리앗 라이더들은 지체없이 자신의 골리앗을 호출해 타고는 그대로 성벽 아래로 뛰어내렸다. 일부의 골리앗은 엔쏘니를 지원했고, 나머지는 몬스터를 향해 달려갔다.

남쪽 성문을 공격한 몬스터들 가운데 절반은 붉은 눈빛을, 나머지 절반은 정상적인 눈빛을 하고 있었다. 데미안은 메시지 마법을 이용해 골리앗 라이더들에게 붉은 눈빛을 가진 몬스터들을 공격하게 명령을 내렸고, 골리앗 라이더들은 사정없이 몬스터들을 공격했다.

그들은 일반 몬스터들보다 뛰어난 재생력을 가지고 있었을 뿐 다른 특별한 힘을 가지고 있지 못한 듯 보였다. 붉은 눈빛을 가진 몬스터들이 골리앗의 공격에 상처를 입고 바닥에 쓰러지는 것을 본 데미안은 재빨리 스펠을 캐스팅하고는 자신의 지시를 기다리고 있던 로빈과 뮤렐에게 손을 뻗었다.

"엠플러퍼케이션 포스!"

데미안의 손에서 뻗어져 나간 붉은 마나는 로빈과 뮤렐의 몸으로 스며들었고, 데미안의 마나를 전해 받은 두 사람은 그대로 자신의 몸을 금방이라도 폭발해 버릴 것 같은 마나의 소용돌이를 느끼며 자신도 모르게 치유의 구슬과 누바케인을 들고 외쳤다.

"홀리 퍼게이션! 파이어 버스터!"

로빈이 쳐든 치유의 구슬에서 뿜어져 나온 푸른 빛은 바닥에 쓰러져 있던 붉은 눈빛의 몬스터에게, 뮤렐이 치켜든 누바케인에게서 뿜어져 나온 불길은 일반 몬스터들에게 사정없이 덮쳤다. 거의 2백 미터 가까운 지역이 푸른 빛과 시뻘건 불길로 뒤덮였다.

검은 연기를 피어 올리며 비명을 지르던 몬스터들이 차츰 녹아 내려 뼈를 보이자 골리앗 라이더들은 자신도 모르게 뒤로 물러섰다. 골리앗 라이더들의 대부분이 루벤트 제국과 전쟁을 벌일 때 참전했던 기사들이었다. 하지만 이런 끔찍한 모습은 한 번도 본 적이 없었다.

골리앗 라이더들이 잠시 멈칫하는 사이 공격 범위 밖에 있던 몬스터들은 비명을 지르며 사방으로 흩어졌다. 잠시 후 넓은 공지에 남은 것은 몬스터들이 들고 왔던 무기와 그들이 남긴 뼈뿐이었다.

데미안은 그 모습을 보고서야 겨우 마음을 놓을 수 있었다.

로빈과 뮤렐에게 보내 축이 났던 마나는 곧 보충이 되었고, 천천히 일어나고 보니 무릎을 꿇은 채 숨을 몰아쉬는 두 사람의 모습이 보였다. 아마 그들은 지금 극심한 마나의 소모를 느끼며 손가락 하나 꼼짝할 수 없는 피로감을 맛보고 있을 것이다.

"리커버리!"

데미안의 손을 떠난 마나가 두 사람을 감싸는 순간 두 사람은 겨우 원기를 회복할 수 있었다.

"수고했어. 많이 피곤하지?"

"아닙니다."

대답하는 뮤렐의 음성에서 극도의 피곤을 느낀 데미안은 성안으로 들어오는 골리앗 라이더들의 모습을 보고는 천천히 몸을 돌렸다.

"몬스터들도 심각한 타격을 받았으니 오늘 더 이상 공격은 없을 거야. 그러니 우선 여관에서 휴식을 취하도록 해."

"데미안님께서는……?"

"일단 다시 북쪽 성문으로 가서 상황을 살피고 나도 쉴 거야. 그럼 잠시 후에 봐."

말을 마친 데미안은 레비테이션 마법으로 몸을 날려 북쪽으로 날아갔다.

로빈을 부축해 일으켜 세운 뮤렐은 하나의 점으로 보이는 데미안을 바라보며 나직이 중얼거렸다.
"데미안님은 어떻게 저렇게 강하실 수 있는 거지? 정말 소름이 돋을 만큼 강하셔."
겨우 몸을 일으킨 로빈 역시 데미안의 뒷모습을 보며 고개를 끄덕였다.
"그렇기 때문에 신들께서 데미안님께 관심을 가지시는 것이겠죠. 데미안님은 틀림없이 악마를 물리치실 거예요."
말을 마친 로빈은 부상당한 병사들 쪽으로 걸음을 옮겼다.

북쪽 성문에 도착한 데미안은 자신이 떠났을 때와 비교해 별로 달라지지 않은 상황에 안심할 수 있었다.
"다른 곳은 어때?"
"아직은 별일이 없어."
"다행이네."
데보라의 말에 고개를 끄덕인 데미안은 레오에게 손짓했다. 자신의 품에 안긴 레오의 머리를 쓰다듬던 데미안은 다시 한 번 어둠에 싸여 있는 들판을 바라보고는 데보라를 바라보았다.
"아마 더 이상의 공격은 없을 것 같으니 잠시 쉬는 게 좋을 것 같아."
데미안의 말에 데보라와 레오는 성벽을 내려와 네로브가 기다리고 있는 여관으로 이동했다.
시장인 라크네가 시청에 데미안과 일행들의 쉴 곳을 마련해 주려 했지만 데미안이 거절했다. 만약 자신들이 시청에서 쉰다면 시장이나 시청의 직원들이 자신들을 어떻게 대할지 뻔한 일이기 때문이었다.

데미안이 여관에 도착했을 때 어두운 홀의 중앙에 앉아 있는 네로브의 모습이 보였다. 그리 밝지 않은 등불 아래 앉아 있던 네로브는 데미안을 발견하고는 급하게 입을 열었다.

"라일님에게 무슨 일이 생긴 것 같아, 아빠."

"뭐? 스승님에게?"

"응, 조금 전부터 라일님의 존재를 전혀 느낄 수 없어."

"무슨 말이니? 정확히 말해 봐."

데미안의 다그침에 침을 삼킨 네로브는 자신이 조금 전에 느낀 이상한 기분을 이야기했다.

"이번에 싸일렉스 지방을 떠나면서 느낀 건데 아빠와 엄마, 그리고 다른 아저씨들의 기운을 자연스럽게 느낄 수 있었어. 그건 여기 파웰에 도착해서도 마찬가지였고. 그런데 조금 전 라일님의 기운이 갑자기 사라졌거든. 그리고 얼마 지나지 않아 헥터 아저씨의 기운도 점점 멀어지더니 곧 사라졌어. 어떻게 된 일인지 나도……."

"헥터도 사라졌어?"

"응."

네로브의 대답에 데미안은 그들에게 무슨 일이 생긴 것인지 답답한 생각이 들었다. 조금 전에도 그들의 모습을 분명히 보았는데 자신이 떠났던 그 짧은 사이에 그들 두 사람에게 문제가 생겼다니…….

네로브의 말이 틀렸다고 하고 싶지만… 네로브가 자신에게 농담이나 거짓말을 할 이유가 없다고 보면 그들에게 무슨 일이 생긴 것이 분명했다. 데미안이 자리에서 일어섰을 때 여관문이 벌컥 열리며 젊은 기사 하나가 뛰어 들어왔다.

그런 기사의 행동에 불안한 마음이 든 데미안은 기사보다 먼저 입을 열었다.

"무슨 일인가?"

"공작 각하께 급히 드릴 보고가 있습니다!"

"보고? 말해 보게."

"공작 각하께서 동쪽 성문을 떠나시고 얼마 되지 않아 몬스터들이 다시 습격을 해왔습니다. 하지만 대부분 언데드가 된 와이번들이었습니다. 라일님과 헥터님께서 직접 골리앗을 타고 10여 마리의 와이번들을 격살하셨지만 워낙 와이번들의 수가 많아 결국 당하시고 말았습니다. 집중 공격을 당하신 라일님이 와이번들에게 붙들려 가시자 헥터님께선 자신이 라일님을 찾아오겠다며 곧 뒤따라가셨습니다."

라일이 비록 소드 마스터 중급의 검술 실력을 가지고 있다고 하더라도 언데드가 상대라면 지치지 않을 수 없을 것이다. 게다가 그에게는 저주가 깃든 신체 때문에 신의 무기가 없지 않은가? 비록 헥터가 옆에 있었다고는 하더라도 상대적으로 검술 실력이 떨어지기에 큰 힘이 되지 못했을 것이란 생각이 들었다.

생각이 그에 이르자 데미안은 더 이상 참고 있을 수 없었다.

"데보라, 내가 가서 두 사람의 행방을 찾아볼 테니까 잠시만 기다리고 있어."

말을 마친 데미안은 미처 데보라의 대답을 들을 사이도 없이 동쪽 성문을 향해 달려갔다. 마법을 사용한 것도 아니지만 데미안의 몸은 사람들의 시야에서 순식간에 사라졌다.

데미안이 달려가고 얼마 되지 않아 로빈과 뮤렐이 여관으로 들어왔다. 하지만 사람들의 표정이 굳어 있는 것을 보고는 심상치 않은 일이 발생했다는 것을 직감했다.
"무슨 일입니까?"
"라일님과 헥터에게 무슨 일이 생긴 모양이야. 데미안이 지금 두 사람을 찾으러 갔어."
"예?"
데보라의 말에 두 사람은 쉽게 이해하지를 못하고 어리둥절한 표정을 짓고 있었다.

     *   *   *

휘이익—!
한줄기 날카로운 바람이 산정을 휩쓸고 지나갔다. 지면에 깔려 있던 낙엽이 바람을 타고 하늘로 치솟았다.
허공에 갑자기 검은 연기가 피어 올라 하나로 뭉치더니 검은 원이 생겼다. 그리고 원 안에서 검은 머릿결을 가진 여인 하나가 걸어나왔다.
여인이 지면에 내려서자 검은 원은 사라졌고, 여인은 가만히 주위를 둘러보았다.
여인의 안색이 하얀 탓일까? 검은색으로 물들어 있는 여인의 눈은 괴기스럽기 이를 데 없었다. 보는 것만으로도 소름이 오싹 끼칠 정도로 공포스러웠다. 주위를 두리번거리던 여인은 곧 방향을 잡았는지 산 아래를 향해 걸음을 옮겼다.
걸음을 옮긴 지 얼마 되지 않아 여인은 그리 넓지 않은 평지를 발견했다. 하지만 주위가 산으로 둘러싸여 있기 때문인지 상당히 넓게 느껴졌다. 여인이 평지로 접근하고 얼마 되지 않아 금발을 가진 사내 하나가 모습을 드러냈다. 하지만 여인은 이미 금발 사내가 나타날 것을 예상했는지 그대로 서 있을 뿐이었다.

모습을 드러낸 금발 사내는 여인의 모습을 발견하고는 고개를 갸웃거렸다.

"그대는 레드 드래곤 마브렌시아가 아닌가? 무슨 일로 이렇게 무례하게 나타난 거지? 그것도 그렇게 해괴한 모습으로?"

"라이슬렌스, 당신에게 할 말이 있어 왔소."

"뭐? 당신? 왔소?"

금발 사내는 너무나 기가 막혔는지 입만 열었을 뿐 아무런 말도 하지 못했다. 하지만 곧 입을 다문 금발 사내의 전신에서 뿜어져 나온 황금색 마나가 돌풍이 되어 순식간에 주위를 휩쓸고 사라졌다.

딱딱하게 굳은 표정을 짓던 금발 사내의 얼굴에는 분노와 함께 의혹의 표정이 역력했다.

이럴 수는 없는 일이었다.

감히 2,500살밖에 안 된 레드 드래곤이 4,000살이 넘은 자신에게 당신이라는 표현을 쓰다니…….

라이슬렌스는 지금 자신 앞에서 벌어지고 있는 일을 어떻게 받아들여야 좋을지 몰랐다. 아무리 레드 드래곤의 성질이 지랄 같고, 제 멋에 사는 종족들이라고 해도 자신보다 천 년이상이나 더 산 고룡급에 가까운 자신을 이렇게 대할 수는 없는 일이었다.

"당신에게 한 가지 응답을 받아야 할 일이 있어 왔소."

"무엇이냐?"

"내가 하는 일을 당신이 도와주었으면 하오."

"도와? 내가 너를? 크하하하—!"

금발 사내, 라이슬렌스의 입에서 미친 듯한 웃음소리가 울려 퍼지자 주위의 봉우리들도 그런 그의 분노를 아는 듯 메아리로 화답을 해주었다. 사방에서 울리는 메아리 때문에 귀가 멍멍해 정신을 차리기조차 힘들 지경이었지만 마브렌시아는 여전히 무표정한 얼굴로 그저 바라보고만 있었다.

웃음을 그친 라이슬렌스의 양손엔 황금색의 마나가 어려 있었지만 마브렌시아는 미동도 하지 않았다.

그 모습이 라이슬렌스가 보기에는 당당한 모습으로 보이기보다는 자신의 권위에 도전하려는 것처럼만 느껴졌다. 그리고 방어조차 하지 않는 그녀의 건방진 태도에 어이가 없을 지경이었다.

"건방진…… 메가 라이트닝—!"

라이슬렌스가 손을 들자 그의 손에서 한줄기 섬광이 천공으로 치솟았고, 얼마 지나지 않아 사방에서 먹구름이 몰려와 하늘은 당장 어두워졌다. 그리고 눈 깜짝할 사이에 수십 줄기의 백광이 마브렌시아에게 떨어져 내렸다.

상대가 자신과 비슷한 나이의 다른 드래곤이라고 하더라도 피하기가 쉽지 않을 텐데, 하물며 라이슬렌스가 펼친 9싸이클의 마법이라면 운용되는 마나의 양부터 달랐다. 하지만 마브렌시아는 그 자리에서 꼼짝도 하지 않았다. 다만 손을 머리 위로 들어 올렸을 뿐이다.

수십 줄기의 번개가 머리 위로 떨어지는 순간 마브렌시아의 손에서는 검은 연기가 피어 올라 반구형(半球形)의 막이 생겨 그녀의 몸을 보호했다.

콰콰콰쾅!

폭음과 함께 수십 미터 높이까지 흙먼지가 치솟았고, 돌풍이 일어나 주위의 나무와 돌, 잡초들을 하늘 높이 뿌렸다. 몇 미터는 족히 될 정도 구덩이가 서너 곳에 생겼고, 패어진 웅덩이에서 쏟아져 나온 흙먼지가 다시 주위를 짙은 암흑으로 만들었다.

마브렌시아가 자신의 공격을 피하지 않은 것이 약간 신경 쓰였지만 낭패한 모습을 보일 것이란 생각엔 조금의 의심도 없었다.

잠시 시간이 지나 흙먼지가 가라앉자 마브렌시아의 모습이 보였다. 하지만 그녀의 어디에서도 낭패한 모습은 보이지 않았다. 그녀가 자신의 공격을 어떻게 막아냈는지는 모르겠지만 조금 전 서 있던 자리에서 조금도 움직이지 않았다.

"당신의 힘으로는 절대 날 어떻게 할 수 없소."

마브렌시아의 단정적인 말에 골드 드래곤 라이슬렌스는 다시금 분노가 치미는 것을 느꼈지만 억지로 분노를 참았다. 그래도 자신은 드래곤 일족 가운데 가장 냉정하다고 알려진 골드 드래곤이 아닌가?

이제 2,500살밖에 안 된 레드 드래곤이 4,000살이 넘은 골드 드래곤의 마법 공격을 막아낸다는 것은 절대 정상적인 일이 아니었다. 브레스의 위력뿐만이 아니라 마법에서 사용되는 마나의 양도 다르기 때문에 마브렌시아가 라이슬렌스의 공격에 상처 하나 입지 않았다는 것은 말도 되지 않았다.

다시 말하자면 도저히 있을 수 없는 일이 자신의 눈앞에서 일어났다는 것이다.

그런 생각을 하면서 마브렌시아의 모습을 확인하고 보니 그녀의 전신에 이상한 기운이 어려 있는 것을 그제야 발견할 수 있었다.

단 한 번도 느껴본 적이 없는 음습하고 어두운 기운.

어떻게 보면 저주의 기운과 비슷하게 느껴지기도 했지만 그보다는 어둠을 더 느끼게 하는 기운이었다. 아마도 그 기운이 마브렌시아의 모습을 저렇게 괴상한 모습으로 바꿔놓은 듯싶었다.
 "조금 전 내 공격을 막은 것과 변한 지금 그대의 모습과 관계가 있는 것인가?"
 라이슬렌스의 말에 마브렌시아는 내심 감탄을 금할 수 없었다. 하지만 적어도 겉으로 드러난 그녀의 얼굴은 조금의 변화도 없었다.
 "그렇소."
 "내가 느낀 것이 확실하다면 그대에게서 이상한 힘과 기운이 느껴진다. 어둠의 기운 같은데, 내가 느낀 것이 확실한가?"
 라이슬렌스의 말에 마브렌시아는 고개를 끄덕이면서도 그의 정확한 판단에 조금은 놀랐다.
 라이슬렌스는 마브렌시아에게서 느껴지는 어둠의 기운과 요즘 뮤란 대륙의 하늘에서 느껴지는 불쾌한 기운이 비슷하게 느껴졌다. 하지만 마브렌시아에게서 느껴지는 기운이 훨씬 어둡고 사악한 것 같았다.
 그런 생각을 하다 보니 마브렌시아를 변화시킨 존재에 대해 호기심이 생기는 것을 느꼈다. 자신보다 격이 떨어지는 마브렌시아를 이렇게 강한 존재로 만들 수 있는 힘이 있다는 것을 쉽게 인정할 수 없었다.
 드래곤의 특성 중에서 숨길 수 없는 것이 하나 있으니 그것은 호기심이었다. 다른 존재에 대해 절대적인 힘을 가진 드래곤을 변화시킬 수 있는 존재가 있다는 것이 라이슬렌스의 호기심을 건드린 것이다. 게다가 그는 드래곤들 가운데 가장 지적인 존재로 불리는 골드 드래곤이 아닌가.

"그대를 변화시킨 존재를 만나려면 어디로 가야 하는가?"

이전 같으면 절대 불가능한 일이었겠지만 마브렌시아에게 라이슬렌스의 생각이 전해졌다.

"내 변화에 대해 호기심을 느끼는 것은 알겠지만 세상에서는 당신이 알아서는 안 되는 일도 있다는 것을 깨달아야 할 것이오. 그래도 만약 내가 변한 이유를 알고 싶다면 웅카르토 산맥으로 오시오. 그 자리에서 당신은 내 주인을 만나게 될 것이오. 그리고 당신이 얼마나 보잘것없는 존재인가를 뼈저리게 느끼게 될 것이오. 워프!"

마브렌시아는 그 말만을 남기고 그 자리에서 감쪽같이 사라졌다.

라이슬렌스는 마브렌시아의 마지막 말에 적지 않은 충격을 받았다. 누구보다 자존심이 강한 레드 드래곤이, 그중에서 가장 성질 더러운 마브렌시아가 누군가의 노예가 되다니…… 도저히 믿을 수 없는 일이었다. 게다가 그녀의 말대로라면 그녀의 주인이라는 존재가 그녀를 이렇게 변화시켰다는 말이 아닌가?

자신의 호기심을 유발시키는 마브렌시아의 말에 라이슬렌스는 그 존재를 확인하고 싶은 마음을 참을 길 없었다.

"드래곤을 노예로 부리는 존재라……. 후후후, 그런 존재가 정말 세상에 존재한단 말이지. 그렇다면 확인하지 않을 수는 없는 일. 어디 대체 얼마만한 힘을 가진 존재기에 드래곤을 노예로 부리는 것인지 직접 확인해 봐야겠군."

라이슬렌스는 천천히 자신의 레어로 발걸음을 옮겼다.

제35장
계획된 이별

　파월 시를 떠난 데미안은 헥터가 남긴 흔적을 따라 동쪽으로 달려갔다.
　간간이 헥터의 흔적을 놓치기도 했지만 하루가 지나 마침내 데미안이 도착한 곳은 파웰 시 북동쪽에 위치한 바위투성이의 돌산이었다. 한 그루의 나무도 찾을 수 없는 황량한 곳까지 이어진 헥터의 흔적은 그곳에서 완전히 사라졌다.
　천천히 돌산 주위를 살폈지만 어디에서도 헥터의 흔적은 찾을 수 없었다. 하는 수 없이 레비테이션 마법을 이용해 돌산 전체를 샅샅이 뒤졌지만 역시 헥터의 흔적은 어디에서도 찾을 길이 없었다.
　헥터가 라일의 뒤를 따라갔다는 말을 듣고 곧바로 뒤를 따랐는데도 불구하고 두 사람의 흔적을 찾지 못하자 데미안은 초조한 마음을 감출 수 없었다. 물론 라일이 소드 마스터이고 헥터에게는 신의 무기가 있다는 것을 잊은 것은 아니었다. 그래도 두 사람이 걱정스러운 것은 사실이었다.

잠시 고민을 하던 데미안은 다시 한 번 찾아보고 파웰 시로 돌아가기로 결심했다.

세심하게 돌산을 살피던 데미안이 산의 중턱에 도착했을 때였다.

휘익—

날카로운 소리와 함께 한 대의 화살이 데미안의 귓전을 스치고 그의 앞에 있던 바위에 부딪쳤다. 자신이 경계에 소홀했다는 생각과 함께 그의 몸은 허공으로 치솟았다.

허공에서 공중제비를 돌던 데미안의 눈에 바위 뒤에 몸을 숨긴 채 화살을 쏘고 있는 오크들의 모습이 보였다.

"앱솔루트 아머!"

외침과 동시에 데미안의 몸 주위에 붉은색을 띤 엷은 연기 같은 것이 감쌌였고, 오크들이 쏜 화살들은 그 방어막에 가로막혀 맥없이 지면으로 떨어졌다. 지상으로 내려선 데미안은 그대로 오크들을 향해 몸을 날렸고, 오크들은 멀쩡한 모습으로 자신들에게 달려드는 데미안의 모습에 잔뜩 긴장했다. 하지만 데미안을 기다리고 있던 몬스터는 오크들만이 아니었다.

데미안이 오크들 가까이 접근하자 긴 채찍 같은 것이 돌 틈 사이에서 뻗어 나와 데미안을 공격했다.

데미안이 재빨리 등에 메고 있던 미디아를 뽑아 들고는 날아오는 촉수를 향해 검을 휘두르자, 채찍 같은 촉수는 맥없이 잘려 나가며 진녹색의 체액을 사방에 뿌렸다.

체액이 떨어진 자리는 당장 시커먼 연기가 피어 오르며 구멍이 뚫렸다. 하지만 데미안은 아랑곳하지 않고 오크들을 향해 미디아를 휘둘렀다.

"블러드 서클!"

서른여섯 개의 붉은 원이 사방을 향해 날아갔고, 그 모습을 보고 있던 오크들은 자신이 방패로 삼은 바위와 함께 맥없이 잘려 나갔다. 데미안의 공격도 치명적인 것이었지만 그 공격에 실려 있는 신성력이 그들에게는 더욱 치명적이었다.

오크들이 비명을 지르며 쓰러져 가는 모습에 데미안이 다시 미디아를 쳐들어 휘두르려 할 때였다. 데미안은 자신의 발 밑이 흔들거리는 것을 발견했다.

재빨리 뒤로 물러서는 데미안의 눈에 어둠 속에서 거대한 무엇이 움직이는 것 같았다. 비록 주위가 짙은 어둠에 싸여 있다고는 하지만 그것이 어떻게 생겼는지 못 알아볼 데미안이 아니었다.

여섯 개의 짤막한 발에 집채만한 몸통을 가진 괴상한 생물이었다. 몸통에는 수십 개의 입이 있었고, 또 수백 개의 촉수를 가지고 있었다. 촉수는 두 가지 종류였는데 하나는 촉수 끝에 눈이 달려 있었고, 또 하나는 흡착판을 가지고 있었다.

그것이 입을 우물거리며 천천히 걸음을 옮기자 지독한 악취가 풍겨왔다. 데미안이 눈살을 찌푸릴 때 괴물의 뒤에 숨어 있던 오크들이 일제히 공격을 재개했다.

난생처음 보는 괴물의 모습에 처리를 고심하는 데미안에게 오크들은 귀찮고 신경 쓰이는 존재였다. 어떻게든 짧은 시간에 오크들을 처리하는 수밖에 없었다.

결심을 굳힌 데미안은 미디아를 움켜쥐고는 가볍게 발을 움직여 쉐도우 스텝을 밟았다. 순간 데미안의 몸은 몬스터들의 시야에서 완전히 사라졌고, 곧 이어 오크들의 짧은 신음 소리가 들렸다.

미디아의 날카로움과 신성력은 오크들로 하여금 비명을 지를 시간조차 허락하지 않았다. 일단 공격권 내에 있는 오크들을 단숨에 처치한 데미안은 다시 괴물 앞에 내려섰다.

지금 그의 심정은 사라져 버린 두 사람의 안전 때문에 상당히 초조한 상태였다. 언제까지 이 괴물과 싸우고 있을 시간이 없었다. 물론 이대로 이 자리를 떠날 수도 있었지만, 만약 자신이 두 사람을 찾는 사이 파웰 시에 이 괴물이 나타날지도 모른다는 생각 때문에 선뜻 행동으로 옮길 수도 없었다.

천천히 마나를 모은 데미안은 최단시간 내에 괴물 처치하기로 결심했다. 허공으로 몸을 날린 데미안은 지체없이 미디아를 내뻗었다.

"블러드 라이트닝—!"

미디아에서 뿜어져 나온 붉은 광선은 간단하게 괴물의 몸을 꿰뚫었다. 보통의 몬스터라면 그것만으로 죽임을 당했겠지만 괴물은 격렬하게 몸을 흔들었을 뿐 여전히 데미안을 향해 촉수를 날렸다.

끈질긴 괴물의 모습에 데미안은 자신도 모르게 블러드 서클의 구결을 떠올렸다. 그러자 일직선으로 뻗어 나가던 블러드 라이트닝의 붉은 광선이 순간 수십 개의 원으로 바뀌어 괴물의 몸을 사정없이 꿰뚫었다. 게다가 괴물의 몸을 관통한 붉은 원들은 사라지지 않고 미디아의 움직임에 따라 궤적을 달리해 계속해서 괴물의 몸을 파고들었다.

조금의 시간이 지난 후 괴물은 완전히 피 범벅으로 변했고, 데미안은 그제야 손을 멈추었다. 데미안은 블러드 라이트닝을 펼치다 블러드 서클의 구결을 떠올렸을 뿐인데 공격의 형태가 바뀐 것이다.

 블러드 라이트닝과 블러드 서클은 운용되는 마나의 양도 달랐고, 또 움직이는 방향도 달랐다. 그런데도 불구하고 어떻게 공격의 형태가 달라질 수 있는지 의문이 아닐 수 없었다. 그리고 보니 명상할 때 보았던 그 괴상한 궤적을 보았던 것 같기도 했다. 하지만 지금 중요한 것은 그것이 아니었다.

 데미안이 심호흡을 하는 동안 소모되었던 마나는 이미 보충이 된 상태였다. 사라진 두 사람의 흔적을 찾기 위해 다시 두리번거릴 때 무엇인가가 근처에 있다는 느낌이 들었다.

 분명히 말해 생명체의 느낌은 들지 않았다. 하지만 자신에게 격렬한 적의를 가지고 있는 것만은 사실이었다.

 주위를 살피던 데미안의 눈에 어둠 속에서 검은 로브를 걸친 사람의 모습이 보였다. 음산하고 서늘한 기운을 분명히 느낄 수 있었다.

"네가 내 귀여운 자식을 죽인 놈이냐?"

"귀여운 자식? 미친놈. 이 괴물이 네 자식이란 말이냐?"

"죽일 놈! 블랙 라이트닝—!"

 사내가 손을 뻗자 검은 번개가 데미안을 향해 날아들었다.

"매직 베리어!"

 쾅! 콰르르—

 붉은색의 둥근 막이 데미안의 몸을 감싸는 순간 검은 번개가 데미안의 몸을 강타했다. 짙은 흙먼지가 일어나는 순간 데미안은 마법사를 향해 달려갔다.

"블랙 애로우!"

 마법사의 손이 들리는 순간 어둠에 싸인 수십 개의 검은 화살이 데미안을 향해 날아갔다. 확인할 수 없는 무엇인가가 자신을 향해 날아오는 것을 느낀 데미안은 지면을 박차고 허공으로 몸을 날렸다.

그대로 데미안의 발 밑을 통과할 것 같았던 검은 화살들은 방향을 바꿔 다시 데미안을 향해 날아왔다. 깜짝 놀란 데미안은 허공에서 맹렬히 몸을 회전시키면서 옆으로 내려섰다. 하지만 검은 화살들은 다시 방향을 틀어 데미안에게 쏟아졌다.

데미안이 황급히 매직 실드를 몸 앞에 만들자마자 검은 화살과 부딪쳤다.

퍼퍼퍼펑—!

요란한 소리와 함께 데미안의 몸은 뒤로 날아갔다. 그 모습을 본 마법사는 만족스런 미소를 띠며 데미안의 시신을 확인하려고 했다. 느긋하게 걸음을 옮기던 마법사의 눈이 갑자기 휘둥그레졌다. 데미안의 시신이 감쪽같이 사라진 것이다.

주위를 두리번거리던 마법사의 목에 싸늘한 칼날이 닿았다.

"꼼짝하지 마. 털끝 하나만 움직여도 목을 날려 버릴 테니까."

너무도 싸늘한 말에 마법사의 몸에서는 소름이 돋을 지경이었다. 하지만 애써 태연한 표정을 지었다.

"불사불멸의 존재인 날 협박할 수 있다고 생각하는가?"

"닥쳐! 파웰 시에서 납치한 사람은 지금 어디 있지?"

"호호호, 그 스켈레톤을 찾는 것… 윽!"

득의만면한 웃음을 짓던 마법사는 짧은 신음을 터뜨렸.

그가 웃음을 터뜨리는 순간 미디아가 그의 목을 거침없이 파고들었던 것이다. 미디아가 파고든 자리에서는 검은 선혈과 함께 거무스름한 연기가 피어 올랐다.

마법사는 자신의 목에 생긴 상처보다 몸속으로 스며드는 신성력 때문에 몸서리를 쳤다.

"어디 있어?"

"흐흐흐, 그 스켈레톤은… 큭…… 이미 이 몸의 주인이신 키기모카님께 보낸 지 오래다."

"키기모카?"

"그렇다. 지하르트님의 오른팔이신 키기모카님의 충실한 노예가 되기 위해 그분께 보내졌다."

"지하르트? 그게 누구냐?"

데미안의 질문에 중년 마법사의 얼굴에는 경외의 빛이 가득했다.

"암흑과 공포의 주재자이시자 이 땅의 진정한 지배자이시다. 바알 각하의 아드님이신 그분께서 곧 세상의 모든 것을 지배하시기 위해 모습을 드러내실 것이다."

"그러니까 네 말은 지상에 강림한 마신이 바알제블이라고도 불리는 바알의 아들 지하르트란 말이냐?"

"그래, 너 같은 놈은 꿈도 꿀 수 없을 만큼 엄청난 능력을 가지신 분이다. 만약 지하르트님에게 충성을 맹세할 생각이 있다면 내가 그분께 말씀드려 주마."

"키기모카가 있는 곳은?"

"흐흐흐, 자신의 재주를 과신하는구나. 좋다. 내가 가르쳐 주마. 그 스켈레톤같이 생긴 놈은 오르고니아 왕국의 휴로크네 산에 있는 신전에 갇혀 있다. 어디 능력껏 구해봐라."

"휴로크네 산에 있는 신전?"

중년 마법사의 말을 따라하던 데미안은 갑자기 중년 마법사의 몸에서 검은 연기가 피어 오르는 것을 느끼고는 재빨리 뒤로 물러서며 미디아를 휘둘렀다. 검은 로브가 단숨에 두 쪽으로 갈렸고, 중년 마법사의 몸은 순식간에 검은 연기로 변해 공기 중에 흩어졌다.

중년 마법사에게서 느껴지는 기운이 점점 엷어지는 것을 보면 그가 연기로 변해 달아나는 것은 아닌 것 같았다. 아마도 그의 목에 상처를 냈을 때 스며든 신성력 때문이 아닌가 생각되었다.

중년 마법사가 완전히 사라지자 데미안은 지체없이 파웰 시로 향했다. 나머지 일행들과 함께 라일을 찾으러 가려고 결심했기 때문이다.

다만 한 가지 데미안을 답답하게 만드는 것은 행방을 알 수 없는 헥터 때문이었다. 하지만 경험과 실력, 그리고 신의 무기까지 가진 헥터에게 별다른 일이 없을 거라고 믿고, 그가 한시라도 빨리 자신의 뒤를 따라오기만 기대했다.

그런 생각 때문일까?

파웰 시로 돌아오는 시간은 조금 더 걸렸다. 그가 성문으로 다가오자 주위를 살피던 경계병 하나가 다른 사람들에게 큰 음성으로 그 사실을 알렸다.

"싸일렉스 공작 각하께서 돌아오셨다! 어서 성문을 열어라!"

기기기끽─

도개교가 요란한 소리를 내며 해자 위로 내려왔다.

데미안은 병사들의 열렬한 환영을 받으며 파웰 시로 들어섰다. 또 자신들이 미처 알지 못하는 사이에 구함을 받았다는 사실을 안 파웰 시민들이 환호성으로 고마움을 표시했다.

손을 들어 답례를 하고는 재빨리 일행들이 투숙하고 있는 여관으로 향했다.

　안으로 들어선 데미안은 식당에 있던 사람들이 자신을 바라보는 것을 발견했다. 하지만 그 무리들 가운데 자신을 기다리고 있을 것으로 생각했던 일행들은 발견할 수 없었다. 이상한 느낌이 든 데미안은 주인을 발견하고는 그에게 다가갔다.

"어서 오십시오, 공작 각하."

"내 일행들은 어디에 있는가?"

"예? 모르고 계셨습니까? 일행 분들은 어제저녁 늦게 떠나셨습니다."

"어제저녁 늦게? 그게 무슨 소린가?"

"글쎄요? 자세한 것은 알 수 없지만 어제저녁 늦게 갑자기 여관을 떠나셨습니다. 참!"

　마치 자신이 잘못이라고 생각하는 듯 어쩔 줄 몰라 하던 주인은 자신의 이마를 치고는 곧 카운터로 달려갔다. 그리고는 한 통의 편지를 들고 왔다.

"어제저녁 공녀님께서 이 편지를 남기셨습니다."

　편지를 전해 받은 데미안은 재빨리 내용을 확인했다.

　아빠, 우리는 다른 길을 통해 옛 뮤란 제국의 수도 메탈리언으로 갈 거야.

　아레네스께서 엄마나 레오 엄마, 로빈 아저씨, 뮤렐 아저씨가 아빠가 앞으로 해야 할 일에 도움이 되려면 지금보다 더 강해져야 한다고 말씀하셨어. 그리고 헥터 아저씨는 라일님을 만난 후에야 만날 수 있을 거라고 하셨어.

　기간이 얼마나 지나야 될지는 모르지만 다시 만날 때까지 건강 조심해. 선더버드께서 아빠를 돌봐주실 거야.

아빠, 사랑해.

데미안은 그 내용에 자신도 모르게 현기증이 났다. 그가 조금 비틀거리자 여관 주인은 재빨리 그에게 의자를 권했다.

의자에 앉은 데미안은 머리 속을 정리해 다시 한 번 편지의 내용을 곰곰이 생각해 보았다.

자신이 해야 할 일이라면 깨어진 봉인을 신의 무기를 이용해 원래 상태로 만드는 것이었다. 또 가능하다면 이미 봉인을 빠져나온 마신을 소멸시키는 것이다. 하지만 그 일에 일행들을 끌어들이고 싶은 생각은 조금도 없었다.

일행들이 자신을 이해해 주고 자신 가까이 있는 것만으로 족했다. 그들이 자신 곁에 있음으로 해서 얼마나 위험에 노출되어 있는지 누구보다 잘 알고 있는 데미안이었다. 그런데 자신의 일을 돕기 위해 이제 그들이 강해져야 한다니……

그들이 더 강해져야 한다는 것은 그들의 실력이 강해질 수 있는, 아니, 강해져야만 살 수 있는 그런 위험한 경험을 하게 된다는 것을 누구보다 잘 알고 있는 데미안이었다. 자신이 직접 그런 경험을 해보았기에 누구보다 잘 알고 있었다.

네로브의 편지에서 신들이 일행들을 돌볼 것이라는 암시를 받기는 했지만 일행들이 할 고생에 대해 데미안은 마음이 편치 않았다. 물론 일행들의 뒤를 따라갈 수도 있었지만 그래서는 안 될 것 같다는 생각이 들었기 때문에 이렇게 고심하고 있는 것이었다.

"공작 각하, 한잔 드시겠습니까?"

고개를 들어보니 여관 주인이 한 병의 술병을 들고 조심스럽게

서 있었고, 어느 틈에 도착했는지 시장인 라크네와 엔쏘니가 자신을 바라보고 있었다.

"앉게."

두 사람이 앉자 데미안은 그들에게 술을 따라주었다. 자신의 잔에 술을 따른 데미안은 단숨에 술을 마셨다. 술을 마신 후 데미안의 얼굴이 묘하게 찌푸려졌다.

"이런 술 말고 볼케이노는 없는가?"

"예? 그렇게 독한 술을?"

"가지고 오게."

데미안의 굳은 표정에 여관 주인은 곧 볼케이노 한 병을 들고 왔다.

"싸일렉스에서 재배한 포도와 밀로 담은 76년 된 볼케이노입니다."

컵에 반쯤 차 있는 볼케이노에서는 그리 독하지 않은, 아니, 향긋하기 이를 데 없는 냄새를 풍기고 있었다. 요요한 자태를 뽐내는 붉은색 액체를 한 모금 마셨다.

역시 과거에 자신이 마셨던 것만큼이나 강렬했다. 정신이 번쩍 나는 것 같았다.

일단 라일을 먼저 구하고 헥터를 만나 다른 일행들을 찾아야겠다고 결론을 내렸다.

"내가 떠난 후 별다른 일은 없었는가?"

"예. 몬스터들도 나타나지 않았고, 지금은 아무 일도 없습니다, 공작 각하."

"그렇다면 다행이군. 내가 떠난 후에도 방심하지 말고 몬스터의 공격에 대비하도록 하게."

"명심하겠습니다, 공작 각하."

"트레비앙 백작."

"말씀하십시오, 공작 각하."

"그대는 부하들과 파웰 시에 잠시 남아 다시 있을지도 모르는 몬스터의 공격에 대비하도록 해주게."

"명령대로 하겠습니다."

대답하는 엔쏘니를 잠시 바라보던 데미안은 그에게 미소를 보내주었다.

"부탁해, 엔쏘니."

"맡겨줘. 무슨 일이 있어도 꼭 이곳을 지킬 테니까."

"믿을게."

식당 안에 있던 사람들은 두 청년이 서로의 오른손을 부여잡는 모습을 보았다. 서로에게 담담한 미소를 짓고 있는 두 청년의 얼굴에는 상대에 대한 믿음으로 가득했다.

창백했던 데미안의 얼굴은 조금 전 마셨던 볼케이노 덕분에 보기 좋게 붉어졌다.

"볼케이노의 맛이 환상적이었네."

데미안은 말과 함께 몇 개의 금화를 테이블 위에 내려놓았다. 그 모습에 깜짝 놀란 여관 주인이 얼른 금화를 내밀었다.

"아닙니다. 트레디날 제국의 영웅이신 공작 각하를 모신 것만 해도 무한한 영광입니다. 돈은 절대 받을 수 없습니다."

잠시 주인의 얼굴을 바라보던 데미안은 씨익 웃으며 테이블 위에 있던 볼케이노의 술병을 잡았다.

"그럼 이 술값으로 생각하게."

"그러시면 안 되는데······."

"그럼 뒤를 부탁하네."

데미안은 그 말만을 남기고 여관을 빠져나갔다.

시장인 라크네와 엔쏘니가 뒤따라 여관을 나왔을 때 말을 탄 데미안은 이미 까마득히 멀어져 있었다.

그 모습을 바라보던 라크네가 엔쏘니에게 물었다.

"트레비앙 백작님, 싸일렉스 공작님은 대체 어디로 가시는 겁니까? 공작님의 일행들로 보이는 분들의 말로는 트레디날 제국을 지나 북쪽으로 향한다고 하시던데……."

"나도 자세한 것은 알 수 없지만 아마도 중요한 일을 하기 위해 여행을 떠난 것 같소. 언제나 그는 우리를 위해 숨은 곳에서 일을 하니까. 비록 아는 사람은 적어도 말이오."

"틀림없이 그럴 겁니다. 그분은 누가 뭐라 해도 우리 싸일렉스의 영웅이니까요."

두 사람이 대화를 나누는 동안 데미안의 모습은 완전히 사라졌다.

파웰 시를 떠난 데미안은 북쪽을 향해 말을 몰았다.

조급해지려는 마음을 애써 억누르며 중년 마법사가 말한 오르고니아 왕국을 향했다.

루벤트 제국에게 병탄된 후 오랜 세월 동안 독립하기 위해 노력해 오던 오르고니아 왕국은 트렌실바니아 왕국이 루벤트 제국과의 전쟁에서 이김으로 과거의 영토를 겨우 수복할 수 있었다. 하지만 오르고니아 왕국이 쉽게 영토를 되찾을 수 있었던 이유는 왕국이 위치한 곳이 산악 지형이었기 때문이라는 것이 더 정확한 이유일 것이다.

중년 마법사가 말한 휴로크네 산은 오르고니아 왕국에서도 북쪽에 위치한 상당한 험준한 산이었다. 데미안이 가지고 있는 군사용 지도는 상당히 정확한 것이었지만 그것은 트레디날 제국에 한해서였다. 오르고니아 왕국의 지형에 대해서는 너무나 엉성하게 표시되어 있었다.

일단은 무조건 북쪽을 향해 갈 수밖에 없는 상황이었다.

쉴 새 없이 말을 달려 저녁 무렵 데미안이 도착한 곳은 토바실의 최북단 마을인 페이낙스란 마을이었다.

국경과 얼마 남지 않은 탓인지는 모르지만 그리 크지도 않은 마을에 상당수의 용병과 병사들의 모습이 보였다. 일단 데미안은 '고향의 언덕'이라는 이름을 가진 허름해 보이는 술집으로 향했다.

술집 앞에서 호객 행위를 하던 소년 하나가 데미안을 발견하고는 쪼르르 달려와 데미안이 타고 있던 말고삐를 재빨리 잡고 인사를 했다.

"어서 오십쇼. 저희 집에서는 고향의 아늑함을 맛보실 수 있으며 뮤란 대륙에 있는 모든 술맛을 즐기실 수 있습니다. 이름만 보셔도 잘 아시겠지만……."

말에서 내린 데미안은 은화 하나를 소년에게 쥐어주었다.

"먼 길을 가야 하니 좋은 먹이를 먹이도록 해라."

"예, 걱정하지 마세요."

소년은 데미안이 준 은화를 만지작거리며 환한 미소를 지었다. 그런 소년의 모습에 미소를 짓던 데미안은 곧 술집 안으로 들어섰다.

예상대로 술집 안은 많은 용병들과 병사들로 가득 차 있었다.

하지만 여느 술집과 다른 것은 웃고 떠드는 사람들이 하나도 없다는 점이었다.
 이상한 긴장감이 술집 안을 어둡게 만들고 있었다.
 술집 안으로 들어서는 데미안의 모습을 발견한 사람들은 난생 처음 보는 아름다운 미모에 하나같이 놀란 표정을 감추지 못했다. 게다가 그가 걸치고 있는 옷이 상당한 고급인 것으로 보아 귀족 가의 아들이 분명해 보였다.
 데미안은 주위를 살폈지만 좀처럼 빈자리를 찾을 수 없었다. 그런 데미안 곁으로 재빨리 다가온 주인은 열심히 손을 비비며 입을 열었다.
 "잠시만 기다려 주십시오. 곧 자리를 마련해 드리겠습니다."
 말을 마친 주인은 이기저기 돌아다니면서 합석에 대한 양해를 구하다가 곧 돌아왔다.
 "이쪽으로 오시지요."
 주인의 안내를 받아 간 곳에는 험상궂게 생긴 두 명의 용병이 앉아 있었다.
 "죄송합니다만, 이분과 합석을 해주십시오. 제가 술 한 잔 서비스해 드리겠습니다."
 잠시 인상을 쓰던 두 용병 가운데 한 사람이 슬쩍 옆으로 옮겨 자리를 마련해 주었다. 자리에 앉은 데미안은 두 사람에게 감사의 인사를 했다.
 "자리를 양보해 줘서 감사하오. 한데 이 마을에 무슨 일이 있는 것이오?"
 "허어, 이 친구 아무것도 모르는 모양이군."
 "글쎄 말이야. 이봐, 자네 용병인가?"

"그렇다고도 볼 수 있소. 한데 내가 용병인 것과 이 마을에 생긴 일과 무슨 연관이 있는 거요?"

"있지, 그것도 아주 많이."

용병들은 데미안을 슬쩍 놀렸다. 이전 같았으면 일단 주먹부터 내질렀을 테지만 지금은 이상하게도 화가 나지 않았다.

"자세한 이야기를 해주면 고맙겠소이다만……."

"자네 같은 애송이가 몬스터를 본 적이나 있겠나?"

"몬스터? 그럼 이 마을을 몬스터들이 공격하기라도 했단 말이오?"

데미안의 기세 어린 말에 두 사람은 서로의 얼굴을 바라보았다. 텁석부리 용병이 엉겁결에 대답했다.

"그, 그래. 얼마 전 몬스터의 공격을 받았다고 하더군. 하지만 병사들의 수가 너무 적어 용병을 모집한다는 소문을 듣고 용병들이 모인 것이네."

그제야 내막을 알게 된 데미안은 잠시 고민하지 않을 수 없었다. 물론 단순한 몬스터의 공격이라면 걱정할 필요가 없지만 만약 사악한 힘에 지배를 받는 몬스터들이라면 이들만의 능력으로 그들을 물리칠 수 있을 리 만무한 일이었다.

물론 라일을 구하는 일도 급한 일이기는 하지만 그렇다고 어려움에 처한 이들을 모른 척하고 지날 수는 없는 일이었다. 데미안이 고심하고 있을 때 데미안을 보고 있던 두 용병은 그가 겁을 먹었다고 생각했는지 엷은 비웃음이 그들의 얼굴에 걸려 있었다.

"이곳의 경비대장이 누구요?"

"여기? 여긴 마을이야. 경비대장이 있을 리 만무하잖아. 하지만 로이드 자작이 이곳을 책임지고 있는 것만은 확실하지."

"로이드 자작?"

"그래, 휴이고 로이드 자작. 제국 전쟁에 참여한 적이 있는 백전노장이지. 비록 나이가 조금 들기는 했지만 말이야. 용병들을 모은 분도 그분이시지."

"어디로 가면 로이드 자작을 만날 수 있소?"

"자네가 그 양반을 만난다고? 흐흐흐, 이 친구 상당히 재미있는 친구이군."

"하하하, 그러게 말이야. 귀족이 만나고 싶으면 만날 수 있는 사람들인 줄 아는 모양이군. 어디 만날 수 있으면 만나러 가보시지."

데미안이 막 대꾸를 하려고 할 때 술집 안으로 들어오는 사람이 있었다. 진청색 하드 레더를 걸친 젊은 기사였는데 입구에 서서는 큰 소리로 외쳤다.

"병사들은 지금 즉시 원래 위치로 복귀하고, 용병들은 내일 아침 일찍 마을 외곽에 있는 공터에 집결해 주시오!"

병사들이 투덜대며 술집을 나갔고, 용병들은 자신들이 싸워야 할 몬스터들에 대해 저마다 일행들과 이야기했다.

데미안은 자신이 가장 궁금하게 생각한 것을 두 용병에게 물었다.

"로이드 자작은 몬스터의 공격을 어떻게 아는 것이오?"

"어떻게 알다니? 그게 무슨 소리야?"

"그럼 몬스터의 공격 시점을 알았기 때문에 용병을 모집한 것이 아니란 말이오?"

"글쎄, 그런 건 아닌 걸로 아는데…… 자넨 아나?"

"난들 알 도리가 있나? 하지만 내일이 되면 알게 되겠지."

"그렇군. 그럼 술이나 마시세."

두 용병이 술을 마시는 모습에 데미안도 천천히 술을 마시며 자신이 어떻게 해야 할지 생각해 보았다. 로이드 자작을 찾아가 자신의 정체를 밝히고 협조를 구할 수도 있는 일이지만 그가 어떻게 몬스터들을 처리할지 궁금하기도 했다.

어차피 내일 아침 떠날 생각으로 들렀기 때문에 일단은 두고 보기로 했다.

조금 이른 시간에 일어난 데미안은 가볍게 몸을 풀고 식사를 하기 위해 식당을 찾았다. 식당 안은 용병들로 꽉 차 있었다.

빈자리를 찾아 앉은 데미안은 간단히 식사를 주문했다.

몸의 형태가 바뀌고 난 후 식사는 2, 3일에 한 번만, 그것도 극히 소량만 섭취하면 충분했다. 나온 음식의 절반만을 먹은 데미안은 천천히 마을 외곽의 공터로 걸음을 옮겼다.

그곳에는 이미 70여 명의 용병들이 집결해 있었다.

몇 개의 무리로 나누어져 있던 용병들은 자신들을 향해 다가오는 데미안을 발견하고는 어이없다는 표정을 지었다. 적어도 겉으로 보이는 데미안의 모습은 피크닉 나온 귀족가의 풋내기로밖에 보이지 않았다.

"이봐, 애송이 기사님. 어디 여행이라도 가시나?"

"하하하, 이봐, 너무 험하게 다루지 말라고. 그러다 겁먹고 울면서 달아나기라도 하면 어쩌려고 그러는 거야?"

"하하하."

"너무 그러지들 마라. 벌써 겁먹었잖아, 저 친구."

갑자기 터진 누군가의 말에 용병들은 일제히 웃음을 터뜨렸다. 하지만 데미안의 얼굴에는 표정 변화가 없었다. 그의 얼굴에 여전히 미소가 걸려 있는 것을 발견한 용병들이 의아해할 때 더할 나위 없이 음산하고 싸늘한 음성이 들렸다.

"조용히 해라. 저분은 너희 같은 놈들이 함부로 희롱할 수 있는 분이 아니시니까."

갑자기 들려온 음성에 용병들의 시선은 한곳을 바라보았고, 상대를 확인한 순간 용병들의 고개는 일제히 지면을 향했다.

데미안은 용병들의 얼굴에 상대를 두려워하는 기색이 떠올라 있는 것을 확인하고는 그의 정체가 궁금했다.

자신을 향해 다가오는 상대는 40대 후반으로 보이는 사내였는데 기분 나쁠 정도로 깡마른 체격을 가지고 있었다. 낡은 하드 레더에 그의 왼쪽 허리에는 낡아 보이는 에스터크가 걸려 있었다. 본 적이 있는 사내였다.

"혹시 그대는 파프?"

"그렇습니다, 싸일렉스 후작 각하."

"정말 오래간만이군. 그동안 잘 있었나?"

"예. 후작 각하께서는 10년 전과 비교해 조금도 변하지 않으셨군요."

"후후후, 자네가 보기에도 그런가?"

어색한 미소를 지으며 파프와 대화를 나누는 데미안의 모습에 용병들은 경이로운 눈빛으로 두 사람을 바라보았다. 적어도 이곳 토바실의 북쪽 지방에서 용병들에게 파프의 명성은 무엇보다 우선하는 것이었다.

"한데 자네가 이곳은 웬일인가?"

"저는 전쟁이 끝나고 몬테야, 토바실, 후로츄 지방을 여행했습니다. 루벤트 제국의 잔당이나 산적들을 토벌하기도 했고, 바운티 헌터 노릇을 하면서 지냈습니다. 그러시는 후작 각하께서는 무슨 이유에서 이곳까지 오신 겁니까?"

"오르고니아 왕국에 볼일이 있어 지나다가 몬스터 때문에 용병을 모집한다는 이야기를 듣고 와본 것이네."

"오르고니아 왕국이라면…… 또다시 비밀 임무를 맡으신 겁니까?"

"비밀 임무?"

"그럼 전쟁이 끝난 직후 비밀 임무 때문에 모습을 감추신 것이 아닙니까?"

파프의 질문에 데미안은 대답하기가 곤란했다. 그에게 밝혀봐야 좋을 것이 없다고 생각을 하고는 고개를 끄덕였다.

"비밀 임무라고 할 수도 있지."

"역시……"

고개를 끄덕이는 파프의 얼굴에는 데미안에 대한 존경의 빛이 가득했다.

비록 데미안의 나이가 자신보다 훨씬 적은 것은 사실이지만 한 명의 사내로서 데미안은 존경할 만한 사내였다. 파프도 데미안을 직접 만나보기 전까지만 하더라도 그에 대한 소문이 너무 과장되었다고 생각했지만, 사실은 그가 한 일 가운데 극히 일부분밖에 밝혀지지 않았다는 것을 알고는 그때부터 데미안을 존경하기 시작했다.

귀족을 체질적으로 싫어하는 자신이 그렇게 한 사람에게 빠진 것이 자신도 신기하게만 여겨졌다.

"자자, 잠깐 이곳을 주목하시오."

돌연 들려온 음성에 용병들의 시선이 한쪽을 향했다.

하프 플레이트 메일을 걸친 30대 초반의 기사 하나가 큰 소리로 용병들을 불렀다. 용병들이 자신을 주시하자 기사는 그들이 주의해야 할 사항을 전달했다.

"여러분들은 지금부터 한 지점으로 이동을 해서 몬스터들과 싸우게 되오. 여러분들이 용병인 점을 감안해 여러분들의 지휘는 파프님께서 맡아주실……"

"잠깐."

"무슨 일이십니까?"

"난 지휘를 맡을 수 없소."

파프의 말에 젊은 기사는 당황한 표정을 감추지 못했다.

"무, 무슨 말씀이십니까?"

"지휘라면 나보다는 여기 계신 이분이 훨씬 더 어울리는 분이시오."

실력도 실력이지만 자존심 강하기로 유명한 파프가 다른 사람을 추천하자 젊은 기사는 얼떨떨한 표정으로 데미안을 보았다. 그가 대체 얼마나 뛰어난 능력을 가지고 있는지는 모르지만 험상궂게 생긴 용병들을 다루기에는 너무 유약하게만 보였다.

"귀하는……?"

"나는 그저 이 마을을 지나던 사람이오. 그러니 나보다는 여기 있는 사람이 지휘를 하는 것이 옳다고 생각하오."

"우리 생각도 그렇소. 정체도 알 수 없는 자보다는 파프님께서 우리의 지휘를 맡아야 한다고 생각하오."

"맞아! 아무에게나 우리의 목숨을 맡길 수는 없단 말이야!"

"그래, 파프! 당신이 지휘를 맡아달라고!"

데미안의 말에 수십 명이 떠들어대자 파프가 휙— 하는 소리가 들릴 정도로 몸을 돌렸다.
 "닥쳐! 감히 이분이 누구신 줄 알고……!"
 "파프, 내 정체는 밝히지 않았으면 고맙겠네."
 파프의 싸늘한 음성에 용병들의 입이 일제히 다물어졌다. 그를 화나게 하고 멀쩡할 수 있는 사람은 아무도 없었기 때문이다.
 "그분이 누군지 가르쳐 주시면 실례를 안 해도 될 것 같은데 파프님께서 가르쳐 주시겠소?"
 "나는 감히 이분의 이름을 거론할 자격조차 없소. 하지만 자넷 경도 이분께 무례를 저지르지 않는 것이 좋을 것이오. 나중에 이분의 이름을 알게 되고 나서 후회하지 말고."
 파프의 말에 젊은 기사, 자넷은 데미안의 정체가 더욱 궁금해졌다. 그렇기는 용병들도 마찬가지였다.
 자넷이 어쩔 줄 몰라 할 때 용병들이 있는 곳으로 일단의 기마병들이 다가왔다. 10여 명의 중무장한 기마병들이 중앙의 중년 기사를 보호하는 형태로 다가왔다.
 중년 기사는 자신의 부관인 자넷을 불렀다.
 "전달 사항은 모두 전달했는가?"
 "저어 그게……."
 "아직 전달하지도 않고 뭘 했단 말인가? 이제 곧 출발해야 한다는 것을 잊기라도 했단 말인가?"
 "죄, 죄송합니다."
 당황하는 자넷의 말에 중년 기사, 휴이고 로이드는 혀를 찼다. 젊은 나이임에도 불구하고 누구보다 이성적이고 냉정했던 자넷 경이 이렇게 당황한 모습을 보이는 것이 도저히 이해가 되지 않았다.

"용병들의 지휘를 맡은 파프란 용병은 어디에 있나?"

"제가 파프입니다."

파프가 한 발 앞으로 나서자 휴이고는 그를 살폈다. 역시 소문에 듣던 대로 상당한 검술 실력을 가지고 있는 듯 보였다. 깊게 가라앉은 눈빛이 상당히 인상적이었다.

"자네가 용병들을 인솔하고 공격의 한 부분을 맡아주게."

"저분께서 지휘를 하신다면 기꺼이 제가 가진 힘을 보태겠습니다."

파프가 가리키던 사람을 바라보는 휴이고의 얼굴에는 당혹스런 표정이 역력했다. 그러면서도 재빨리 말에서 내려 데미안이 서 있는 곳으로 달리듯 다가가 무릎을 꿇었다.

"서, 설마 데미안 싸일렉스 공작 각하 아니십니까?"

상대가 자신을 알아보자 데미안은 더 이상 자신의 정체를 속일 수 없었다.

"그렇소, 내가 데미안 싸일렉스요."

"이렇게 만나뵙게 되어 정말 영광입니다!"

"어서 일어나시오."

데미안의 말에 휴이고는 재빨리 일어나 부동 자세로 섰다. 상대는 제국 내에서 흔하디흔한 백작도 아니었고, 10명쯤 되는 후작도 아니었다. 제국 내에서 단 두 명밖에 없는 공작 가운데 한 명이므로 휴이고의 그런 태도는 당연한 것이었다.

"날 어떻게 알아봤소?"

"공작 각하께서 백작에 임명되셨을 때 그 자리에 저도 있었기 때문에 공작 각하의 얼굴을 알아볼 수 있었습니다."

"그럼 내가 공작이 되었다는 것은?"

"황궁에서 싸일렉스 후작 각하께서 공작 각하에 임명되셨다는 통보가 이미 트레디날 제국 전역에 전해졌습니다. 저도 얼마 전 그런 소식을 전해 들었습니다만 사흘 전 파웰 시에 계신 트레비앙 백작께서 파웰 시의 주위 도시에 공작 각하께서 들르실지 모른다는 사실을 알려왔습니다. 설마 했지만 정말 공작 각하께서 이곳을 찾아주실 줄은 상상도 하지 못했습니다."

"우연히 마을 근처를 지나다 몬스터 때문에 용병들을 모집한다는 이야기를 들었소. 무슨 일인지 말해 줄 수 있소?"

"실은……."

휴이고가 꺼낸 이야기는 이랬다.

얼마 전 페이낙스에서 긴박한 구조 요청이 있었다. 휴이고가 황급히 병사들을 이끌고 페이낙스에 도착했을 때 그는 난생처음 70여 마리의 다양한 몬스터를 볼 수 있었다.

휴이고는 병사들과 힘을 합쳐 겨우 몬스터들을 마을에서 몰아낼 수 있었다. 하지만 마을 사람들과 병사들 가운데 사상자의 수가 적지 않았다.

휴이고는 마을의 안전을 위해 몬스터들을 해치우기로 결심하고는 병사들을 풀어 인근 지역을 샅샅이 수색하도록 했다. 수색 결과 몬스터들의 근거지로 여겨지는 곳을 발견할 수 있었지만 몬스터들과 싸워본 경험이 없는 병사들만으로는 몬스터들을 상대할 수 없다고 생각했다. 용병을 모집한 것은 그런 이유에서였다.

몬스터들과 몇 번이나 싸운 데미안이지만 몬스터들이 근거지를 가지고 있을 거라는 생각을 해본 적은 없었다.

"난 용병들과 함께 움직일 테니 경은 병사들과 움직이도록 하시오."
 "그럴 것이 아니라 저의 막사로 가시지요."
 "아니오. 이번 싸움은 경이 맡도록 하시오. 난 뒤에서 지켜보기만 하겠소."
 데미안의 말에 휴이고는 더 이상 권할 수 없어 인사를 하고는 물러섰다.
 "자넷, 자네는 여기서 공작 각하의 시중을 들면서 그 계곡으로 모시도록 해라. 그럼 전 이만."
 말을 마친 휴이고는 자신의 말을 타고는 병사들과 함께 되돌아갔고, 그들의 모습을 본 자넷은 파프에게 말을 건넸다.
 "일단 용병들의 인솔을 맡아주십시오."
 "가야 할 곳의 위치가 어디요?"
 "반나절 거리에 있는 공스 계곡입니다."
 "공스 계곡? 북동쪽에 있는 그 계곡을 말하는 거요?"
 "맞습니다. 그곳에 가본 적이 있습니까?"
 "현상금 걸린 녀석을 쫓기 위해 한 번 간 적이 있소. 상당히 어둡고 지저분한 곳이었지."
 파프의 말에 자넷은 고개를 끄덕였다.
 "그렇습니다. 하지만 많은 병사들이 출동하니까 몬스터를 몰살시키기는 그리 어렵지 않을 겁니다."
 삼삼오오 용병들이 모이는 모습을 본 자넷은 데미안과 파프의 말을 준비했다. 두 사람이 말에 오르는 것을 본 자넷은 곧 용병들에게 이동을 명령했다.
 데미안과 파프, 자넷이 앞장서고 용병들이 뒤따랐다.
 서너 시간이 지난 후 휴이고가 멈춰 휴식을 명령했다. 그들이 목표로 한 공스 계곡까지 1시간 거리밖에 남지 않았기 때문에 휴식을 명령한 것이다.

간단히 식사를 마친 병사와 용병들은 조금씩 몸을 풀며 조금 후에 있을 결전에 대비했다. 몇 모금의 수프를 마신 것으로 식사를 마친 데미안은 나무에 기대어 휴식을 취하고 있었다. 병사들이 긴장하고 있는 반면 용병들은 동료들끼리 대화를 나누며 간간이 웃음을 터뜨리고 있었다.

잠시의 휴식 시간이 지나고 휴이고는 병사들에게 이동을 명령했다.

휴이고는 800명의 병사들을 둘로 나누었고, 용병들을 전면과 중앙에 배치했다. 그리고는 공스 계곡을 향해 이동을 시작했다.

얼마 지나지 않아 그들은 계곡의 입구에 도착할 수 있었다.

마치 지옥으로 들어가는 입구인 양 계곡은 짙은 어둠에 싸여 있었다. 그때까지 여유를 부리던 용병들도 무엇인가 느껴지는 것이 있는지 잔뜩 긴장한 표정을 짓고 있었다.

앞쪽에 서 있던 용병들이 들고 있던 10여 개의 마법등이 사방을 비추었지만 보이는 부분은 극히 일부분이었다.

앞장서서 걸음을 옮기던 용병 가운데 하나가 갑자기 비명을 질렀다.

"피해! 화살이다!"

그 말에 병사들과 용병들은 일제히 방패를 들어 자신의 앞을 가렸다.

따따따땅—!

요란한 소리를 내며 화살이 바닥에 떨어졌다. 게다가 용병들이 날아오는 화살을 피하면서 몸을 돌린 탓으로 마법등의 불빛이 사라져 주위는 삽시간에 어둠에 싸였다.
 병사들이 칠흑같이 어둠 속에서 주춤주춤 뒤로 물러섰고, 그런 그들의 얼굴에는 본능적인 두려움이 가득했다. 그 모습을 본 데미안은 스펠을 캐스팅하고는 허공을 향해 오른손을 뻗었다.
 "컨틴뉴얼 라이트—!"
 허공에 밝은 빛을 뿌리는 광원이 생겨나자 주위는 대낮처럼 밝아졌다.
 안도의 한숨을 쉬던 병사들은 자신들의 눈앞에 서 있는 몬스터들을 발견하고는 벌린 입을 다물지 못했다.

제36장
쿠로얀

"자넨 아직도 내 말을 못 믿겠나?"

"제가 어떻게 카르메이안님의 말씀을 감히 의심할 수 있겠습니까? 하지만 그 악마라는 존재가 그렇게 엄청난 능력을 가지고 있다는 것을 도저히 믿기 힘들군요."

"이보게, 코레이넥. 물론 그들을 한 번도 보지 않은 자네가 내 말을 믿지 못하는 것이 어찌 보면 당연하네. 하지만 내가 자네에게 있지도 않은 일을 말할 이유가 없지 않은가?"

카르메이안의 말에 찰랑거리는 흰머리를 쓰다듬던 청년은 조금은 따분하다는 표정을 지었다.

무슨 이유에서인지는 모르지만 몇 번 보지 못했던 카르메이안이 갑자기 나타나 어떤 일을 함께하자고 자신을 설득하려 했다. 하지만 그 일이 어떤 일인지, 또 그 일을 방해한다는 악마라는 존재에 대해서는 전혀 설명이 없었다.

다만 악마가 가진 힘이 너무나 강하기 때문에 드래곤들끼리 서로 힘을 합치지 않으면 상대가 되지 않는다는 말만 거듭하고 있었다.

에인션트 드래곤인 카르메이안을 돕는 것은 그리 어려운 일이 아니었다. 그리고 또 도와주는 것이 나이 어린 드래곤으로서 해야 할 당연한 예의였다. 하지만 그가 머뭇거리는 것은 카르메이안이 말한 악마라는 존재 때문이었다.

처음 카르메이안의 말을 들었을 때 코레이넥은 그가 드래곤으로서의 자존심마저 잊어버린 줄 알았었다.

그가 악마라는 존재를 거론할 때 그의 얼굴에 잠깐 스치고 지나간 감정의 편린을 보았다. 그리고 그 편린이 두려움이라는 것을 코레이넥이 모를 리 만무했다.

바로 그 점이 코레이넥의 자존심을 상하게 한 것이었다.

물론 한 번도 본 적이 없지만 신이란 존재를 제외하고 누가 뭐라 해도 지상 최강의 존재는 드래곤이 아닌가? 그런 드래곤의 상대가 될 수 있는 존재가 같은 드래곤을 제외하고 또 있을 수 있다는 말은 도저히 믿을 수 없었다.

"콜레이븐을 자넨 아는가?"

"물론 잘 알고 있습니다. 2,600살밖에 안 되지만 블루 드래곤치고는 상당히 현명한 생각을 가진 드래곤이더군요."

"그는 내가 하는 말을 그대로 믿던데 자네는 다르군."

'쳇, 왜 이렇게 날 귀찮게 하는 거지.'

"카르메이안님의 말씀은 잘 알겠습니다. 하지만 조금 생각해 봐야겠습니다."

"자네의 생각이 그렇다면 어쩔 수 없군. 좋은 결론을 내렸으면 좋겠군. 마지막으로 다시 한 번 말하겠지만 이 일은 우리 드래곤 일족의 미래가 걸린 일이라는 것만은 자네가 알아주었으면 하네. 타아르카스, 가자."

카르메이안의 말에 그때까지 빈둥거리던 타아르카스는 자리에서 일어섰다. 카르메이안의 뒤를 강아지처럼 따라 나가는 타아르카스의 뒷모습을 바라보던 코레이넥은 한심스런 그의 모습에 어이가 없었다.

카르메이안이 떠나고 한참 동안 코레이넥은 마음을 진정시킬 수 없었다.

평소 카르메이안과 친교를 쌓고 지냈던 것도 아니고, 그가 단지 에인션트 드래곤이기 때문에 돕기에는 자신의 자존심이 허락하지 않았다. 하지만 그가 말한 악마라는 존재에 대한 호기심이 생기는 것만은 사실이었다.

현재 뮤란 대륙에 있는 드래곤들 가운데 가장 연장자이자 냉정하기로 이름 높은 카르메이안이 말한 드래곤의 미래, 그리고 그것을 방해하는 인간과 악마.

인간들이 제아무리 강하다고 하더라도 브레스 몇 방만 날리면 먼저가 될 것이고, 브레스를 쓰는 것이 아깝다면 9싸이클의 마법으로 쓸어버리면 간단했다.

문제는 인간이 아닌 악마였다.

악마와의 계약에 의해 드래곤이 마법을 사용하게 되었다는 카르메이안의 말을 믿지 않는 것은 아니었다. 하지만 그 사실을 인정한다는 것은 드래곤이 악마보다 약한 존재라는 사실도 받아들여야만 했다.

과연 악마에게 카르메이안이 말한 것 같은 엄청난 힘이 있을까?

코레이넥은 호기심과 함께 문득 악마를 직접 만나봐야겠다는 생각이 들었다.

    *   *   *

자신들이 평생 보아왔던 모든 몬스터의 수를 합친 것보다 더욱 많은 몬스터들이 느린 속도로 다가오고 있었다. 그들의 모습을 발견한 병사들이나 용병들은 몬스터들이 다가오면 올수록 뒷걸음질을 쳤다.
뜻밖의 상황에 휴이고도 정신을 차리지 못하고 있었다. 그가 타고 있던 말은 본능적인 두려움에 계속 뒷걸음질쳤다.
이렇게 병사들이 겁을 집어먹은 상황이면 병사들의 피해가 너무 클 것 같아 데미안은 더 이상 두고 볼 수 없었다.
"파이어 애로우!"
데미안의 오른손이 허공으로 치솟는 순간 수십 발의 불화살이 몬스터들을 향해 날아갔다.
퍼퍼퍼펑—!
불화살에 맞은 몬스터들은 고약한 냄새를 풍기며 불길에 휩싸였고, 극심한 경련을 일으키다 곧 움직임을 멈췄다. 500여 마리의 몬스터들이 멈칫하는 순간 어디선가 커다란 음성이 들려왔다.
"공격! 전원 공격—!"
목소리의 주인공은 7미터는 족히 되어 보이는 미노타우로스의 오른쪽 어깨에 올라선 채 미노타우로스의 뿔을 잡고 몬스터들에게 명령을 내리고 있었다. 두 개의 도마뱀 머리를 가지고 있었고, 네 개의 팔을 가지고 있었다. 또 그의 등에는 박쥐의 날개 같은 것이 솟아 있었다.

 무기를 들지 않은 또 하나의 오른손에는 칙칙한 붉은빛을 뿌리는 수정 구슬이 들려 있었다. 그의 명령이 떨어지자 수정 구슬에서 붉은빛이 뿌려지기 시작했고, 몬스터들의 눈빛도 광포하게 변했다.

 데미안은 재빨리 앞으로 나서며 파프와 휴이고에게 명령을 내렸다.

 "용병들은 전면, 병사들은 그 뒤에 배치하고 활로 몬스터들의 눈을 노리도록."

 몬스터들을 향해 달려가는 데미안의 몸이 약간씩 흔들린다고 느끼는 순간 그의 몸이 시야에서 사라졌다.

 데미안은 일단 미노타우로스의 어깨에서 명령을 내리는 존재를 먼저 없애야 병사들의 피해를 줄일 수 있다고 생각했기에 그를 향해 몸을 날렸다. 하지만 그가 미노타우로스의 몇 미터 앞에 도착했을 때 데미안을 반갑게(?) 맞이한 것은 미노타우로스의 무식하게 커다란 배틀 엑스였다.

 전투 경험이 풍부한 데미안이 맞상대를 피하면서 미노타우로스의 몸을 발판 삼아 허공으로 뛰어올랐다. 그리고는 명령을 내렸던 몬스터를 향해 미디아를 휘둘렀다.

 쐐에엑—

 하지만 미디아는 빈 공간만을 훑었을 뿐이었다. 이미 상대는 허공으로 날아오른 후였다.

 "크크크, 상당히 뛰어난 실력을 가진 놈이군. 하지만 베네트리온님의 오른팔인 나 머라이어스에게 대항한 죄는 오직 죽음뿐이다. 블랙 소드Black Sword—!"

머라이어스의 짧은 시동어에 그의 세 손에는 검은 바스타드 소드가 방전을 일으키며 들려 있었다.

"베네트리온이란 놈이 지하르트의 부하가 맞는가?"

"닥쳐라! 감히 더할 나위 없이 존귀하신 지하르트님의 이름을 입에 담다니……!"

머라이어스의 대답에서 데미안은 자신의 생각이 맞았음을 눈치챌 수 있었다.

힐끔 뒤를 돌아보니 용병들이 주축이 되어 몬스터들과 팽팽한 접전을 벌이고 있었다. 현재 자신이 올라타 있는 이 미노타우로스만 아니라면 한동안 시간을 벌 수 있을 것 같았다.

엄청나게 커다란 미노타우로스의 머리에 손을 댄 데미안은 몸속의 마나를 손으로 보냈다.

퍽—!

별로 아름답지 않은 소리와 함께 미노타우로스의 머리가 폭죽처럼 터져 나갔고, 커다란 몸은 한창 전투를 벌이고 있는 다른 몬스터를 덮쳤다.

레비테이션 마법으로 허공으로 몸을 띄운 데미안은 다시 머라이어스에게 질문을 던졌다.

"그대들의 힘만으로 이 뮤란 대륙을 지배할 수 있을 거라고 생각하는가?"

"우리들만의 힘? 크크크, 아주 재미난 농담을 하는군. 벌써 상당한 인간들과 드래곤들이 지하르트님께 충성을 맹세했다. 그들이 세상에 나오는 순간 뮤란 대륙은 지하르트님께 무릎을 꿇을 것이다."

"드래곤들이 충성을 맹세했다고?"

데미안은 그 말에 적지 않게 충격을 받았다.

단순히 마신만 하더라도 버거운 지금 상황에서 드래곤들마저 그들 편에 섰다면 뮤란 대륙은 종말을 맞이할 수밖에 없었다. 일단은 더 많은 정보가 있어야만 했다.

"난 그대의 말을 도저히 믿을 수 없다. 드래곤들이 어떤 존재인데 순순히 지하르트에게 충성을 맹세한단 말인가?"

"크크크, 멍청한 놈. 지하르트님께서 가지신 능력을 본 적이 없으니 그런 생각을 할 수도 있겠지. 하지만 한 번이라도 그분을 뵙게 된다면 그런 생각은 감히 할 수도 없을 것이다. 지하르트님께서 이스턴 대륙에서 잡아오신 마브렌시아라는 도마뱀도 처음에는 제법 반항을 했었지만 결국은 그분의 노예가 되어버렸지."

"뭐?"

머라이어스의 말에 데미안은 적지 않은 충격을 받았다. 설마 여기에서 마브렌시아에 대한 소식을 듣게 될 줄은 상상도 못했었다. 너무 놀란 나머지 허공에서 마법이 해제되어 떨어지던 데미안은 재빨리 다시 스펠을 캐스팅해 몸을 띄울 수 있었다.

"그, 그대가 말한 마브렌시아라는 도마뱀이 레드 드래곤 마브렌시아를 말하는 것인가?"

"레드 드래곤? 크크크, 가소로운 이름이지. 내가 가진 능력만 해도 그런 도마뱀쯤은……."

"레드 드래곤 마브렌시아가 맞느냐고 물었다."

당황한 듯 더듬거리던 조금 전과는 달리 데미안의 음성이 싸늘해지자 오히려 머라이어스가 당황스러워했다.

한순간에 변한 데미안의 몸에서 뿜어져 나온 붉은 안개가 그의 몸 주위를 둘러싼 채 천천히 회전하는 모습은 으스스하기 이를 데 없었다. 그리고 그에게서 느껴지는 엄청난 마나의 파동은 자신의 주인인 베네트리온에게서나 느낄 수 있는 모습이었다.

"그렇다. 붉은 도마뱀 마브렌시아가 틀림없다."

"어디를 가면 마브렌시아를 만날 수 있나?"

"그 도마뱀은 지하르트님의 특별한 명령을 받고 움직이고 있기 때문에 나 같은 존재는 알 수 없다."

"그렇다면 너에게서 더 이상 알아낼 수 있는 정보는 없군. 그럼 이만 죽어라."

마치 재판관이 죄수에게 사형을 선언하듯 데미안의 음성은 무감정했다. 머라이어스가 막 발작을 일으키려고 할 때 데미안이 들고 있던 바스타드 소드에서 붉은 광선이 뻗어 나와 자신의 두 개의 머리 가운데 하나를 날려 버렸다.

당황한 머라이어스는 자신이 가진 엄청난 재생력으로 머리를 다시 재생시키려고 했지만 재생은커녕 상처로 파고드는 신성력 때문에 이내 그의 육체는 맹렬하게 타 들어갔다.

"크아아악—!"

머라이어스가 처절한 비명을 지를 때 미디아에서 다시 뿜어져 나온 슈팅 스타는 머라이어스의 나머지 머리를 날려 버렸다. 머라이어스의 육체가 지상으로 떨어지기 전 그가 들고 있던 수정 구슬을 회수한 데미안은 지체없이 구슬을 파괴했다.

그러자 몬스터들을 덮고 있던 붉은 안개가 사라졌다. 갑자기 정신을 차린 몬스터들은 자신들이 왜 이곳에 있는지 당황해하다가 병사와 용병이 자신들에게 무기를 겨누고 있는 것을 발견하고는 비명을 지르며 계곡 안으로 도망쳤다. 한마디로 대혼란이었다.

갑자기 일어난 사태에 얼떨떨한 표정을 감추지 못하고 있을 때 데미안이 휴이고 앞으로 다가섰다.

"몬스터들의 정신을 지배하고 있던 자를 없앴으니 몬스터들이 인간을 공격하는 일은 한동안 없을 거요. 이만 철수하도록 하시오."

"알겠습니다, 공작 각하."

대답을 한 휴이고는 그때까지 당혹감을 감추지 못하고 있던 병사들을 통제해 후퇴를 명령했다.

마을로 돌아온 데미안은 술집에 홀로 앉아 술을 마셨다.

조금 전 자신이 처치한 머라이어스에게서 들었던 이야기를 다시 생각하고 있었다.

마브렌시아가 지하르트의 부하가 되다니… 도저히 믿을 수 없는 이야기였다. 아니, 믿기 싫은 이야기였다. 하지만 냉정하게 생각해 보면 충분히 가능한 이야기였다.

마브렌시아가 자신들 일행을 따라 이스턴 대륙까지 온 것은 데미안도 이미 알고 있던 사실이었다. 그렇다면 지하르트의 부활 현장에서 지하르트에게 붙들려 가는 마브렌시아의 모습을 본 것이 사실이라는 말이 된다.

데미안은 이 상황을 어떻게 받아들여야 좋을지 몰랐다. 답답한 마음에 술을 마셨지만 가슴은 여전히 답답했다.

물론 마브렌시아에게 복수를 하겠다는 생각을 버린 것은 아니지만 그녀를 어떻게 할 수 있는 사람은 자신밖에 없다는 생각은 여전했다.

다만 2,600살이나 된 레드 드래곤 마브렌시아가 속수무책으로 당할 수밖에 없는 지하르트란 존재가 너무나 부담스러운 것이 사실이었다. 일 대 일로 드래곤을 상대했을 때 무조건적인 승리를 장담할 수 없는 입장인 데미안의 경우 그보나 몇 배나 강한 지하르트란 존재가 부담이 되지 않을 수 없었다.

데미안이 그런 생각으로 술잔을 기울이고 있을 때 술집의 문을 열고 들어서는 사람이 있었다. 데미안은 상대에게 신경도 쓰지 않았지만 상대는 그렇지 않은 모양이었다.

데미안 곁에 선 상대는 데미안에게 의사를 묻지 않고 그의 앞자리에 털썩 앉았다.

"공작 각하, 무슨 걱정스런 일이 계신 겁니까?"

고개를 들어보니 파프였다. 그의 얼굴은 걱정스러움이 섞인 그의 음성과는 달리 여전히 싸늘한 얼굴을 짓고 있었다.

피식 미소를 지은 데미안은 여전히 고개를 들지 않았다.

"술 한잔하겠나?"

"주십시오."

파프가 잔을 내밀자 데미안은 그에게 술을 따라주었다.

독주인 볼케이노를 한 잔 가득 따라주자 잠시 술잔을 바라본 파프는 단숨에 술을 들이켰다. 오랫동안 용병 생활을 한 파프로서도 간단히 마실 수 있는 술이 아니었다. 터져 나오려는 기침을 억누르느라 한동안 고생을 해야 했다.

그런 볼케이노를 데미안은 이미 한 병을 마셨고, 두 병째도 거의 다 마신 상태였다.

고심에 싸인 데미안을 바라보던 파프는 조금 전 전투에서 미노타우로스를 처치하던 데미안을 떠올렸다.

물론 자신도 미노타우로스와 싸워본 적이 있었다. 겨우(?) 6미터쯤 되는 미노타우로스와 싸우면서도 파프는 몇 번이나 생명의 위기를 맞았었다.

　칼날을 퉁겨내는 질긴 가죽은 고사하고라도 미노타우로스가 휘두르는 거대한 배틀 엑스 때문에 제대로 된 공격조차 변변히 하지 못했었다. 겨우 좁은 지역으로 유도해 절벽을 무너뜨리고서야 겨우 해치울 수 있었다. 한데 데미안은 단 한 번의 손짓으로 자신이 상대했던 미노타우로스보다 더 큰 미노타우로스의 머리를 단숨에 날려 버린 것이다.

　그 모습을 발견한 파프는 얼마나 놀랐는지 지금도 심장이 두근거릴 정도였다. 그런데 그렇게 강한 데미안이 왜 이렇게 수심에 싸인 모습을 보이는 것인지 파프는 도무지 짐작이 가지 않았다.

　파프가 막 데미안에게 입을 열려는 순간 데미안의 몸에서 갑자기 밝은 선홍색의 빛이 뿜어져 나오기 시작했다. 자신의 가슴에서 뿜어져 나온 빛에 데미안도 놀랐고, 맞은편에 앉아 있던 파프도 깜짝 놀랐다.

　조심스럽게 옷을 열어본 데미안은 자신의 왼쪽 가슴에 뜻을 알 수 없는 괴상한 글자가 몇 자 쓰여 있는 것을 발견할 수 있었다. 한 번도 본 적이 없는 괴상한 글자였다.

　그것이 드래곤들이 사용하는 문자란 걸 알 리 없는 데미안이 대체 무슨 이유로 그것이 자신의 가슴에서 빛나는 것인지 궁금하게 생각할 때 그 눈앞에 더욱 밝은 빛을 뿌리는 무엇인가가 나타났다.

　너무도 밝은 빛에 파프는 고개를 돌렸지만 데미안은 꼼짝도 않고 그 빛을 노려보았다. 차츰 빛의 밝기가 엷어지면서 그 빛 속에 무엇인가가 모습을 드러냈다.

　그것은 반지였다.

투명한 보석이 박혀 있는 투박해 보이는 구리 반지였다. 어디서 나 흔하게 볼 수 있는 싸구려 반지처럼 보였지만 데미안은 등에 메고 있던 미디아가 희미하게 진동하는 것을 느꼈다. 미디아가 그런 반응을 보일 때는 두 가지 경우뿐이었다.

동급(同級)의 힘을 지닌 신의 무기가 나타났을 때와 미디아가 가진 힘의 반대되는 힘을 가진 존재가 나타났을 때였다.

설마 하는 마음에서 데미안이 반지를 잡았을 때 그의 가슴에서 뿜어져 나오던 빛과 반지를 감싸고 있던 빛이 사라졌다. 떨리는 가슴을 억지로 진정시키던 데미안은 반지에 박혀 있는 투명한 보석에 알 수 없는 글자로 몇 자 적혀 있는 것을 볼 수 있었다. 하지만 지금 그의 머리 속에서는 이 반지가 자신들이 유일하게 찾지 못한 마지막 신의 무기인 쿠로얀이 틀림없을 것이란 생각이 들었다.

떨리는 손으로 반지를 왼손에 끼는 순간 데미안의 뇌리에 짧은 순간 몇 개의 장면이 떠올랐다.

인간에서 본체로 돌아간 마브렌시아가 순식간에 다섯으로 늘어났고, 다섯 마리의 레드 드래곤이 어떤 존재에게 파이어 브레스를 뿜어대는 것이었다. 그러나 상대의 간단한 손짓에 소리도 없이 브레스는 사라져 버렸고, 마브렌시아는 상대에게 허무하다 할 정도로 맥없이 사로잡혀 버리는 장면이었다.

비록 장면은 그것뿐이었지만 상대가 누구인지 짐작하지 못할 데미안이 아니었다. 어떤 의미에서는 진정 자신이 쓰러뜨려야 할 적이라고 할 수 있는 존재, 바로 지하르트였다.

머리 속을 스쳐 가는 그 장면에 데미안은 자신도 모르게 주먹을 쥐고는 이를 악물었다.

그렇게 복수를 꿈꿔왔던 마브렌시아건만, 그런 모습을 보는 순간 데미안의 마음 저 깊은 곳에서는 알 수 없는 분노가 치밀었다. 혹시 마브렌시아가 지하르트의 부하가 되었을지도 모른다 생각했던 데미안이었다. 하지만 추측을 했을 때와 지금처럼 눈으로 확인했을 때와는 엄청난 차이가 있었다.

복수의 대상이 악마에게 고통을 받는다면 기뻐해야 하는 것이 당연한데, 왜 이렇게 가슴이 답답해지고 울적한 마음이 드는지 알 수 없는 일이었다.

마브렌시아가 무슨 이유에서 자신을 낳고 혹독하게 훈련을 시킨 것인지 이유를 알게 된 이후 한시도 그녀에 대한 복수심을 잊은 적이 없었는데, 그녀가 전송한 이미지 때문에 한순간에 이렇게 나약해진 자신이 너무 한심하게만 여겨졌다.

몇 번이나 과거의 쓰라린 기억을 되살려 복수심을 일깨우려고 했지만 소용없었다.

"공작 각하, 무슨 일이십니까?"

"벼, 별일 아니네. 내 개인적인 일 때문에 그런 것이니 자네가 신경 쓰지 않아도 되네."

"공작 각하······."

"그냥 이름을 부르게."

힘없는 데미안의 말에 파프는 얼른 말을 바꾸었다.

"공작··· 아니, 데미안님. 지금 데미안님께서 북쪽으로 향하시는 것이 다른 사람들은 모르는 비밀 임무 때문이십니까?"

"비밀 임무? 후후후. 푸하하하!"

파프의 말에 조용히 웃음을 터뜨리던 데미안의 웃음소리가 갑자기 광포하게 변했다. 갑작스런 웃음소리에 놀라던 파프는 그의 웃음에 묻어 있는 기이한 감정을 곧 눈치 챘다.

그리움과 당혹, 회의감이 가득 실려 있었다. 파프는 그런 데미안의 모습에 너무나 당황스러워 엉겁결에 입을 열었다.

"데, 데미안님······."

"후후후, 괜찮네, 괜찮아. 뭐라고 했지? 비밀 임무냐고? 후후, 그렇다고 볼 수 있지. 다른 사람은 알지 못하겠지만 목숨을 건 비밀 임무를 맡고 있는 셈이지. 후후후. 그런데 그건 왜 묻나?"

"폐가 되지 않는다면 제가 데미안님을 따라가도 괜찮겠습니까?"

"자네가? 무엇 때문에?"

"기회가 된다면 데미안님을 모시고 여행을 함께해 보고 싶었습니다. 게다가 비밀 임무를 맡고 계시다면 제가 도울 수 있는 기회를 주십시오. 비록 제가 기사의 신분은 아니지만 어느 기사와 비교해도 능력만큼은 떨어지지 않는다고 자부합니다."

냉혹한 인상의 사나이, 파프의 말에 데미안이 중얼거렸다.

"왜 나와 함께 가려는 거지? 자네가 말한 그 임무라는 것 때문에 목숨을 잃을지도 모르는데 그래도 가겠단 말인가?"

데미안의 말에 파프는 이유는 알 수 없지만 그가 괴로워하고 있다는 느낌이 들었다.

"그저 데미안님과 함께 여행을 하고 싶을 뿐 다른 이유는 없습니다. 그리고 만약 제가 목숨을 아까워했다면 농부가 되었지 용병이 되지는 않았을 겁니다. 그리고 정말 위험한 상황이 된다면 데미안님을 두고 혼자 도망을 칠 겁니다."

"위급한 상황이 되거나 감당하지 못할 상대를 만났을 때 정말 도망칠 것을 맹세한다면 동행을 허락하겠네."

"맹세드리겠습니다, 데미안님."

자신이 정말 도망을 쳐야 할 상황이 올지 모르겠지만 일단 데미안이 대답을 원하니 대답부터 했다.

"자네는 오르고니아 왕국의 북쪽에 대해 잘 아는가?"

"몇 번 가본 적이 있습니다."

"그래? 그럼 휴로크네 산에 대해 알고 있는가?"

"휴로크네 산? 북쪽에 있다는 말을 들었지만 가본 적은 없습니다. 하지만…… 혹시 하크라는 이름을 기억하십니까?"

"모닝스타를 잘 쓰던 대머리 사내를 말하는 것인가?"

"그렇습니다. 그가 지금 오르고니아 왕국에 있습니다. 그의 도움을 받으면 휴로크네 산까지 쉽게 갈 수 있을 겁니다."

"하크가 오르고니아 왕국에 있는가?"

"전쟁이 끝난 후 카스텔로는 자신의 나라로 돌아갔고, 하크와 저는 계속 용병 생활을 했습니다. 저는 주로 토바실과 몬테야 지방을 돌아다녔고, 하크는 더 북쪽에 있는 오르고니아 왕국과 카이타비안 왕국을 주로 돌아다녔습니다."

"하크는?"

"오르고니아 왕국의 용병 길드를 찾으면 쉽게 행방을 알 수 있을 겁니다. 그도 용병으로서는 상당한 명성을 날리고 있으니까요."

"그렇다면 다행이군. 그럼 내일 아침 일찍 떠나도록 하세. 쉽지 않은 길이 될 것 같으니까."

"알겠습니다. 준비하도록 하겠습니다."

* * *

두두두두—!
네 필의 말이 북쪽을 향해 힘차게 지면을 박차고 있었다.
말을 타고 있는 사람은 모두 다섯.
데미안의 나머지 일행들이었다. 하지만 웬일인지 그들의 얼굴은 조금 굳어 있었다.
이미 여러 날 말을 탔기에 상당히 지쳤을 만도 했지만 어느 누구도 쉬자는 말을 꺼내는 사람이 없었다. 이유는 네로브가 출발하면서 자신들에게 한 말 때문이었다.
"저기 성이 보이는군요."
뮤렐의 말에 일행들의 얼굴에 싸였던 긴장감이 풀어졌다. 그 모습을 본 데보라는 그들의 고생이 보통이 아님을 느꼈지만 어느 누구도 그들의 고생을 대신할 수 없음을 알기에 아무런 말도 하지 않았다.
성의 크기는 작은 편이었다. 하지만 평원 지대에 설치한 성답게 깊고 넓은 해자가 성 주위로 파여 있었다. 일반적으로 주간에 성문이 열어두는 것과는 달리 그 성의 성문은 굳게 닫혀 있었다.
성 앞에 도착한 사람들은 성벽 위에 있는 경비병에게 큰 소리로 외쳤다.
"우리는 이곳을 지나던 여행자들이오! 잠시 성안에서 쉴 수 있도록 해주시오!"
잠시 저희들끼리 뭐라고 대화를 나누던 경비병 가운데 하나가 황급히 어디론가 달려갔다.
"잠시만 기다리시오."
그리고 얼마 지나지 않아 중무장을 한 기사 하나가 모습을 드러냈다. 중년 기사는 거만한 눈으로 데보라 일행을 바라보고는 잔뜩 눈살을 찌푸렸다.

　여자 셋에 사내 둘. 그나마 사내라고 부를 만한 사내는 말라깽이에 불과해 볼품없었다. 꼴에 사내라고 옆구리에 바스타드 소드를 차고 있었지만 그가 차고 있다기보다는 그가 검에 매달려 있는 것처럼 보였다.

　중년 기사는 선천적으로 약자를 싫어했다. 게다가 이렇게 위험한 상황에 제멋대로 행동하는 자들은 정말 밥맛이었다.

　"그대들은 지금 어디에서 오는 길인가?"

　"파웰 시에서 오는 길입니다."

　"오는 길에 몬스터들은 보지 못했나?"

　"보지 못했습니다."

　중년 기사가 성문을 열 생각은 하지 않고 질문만 했다. 더 이상 참지 못한 데보라가 막 폭발하려고 했을 때 로빈이 큰 소리로 외쳤다.

　"여기 있는 이분은 데미안 싸일렉스 공작님의 아내이신 데보라 싸일렉스님이시고, 저분은 따님이신 네로브 싸일렉스님이십니다! 두 분 모두 긴 여행 때문에 상당히 지쳐 계시니 어서 성문을 열어 주시기 바랍니다!"

　로빈의 말에 중년 기사는 깜짝 놀랐다. 상대들은 소문으로 들었던 전설적인 영웅 데미안 싸일렉스의 가족인 것이었다.

　당황스러움을 감추지 못하던 중년 기사는 부하들에게 얼른 성문을 열라고 지시했다. 아니, 하려고 했다. 하지만 그러지 않은 이유는 자신이 데미안의 가족은 고사하고 데미안조차 단 한 번 본 적이 없다는 사실이 기억났기 때문이다. 그러니 저들이 데미안의 가족이라는 것을 어떻게 믿을 수 있겠는가?

혹시 이 성의 책임자 중 하나인 자신의 목숨을 노리는 적대 세력(?)이 보낸 암살 집단일지도 모른다는 생각이 갑자기 들었던 것이다.

"본관은 그대들이 싸일렉스 공작 각하의 가족이라는 것을 도저히 믿을 수 없다. 그대들은 그대들이 그분의 가족이라는 것을 증명할 수 있는 증거가 있는가?"

"으윽, 더 이상은 못 참아."

데보라는 어깨에 걸치고 있던 컴포짓 보를 잡고는 중년 기사를 향해 그대로 화살을 날렸다. 물론 빠른 손동작으로 활촉은 제거했지만 화살은 그대로 중년 기사를 향해 날아갔다.

번쩍 하는 순간 자신을 향해 무엇인가가 날아온다는 것을 발견했지만 피하고 말고 할 시간도 없이 천둥치는 소리를 들어야 했다. 날아온 화살이 그가 쓰고 있던 투구를 정확하게 맞힌 것이다.

갑작스러운 공격에 중년 기사가 쓰러지는 모습을 본 데보라는 레오에게 귓속말로 뭔가를 이야기했다. 데보라의 이야기를 들은 레오는 지체없이 몸을 날려 성벽을 향했다.

10여 미터에 달하는 성벽을 단번에 올라간 레오는 바닥에 쓰러져 정신을 차리지 못하고 있는 중년 기사의 곁에 내려섰다. 그리고 그의 가슴을 향해 오른손 검지를 내뻗었다. 그러자 손톱이 조금씩 길어지더니 곧 대거만한 크기로 자랐다.

잠시 후 정신을 차린 중년 기사는 자신을 이상한 눈으로 바라보고 있는 야성적인 미녀를 발견할 수 있었다.

"그, 그대는 누구요?"

"나? 레오."

레오의 대답에 중년 기사는 머리를 한번 흔들고는 다시 질문을 했다.

"어떻게 들어왔소?"

"뛰어넘었다."

"성벽을 뛰어넘었다고? 말도 안 되는 소리!"

자리에서 일어나려던 중년 기사는 그제야 레오가 긴 손톱으로 자신의 가슴을 겨누고 있는 것을 발견했다. 플레이트 메일로 중무장한 철갑을 겨우 손톱으로……?

비웃음이 절로 터져 나왔다.

그것이 진짜 그녀의 손톱이든 아니면 만들어 붙인 손톱이든 강철로 만든 플레이트 메일이 뚫어질 리 만무하건만 그녀는 여전히 자신의 가슴을 겨누고 있었다.

가소롭다는 미소를 지으며 몸을 일으키려던 중년 기사는 무엇인가가 자신의 가슴을 찌르는 것을 느끼고는 깜짝 놀라 자신의 가슴을 바라보았다.

놀랍게도 레오의 손톱이 너무나 간단하게 브레스트 플레이트를 뚫고 들어와 자신의 가슴에 작은 상처를 낸 것이었다.

중년 기사는 너무 놀라 꼼짝도 하지 못했다.

그러는 사이 도개교가 내려왔고, 일행들은 성문으로 들어섰다. 네로브의 안전을 부탁한 데보라는 단숨에 성벽 위로 올라갔다. 레오에게 제압되어 있는 중년 기사를 발견한 데보라는 코웃음을 치고는 걸음을 옮겼다.

"흥! 건방지게 놀더니…… 꼴 좋군."

데보라의 말에 중년 기사의 얼굴에는 잠시 수치스러운 기색이 떠올랐다 사라졌다.

"레오, 놔줘."

데보라의 말에 레오가 일어서고야 중년 기사도 일어설 수 있었다. 얼굴을 찡그리던 중년 기사는 상당히 조심스럽게 입을 열었다.
"정말 공작 각하의 부인과 영애가 맞으십니까?"
"그렇다. 그렇게 의심스러우면 싸일렉스 가문에 물어보면 되잖아."
너무나 당당한 데보라의 태도에 중년 기사는 그녀의 말을 믿지 않을 수 없었다.
"알겠습니다. 절 따라오시죠."
중년 기사의 뒤를 따라 걸음을 옮기던 데보라는 중년 기사에게 자신이 궁금하게 생각했던 것을 질문했다.
"그런데 조금 전 왜 그렇게 우리들을 경계한 거지? 무슨 일이 있었던 거야?"
공작가의 귀부인에게서는 결코 들을 수 없는 격의없는 말투에 중년 기사는 조금 당황했다. 하긴 그녀가 지금 입고 있는 여행복도 일반적인 것이 아니고 보면 충분히 짐작할 만한 일이었다.
"실은 2, 3개월 전쯤 세 명의 용병이 성을 찾아온 적이 있었습니다. 단순히 용병들이 일거리를 찾아 돌아다니다 들른 것이라고 생각했기 때문에 그들을 성안에 들어오도록 하였습니다. 한데……"
무슨 이유에서인지 중년 기사는 쉽게 입을 열지 못했다.
"혹시 그들이 일반적인 인간이 아니기 때문 아니야?"
"마, 맞습니다. 술집에서 술을 마시던 그들의 몸에서 갑자기 괴상한 촉수 같은 것이 뻗어 나와 근처에 있던 사람들을 공격한 겁니다. 괴상하게도 그들의 공격을 당한 사람은 뼈와 가죽밖에 안 남은 모습으로 숨을 거두었습니다. 갑자기 들린 비명 소리에 성의 치안을 담당하는 병사들이 출동했지만 그들의 상대가 되지 못했습니다. 결국 성의 경비 기사단이 출동을 했고 상당한 피해를 입고서야 겨우 그들을 처치할 수 있었습니다."

"그럼 당신들 경비 기사단의 힘만으로 그들을 처치했단 말이야? 신관들의 도움도 없이?"

갑작스런 데보라의 질문에 중년 기사는 영문을 몰라 고개를 갸웃거렸다.

"그렇습니다만……."

"혹시 경비 기사단의 단원들 가운데 신성력이 깃든 무기를 가진 자들이 있는 것 아니야?"

"신성력이 깃든 물건 말입니까?"

"그래."

데보라의 말에 잠시 생각하던 중년 기사는 곧 입을 열었다.

"저의 기사단의 부단장인 레이트 노이만 경이 가지고 있는 검이 좀 특별하다고 들었습니다."

"특별하다니…… 어떻게?"

"마검(魔劍)이라나 뭐라나……. 후후후, 웃긴 말이지요."

중년 기사는 웃음을 터뜨리며 말을 했다. 하지만 데보라는 전혀 웃지 않았다. 오히려 딱딱하게 굳어졌.

정확한 이유를 댈 수는 없지만 그의 이름을 듣는 순간 무슨 일인가가 벌어질 것 같은 느낌이 들었던 것이다.

"지금 그 사람은 어디 있지?"

"성안을 순찰 중일 겁니다."

"그 사람을 불러주겠어?"

데보라의 말에 중년 기사는 이상하게 생각하면서도 곧 부하를 불러 뭔가를 지시했다. 그리고 데보라와 일행들을 자신의 저택으로 안내했다.

저택에 도착하고서야 중년 기사가 헤이는 맥시밀리언이라는 이름을 가졌고, 남작의 작위를 가지고 있다는 것을 알게 되었다. 저택 안으로 들어서면서 물었다.

"성이 맥시밀리언이라면 혹시 맥시밀리언 후작님과 무슨 관계가 있는 것인가?"

"맥시밀리언 후작님은 저의 먼 친척 되십니다."

"그랬었군."

응접실에 앉은 데보라는 헤이든이 옷을 갈아입으러 간 동안 자신이 조금 전 느꼈던 기이한 감정에 대해 일행들에게 이야기했다. 데보라의 말을 들은 사람들은 자신들도 곧 이상한 느낌이 드는 것을 느꼈다.

만약 자신들에게 신의 무기가 없었다면 단 한 마리의 마물도 처치할 수 없었을 것이다. 다시 말하자면 제아무리 뛰어난 검술 실력이나 마법 실력을 가지고 있어도 결코 마물을 당해낼 수 없다는 말이 된다.

자신들은 신의 무기를 가지고도 목숨을 걸어야만 겨우 마물들을 처치할 수 있었는데 이런 궁벽한 곳에 있는 성의 경비대, 그것도 작위도 가지지 못한 부단장이 해치울 수 있다는 것은 도저히 믿기 힘든 일이었다.

"데보라님의 말대로 이상한 일이군요. 이런 시골의 기사가 신관의 도움없이 마물을 물리치다니 말입니다. 조사를 해봐야 할 것 같습니다."

"제 생각도 뮤렐 형의 생각과 마찬가집니다. 게다가 그가 가진 마검 덕분에 마물들을 물리쳤다니…… 의심스러운 구석이 하나둘이 아닙니다."

로빈마저 뮤렐의 말에 찬성을 하자 데보라는 자신이 느꼈던 불안감이 점점 실체를 형성하는 것 같았다. 그들이 그런 대화를 나누고 있을 때 옷을 갈아입은 헤이든이 응접실로 돌아왔다. 하지만 그의 얼굴은 잔뜩 굳어 있었다.

데보라와 일행들이 나누는 소리를 들은 것이다.

"말씀 중에 죄송하지만, 부단장인 레이트 노이만 경은 수상한 사람이 아닙니다. 비록 귀족가의 자제는 아니지만 젊은 나이에 상당한 검술을 지니고 있고, 누구보다 성실한 사람입니다. 다만 너무 과묵해 사람들과 잘 어울리지 못하는 것이 단점이기는 하지만 그를 알고 있는 사람들은 누구든 그가 좋은 사람이라는 것을 보증할 겁니다."

헤이든의 말에 일행들은 잠시 동안 자신들이 괜한 사람을 의심하는 게 아닌가 하는 생각을 했지만 레이트란 기사를 만나보면 자연 해결될 일이기에 일단 고개를 끄덕였다.

하녀가 내온 차를 마시며 레이트를 기다리던 그들 사이에는 어색한 기운이 흐르고 있었다. 헤이든이 답답함을 이기지 못하고 있을 때 하인이 레이트가 도착했음을 알렸다.

들어온 사람은 30대 초반으로 보이는 청년으로 갈색 머리에 서글서글하게 생긴 눈을 가진 미남형의 얼굴을 가지고 있었다. 하프 플레이트 메일을 걸친 레이트는 헤이든에게 인사를 하다가 데보라와 일행들을 발견하고는 무슨 이유에서인지 움찔하는 기색을 보였다.

"오오, 노이만 경. 그래, 성안에 다른 일은 없었는가?"

"없었습니다. 한데 저분들은……?"

"수도 페인야드에서 오신 분들이네."

"그러십니까? 전 경비 기사단의 부단장을 맡고 있는 레이트 노이만입니다. 한데 무슨 일로 저를 부르셨습니까, 맥시밀리언 단장님?"

"저어 그게……."

"당신 검을 좀 볼 수 있을까?"

갑작스런 데보라의 말에 레이트는 흠칫거렸다.

"제 검은 왜?"

"잠깐 조사할 것이 있어서. 얼마 전 당신이 마물들을 물리쳤다고 들었어. 혹시 당신 검에 무슨 힘이 있었기 때문이 아닌가 해서 조사를 해보려고. 왜 안 되나?"

엷은 미소를 띤 데보라의 모습에 머뭇거리던 레이트는 검대에서 검을 풀어 그녀에게 내밀었다. 검집의 모양을 잠시 살펴보았지만 데보라는 별다른 이상을 발견하지 못했다.

그녀가 검을 뽑기 위해 검의 손잡이를 잡는 순간 뭔가 칙칙하고 차가운 기운이 손바닥을 통해 몸으로 들어오는 것을 느꼈다. 데보라는 자신도 모르게 검을 바닥에 떨어뜨렸고, 그 충격 때문인지 검이 반쯤 뽑혀졌다.

그 모습에 일행들은 황급히 네로브의 앞을 가로막음과 동시에 자신의 무기를 뽑아 들었다.

뽑혀진 검의 검신은 칙칙한 검붉은 색이었다. 단순히 검의 색뿐만이 아니라 검신이 드러나는 순간 응접실 전체에 음습한 기운이 빠르게 퍼지기 시작했다.

데보라와 일행들이 그 기운에 몸서리를 칠 때 헤이든은 마치 아무것도 느끼지 못하는 사람처럼 황당하다는 표정만 짓고 있었다.

"대체 무엇 때문에……?"

"멍청한 인간. 검에서 뿜어져 나오는 저 사악한 기운을 느끼지도 못한단 말이야?"

"예? 조금 서늘한 기분은 들지만 그렇다고……"

"닥치고 뒤로 물러서 있어!"

어느새 아로네아를 꺼내 든 데보라가 차갑게 말하자 헤이든은 아무 소리도 못하고 옆으로 물러섰다.

"이제 정체를 밝히시지."

"무슨 말씀을 하시는지……"

"그래? 어디 언제까지 정체를 밝히지 않는지 두고 보지. 아쿠아 미사일!"

외침과 동시에 아로네아의 끝에서 서너 개의 물줄기가 레이트를 향해 날아갔다. 그녀의 공격이 너무 빨라 도저히 피할 수 없을 것 같았지만 레이트는 하체를 고정시킨 채 상체만 뒤로 넘겨 간단히 공격을 피했다.

다시금 상체를 일으켰을 때 레이트의 얼굴이 변해 있었다. 특별히 형태가 변한 것은 아니지만 서글서글하던 그의 눈이 붉게 물들어 있었고, 굳게 다물려 있던 입이 귀밑까지 치솟아 있었다.

"이런이런, 들키고 말았군. 크크크."

음산한 웃음을 터뜨리던 레이트는 데보라와 일행들을 가만히 살피더니 눈을 가늘게 떴다. 그의 눈길은 유독 로빈에게 쏠려 있었다.

"저 빌어먹을 녀석을 제외하고 신관은 없는 것 같은데 어떻게 내 정체를 알았지?"

말과 함께 손을 뻗자 바닥에 떨어져 있던 그의 롱 소드가 허공을 가로질러 그의 손아귀로 날아들었다.
"자, 자네 이게 무슨 짓인가? 이분들은……!"
"닥쳐!"
"닥쳐!"
거의 동시에 데보라와 레이트의 입에서 고함이 터졌다. 한 치의 오차도 없이 터져 나온 고함 소리에 헤이든은 찔끔하지 않을 수 없었다.
"지금 저 모습을 보고도 그런 소리나 하고 있는 거야? 이 멍청한 작자야, 어서 싸울 준비나 하란 말이야!"
"아, 알겠습니다."
다시 터진 데보라의 고함 소리에 헤이든은 더듬거리며 자신의 방을 향해 달려갔다.
데보라의 외침을 들은 레이트는 고개를 갸웃거리고 있었다. 자신이 지상에 나온 지 얼마 되지 않았기에 인간이란 생명체에 대해서 잘 알지는 못하지만 그들의 본성이 어떻다는 것은 대충 알고 있었다.
더할 나위 없이 나약하기만 주제에 그 파괴적인 성격이나 욕망에 대한 집착은 드래곤조차도 한 수 접어둘 정도였다. 강한 자에게는 꼬리를 내리고, 약한 존재에게는 더할 수 없이 잔인한 존재들. 그것이 지상에 나와서 보고 느낀 인간이라는 생명체들이었다.
"지금 그 모습은 감히 내게 대항하겠다는 것인가?"
말과 함께 레이트의 몸에서 검은 연기 같은 것이 뿜어져 나오기 시작했다. 유심히 그의 모습을 살피고 있던 로빈이 일행들에게 주의를 주었다.

"지금 저자의 몸속에는 두 개 이상의 악령이 들어 있어요. 원래 저 사람의 영혼은 이미 소멸되었어요. 아마 저 사람이 가지고 있는 저 검 때문인 것 같아요. 모두 조심하세요."

로빈의 말에 레이트는 분통을 터뜨렸다.

"닥쳐라! 더러운 놈, 네놈이 믿는 신이 언제까지 너를 지켜줄 것이라고 생각하느냐? 흐흐흐, 네 몸에 스며 있는 기운을 보니 라페이시스를 믿는 사제 같은데, 네가 그렇게 믿는 신은 과연 어디에 있느냐? 단 한 번이라도 본 적이 있느냐? 라페이시스는 모든 위험한 일을 너에게 떠넘긴 겁쟁이에 불과한 놈이다."

"닥쳐!"

레이트의 말에 로빈은 시뻘겋게 변한 얼굴로 외쳤다.

"로빈 아저씨, 흥분하지 마세요. 지금 저자는 일부러 아저씨를 자극하고 있어요. 그러니 흥분을 가라앉혀야 해요."

제37장
카르메이안의 고뇌

　로빈의 등에 손을 올린 채 입을 여는 네로브의 몸에는 부드러운 기운이 어려 있었다.
　그녀의 손을 통해 전해지는 부드러운 기운에 로빈은 겨우 마음을 진정시킬 수 있었다. 하지만 레이트를 노려보는 그의 눈에는 상당한 분노가 실려 있었다.
　로빈을 비롯해 일행들 전체를 엷은 보라색의 기운이 감싸고 있었다.
　"지저분한 년. 넌 아로네아를 믿는 년이냐?"
　"저런 빌어먹을 놈이 감히 누구에게 욕을…… 아쿠아 블레이드―!"
　레이트가 네로브에게 욕을 하자 데보라는 더 이상 참지 못하고 그에게 공격을 퍼부었다. 10여 개의 물줄기가 레이트를 향해 날아갔고, 그것을 발견한 레이트는 들고 있던 검을 자신 앞으로 내세웠다. 그러자 검은색을 띤 반구형의 막이 아로네아의 공격과 부딪치자 요란한 소리와 함께 뿌연 수증기가 주위로 확 퍼졌다.

레이트가 데보라의 공격을 막아내는 순간 미리 스펠을 캐스팅해 두었던 뮤렐은 지체없이 손을 내뻗었다.

"라이트닝 볼트!"

새하얀 광선이 무섭게 굽이치며 레이트에게 날아갔지만 그는 조금도 당황하지 않았다. 그가 들고 있던 검붉은 검을 앞으로 내밀자 뮤렐이 만들어낸 번개는 마치 살아 있는 뱀처럼 그의 검에 휘감겼다.

잠시 장난이라도 치듯 검을 빙글빙글 돌리던 레이트가 일행들을 향해 검을 겨누자 그때까지 사라지지 않고 있던 라이트닝 볼트가 일행들을 향해 무서운 속도로 날아들었다.

"홀리 베리어!"

콰콰콰쾅!

로빈이 재빨리 치유의 구슬을 앞으로 내밀어 푸른 막을 펼쳤고, 되돌아온 라이트닝 볼트가 막과 부딪치며 굉음이 터져 나왔다. 로빈은 밀리지 않기 위해 자세를 낮추었고, 뮤렐과 네로브는 그의 등을 받쳐 주었다.

그러는 동안 자세를 고친 데보라와 레오는 레이트를 향해 몸을 날렸다. 아로네아에서는 수십 줄기의 물길이, 그리고 파륜느에서는 수십 줄기의 압축된 공기가 날카로운 화살처럼 레이트를 향해 날아갔다.

두 여인의 공격을 레이트가 가볍게 피하려고 했지만 공격 범위가 너무 넓어 도저히 그럴 수 없었다. 재차 검을 내밀어 방어막을 펼쳤고 두 여인의 공세는 방어막을 향해 사정없이 쏟아졌다.

콰콰콰쾅—!

와장창—

두 여인의 공세가 레이트가 만든 방어막과 부딪치자 엄청난 소음과 함께 응접실 주위에 있던 모든 창문의 유리들이 일제히 터져 나갔다. 막 플레이트 메일을 걸치고 내려오던 헤이든은 소음을 찾지 못하고 귀를 막고 그 자리에 주저앉았다.

상대가 가진 마력이 보통이 아님을 깨달은 뮤렐은 누바케인을 꺼내 들었지만 함부로 휘두를 수 없었다.

이유는 누바케인이 불의 검이기 때문에 함부로 휘두를 경우 저택에 불이 붙어 오히려 일행들이 위험할 수도 있다는 생각이 들었기 때문이다.

상대가 가진 힘이 자신들보다 강했으므로 좁은 지역에서 그를 상대한다는 것은 어리석은 일이었기에 어떻게든 상대를 밖으로 유인해야만 했다.

뮤렐이 그런 생각을 하고 있을 때였다.

"으아악!"

"크—!"

"크아악!"

갑자기 밖에서 처절한 비명 소리가 들려오기 시작했다. 아마도 적들이 저택 안으로 침입해 온 모양이었는데 사방에서 비명 소리가 들리는 것으로 보아 적의 숫자가 상당한 것 같았다.

레이트를 상대하는 데 시간을 너무 많이 소비한다면 피해가 극심해질 것이란 생각을 버릴 수 없었다. 뮤렐이 그런 자신의 생각을 메시지 마법을 사용해 두 여인에게 전했고, 고개를 끄덕인 두 여인은 자신의 무기에 마나를 보내 공격할 준비를 마쳤다.

"아쿠아 에디—!"
"토네이도 블레이드—!"
"매직 미사일—!"
세 사람의 공격은 레이트가 도망칠 수 있는 모든 방향을 철저히 가로막은 채 그를 향해 날아갔다. 잠시 주위를 흘낏 바라본 레이트는 자신이 피할 곳이 보이지 않자 그대로 바닥을 박차고 뒤로 몸을 날렸다.
와장창!
요란한 소리와 함께 응접실 벽을 장식하고 있던 커다란 창문이 깨져 나갔고, 레이트가 사라진 바닥과 벽으로 사정없이 두 여인의 공격이 쏟아졌다.
바닥과 벽이 마치 썩은 나무처럼 패어 나갔다.
레이트가 정원으로 피한 것을 발견한 두 여인은 동시에 몸을 날려 그의 뒤를 따랐다. 뒤에 남은 헤이든은 그때까지 자신의 눈앞에서 벌어진 일을 제대로 이해하지 못하고 있었다.
로빈은 방어막을 거두며 걱정스런 표정을 짓고 있었지만 네로브의 곁을 떠나지 않고 있었다. 그런 로빈과는 달리 네로브는 태연하기 이를 데 없었다.
"로빈 아저씨, 우리도 가봐요."
"안 돼, 너무 위험해."
"괜찮아요, 아마 그런 일은 벌어지지 않을 거예요. 그리고 제 몸은 제가 지킬 수 있어요."
"스스로 지킬 수 있다고?"
네로브의 말이 믿어지지 않는지 로빈의 눈이 휘둥그레졌다.
"제가 할 수 있는 건 방어막을 만드는 것뿐이지만 어떤 상황에서도 안전할 수 있어요. 그러니 로빈 아저씨도 어서 엄마를 도와주도록 하세요."

 조금 불안하기는 했지만 네로브가 허튼소리를 할 리도 없고, 게다가 아레네스의 보살핌을 받는 아이란 생각이 들었다. 그리고 무엇보다 중요한 것은 강한 적을 맞이한 동료들의 안전이었다.

 "그럼 내 뒤에만 있어야 된다. 약속하겠니?"

 "알았어요."

 "만약 너에게 무슨 일이 생긴다면……."

 "무슨 일이 생길 리도 없지만 절대 위험한 행동은 하지 않을게요."

 네로브는 싱긋 웃으며 로빈의 팔짱을 꼈다. 생글거리는 네로브의 모습에 로빈은 어쩔 수 없이 밖으로 걸음을 옮겼다.

 밖은 이미 수많은 사람이 뒤섞여 극도로 혼란스러운 상태였다. 헤이든의 저택을 경비하던 병사들과 전투를 벌이고 있는 상대들은 하나같이 괴상한 얼굴을 하고 있었다.

 모두 제정신이 아닌 듯 괴상한 웃음을 터뜨리면서 병사들을 공격하고 있었다. 그들 가운데는 소년도 있었고, 여인도 있었으며, 또 노인들도 끼어 있었다.

 그들의 공격을 받고 있는 병사들은 상대에게 함부로 검을 휘두를 수 없었다. 자신들을 공격하는 자들 가운데에는 자신이 평소 잘 알고 있는 사람들도 끼어 있었기 때문이다.

 "이봐요, 톰 아저씨. 제발 정신을 차리라고요!"

 "야, 임마! 글렌, 정신 못 차려!"

 "마리아 아줌마, 이게 무슨 짓이에요? 제발 정신 차리란 말이에요—!"

병사들의 간절한 외침에도 사람들은 자신들이 들고 있던 부엌칼, 곡괭이, 낫, 몽둥이로 병사들을 공격하며 정신을 차리지 못하고 있었다. 게다가 수마저 적은 병사들은 연신 뒤로 밀리고 있어 조금 후엔 더 이상 밀려날 곳도 없게 되었다.

 레이트와 싸우고 있던 세 사람은 그런 병사들의 모습을 보며 조급한 마음을 감추지 못하고 있었다.

 그런 탓일까? 레이트를 공격하는 세 사람의 공세는 상당히 흐트러져 있었다. 그것을 놓칠 레이트가 아니었다.

 "블랙 라이트닝 스톰!"

 레이트가 휘두른 검에서 수십 줄기 번개가 뻗어 나와 세 사람에게 쏟아졌다. 잠시 신경이 분산되었던 데보라와 레오, 뮤렐은 당황하며 황급히 몸을 피했다. 특히 동작이 느린 뮤렐의 몸을 몇 줄기의 번개가 스치고 지나갔다.

 그가 걸치고 있던 헐렁한 로브에 당장 불이 붙었고, 당황한 뮤렐은 얼른 두들겨 불을 껐다.

 그 모습에 레오가 파룬느를 들었다.

 "블레스트 애로우—!"

 눈에 보이지 않는 수백 줄기의 송곳 같은 바람이 레이트를 덮쳤다. 뮤렐을 재차 공격하려던 레이트는 무엇인가가 자신을 향해 날아오는 것을 느끼고는 재빨리 몸을 날렸다.

 파파파팍—!

 흙먼지가 피어 올랐고 지면에 주먹만한 구멍이 수없이 뚫렸지만 레이트의 모습은 어디에도 보이지 않았다. 레오가 주위를 두리번거렸을 때 데보라의 날카로운 외침이 있었다.

 "아쿠아 임펄스—!"

뮤렐이 보니 허공에 몸을 띄운 레이트를 향해 아로네아가 맹렬한 속도로 날아갔다. 하지만 레이트는 검을 휘둘러 간단하게 아로네아를 막아냈다.

"챙—!"

날카로운 소리를 내며 아로네아는 맥없이 허공으로 퉁겨져 올라갔다.

머리 위로 퉁겨진 아로네아를 향해 레이트가 손을 내밀자 그 모습을 발견한 데보라는 당황했다. 지금 상태에서 아로네아마저 빼앗긴다면 일행들에게 더욱 불리해지기 때문이다. 재빨리 컴포짓 보에 활을 매겼을 때 레이트는 이미 아로네아를 잡고 있었다.

데보라가 막 화살을 발사하려고 할 때였다.

"크아악—!"

레이트는 아로네아를 잡았던 자신의 왼손을 움켜잡으며 처절한 비명과 함께 지상으로 떨어졌다. 바닥을 뒹구는 레이트의 왼손에서는 시커먼 연기가 피어 오르며 계속해서 타 들어가고 있었다.

결국 그의 왼손이 완전히 짓뭉개지고서야 레이트는 지면에서 일어설 수 있었다. 그러는 사이 데보라는 땅에 떨어져 있던 아로네아를 회수했다.

로빈은 그 모습에 안도의 한숨을 내쉬었다. 자신마저도 신의 무기가 가지고 있는 신성력을 깜빡 잊고 있었기 때문이다. 그때였다.

"크악! 죽어라!"

"홀리 베리어!"

곁에서 들려온 흉악한 소리에 로빈은 반사적으로 방어막을 펼쳤다. 짙은 푸른색을 띤 반구형의 막이 로빈과 네로브를 감쌌고, 그 막에 부딪친 상대는 그가 누구인지 확인할 사이도 없이 전신이 폭죽처럼 터져 나갔다.
 그 모습을 본 네로브의 얼굴이 약간 창백하게 변했다. 하지만 로빈은 그런 그녀의 변화에 신경 쓸 틈이 없었다.
 저택을 공격하던 레이트의 부하들이 한쪽에서 자신들의 전투를 구경하기에 여념이 없는 로빈과 네로브를 그냥 둘 리 만무했다.
 직접적인 공격법을 익히지 못한 로빈은 치유의 구슬이 가진 신성력을 이용해 방어막을 펼치는 것이 고작이었다. 그러나 로빈이 만든 방어막을 뚫고 들어오는 무기는 하나도 없었다.
 "파이어 서클!"
 "아쿠아 애로우—!"
 "스톰 오브 블레이드—!"
 세 사람의 공세가 고통에 진저리치던 레이트의 전신으로 쏟아졌다. 당황한 레이트가 자신의 검을 들어 세 사람의 공격을 막아내려고 했지만 조금 늦고 말았다.
 세 사람의 공격이 쏟아진 레이트의 육체는 산산조각이 나며 사방으로 흩어졌다. 그러자 병사들을 공격하던 레이트의 부하들도 일제히 바닥을 뒹굴며 처절한 비명을 질러댔다.
 데보라와 일행들의 시선이 그들에게 향했을 때 그들의 몸은 마치 물처럼 녹아내려 지면에 스며들고 있었다. 잠시 시간이 지난 후 남은 것은 레이트와 그의 부하들이 걸쳤던 의복과 그들이 들고 왔던 무기뿐이었다.
 멍한 표정으로 서 있던 헤이든은 계속된 사태에 정신을 차리지 못하고 있었다. 그런 그의 발 밑에는 조금 전까지 레이트가 휘두르던 검붉은 검이 나뒹굴고 있었다.
 요요한 빛을 뿌리는 검을 보는 순간 헤이든은 아무 생각 없이 검을 향해 손을 뻗었다.

"안 돼—!"

로빈이 큰 소리로 외치며 경고를 했지만 헤이든은 아무 소리도 듣지 못한 사람처럼 계속 검을 향해 손을 뻗고 있었다.

쨍!

헤이든의 손이 막 레이트의 검에 닿기 전 데보라가 아로네아로 검을 퉁겨냈다. 검이 거의 20여 미터 이상 날아가자 헤이든은 갑자기 정신이 든 듯 고개를 흔들었다.

"정신 차려!"

데보라의 말에 헤이든은 상당히 당황한 표정을 지었다.

재빨리 검이 떨어진 곳으로 달려간 로빈은 치유의 구슬을 앞으로 내밀어 당장 그 검을 정화하려고 했다. 그러자 검은 마치 살아있는 생명체처럼 부르르 떨며 상당히 심하게 요동을 일으켰다.

로빈은 그 검에 더욱 강한 신성력을 보냈지만 검에 실린 사악한 힘은 좀처럼 사라지지 않았다. 로빈은 땀을 뻘뻘 흘리며 모든 정신을 치유의 구슬에 집중시켰다.

치유의 구슬에서 뿜어져 나온 푸른 광선이 계속해 검붉은 검을 감쌌지만 검에서 흘러나오는 검붉은 색은 좀처럼 줄어들지 않았다.

땀을 뻘뻘 흘리며 정화에 집중하는 모습을 바라보던 네로브가 그의 등 뒤로 걸음을 옮겼다. 그리고 그의 등에 조용히 오른손을 대었다.

일행들이 묵묵히 그런 그녀의 행동을 지켜볼 때 로빈의 등에 댄 네로브의 손에 엷은 보라색의 안개 같은 것이 어리는 순간 로빈이 들고 있던 치유의 구슬에서 뿜어져 나온 푸른색이 갑자기 몇 배나 짙어졌다.

　잠시의 시간이 흐르고 검에서 뿜어져 나온 검붉은 색이 점차 줄어들더니 결국에는 푸른색이 검 전체를 뒤덮었다. 조금씩 흘러나온 색이 점차 줄어들더니 종내에는 푸른빛밖에 보이지 않았다.

　레이트의 검에서 사악한 힘이 사라진 것을 확인한 로빈은 그제야 큰 숨을 내쉬고는 그 자리에 털썩 주저앉고 말았다. 숨을 몰아쉬는 로빈을 보고 데보라가 물었다.

　"어때, 정화는 끝난 거야?"

　"예, 네, 네로브 덕분에 겨, 겨우 정화시킬 수 있었습니다."

　숨을 몰아쉬며 대답하는 로빈의 얼굴에서는 굵은 땀방울이 흘러내리고 있었다. 이제 10대 후반이 된 로빈의 얼굴에서는 간간이 청년의 모습이 보이고 있었다. 하지만 잔뜩 지쳐 보이는 그의 얼굴이 안쓰럽기만 했다.

　그런 데보라의 눈길을 눈치 챈 것일까?

　로빈은 씽긋 웃으며 입을 열었다.

　"데보라님, 잠시만 지나면 곧 회복할 수 있습니다. 그리고 제가 능력이 부족해서 일어난 일이니 너무 걱정하지 않으셔도 됩니다."

　로빈의 말에 데보라는 고개를 돌렸지만 그녀의 마음이 편할 리 없었다. 자신의 일행들 가운데 나이가 조금이라도 많은 신관이 있었다면 당장이라도 로빈을 돌려보냈을 것이다. 그제야 데미안이 왜 일행들이 자신을 따라오려는 것을 막으려 했는지 그의 마음을 이해할 수도 있을 것 같았다.

　그런 마음이 들었기 때문일까? 그때까지 정신을 차리지 못하고 있는 헤이든이 너무도 멍청하게만 느껴졌다.

　"뭐 해? 쉴 곳 없어?"

"하, 하인들에게 지시해 곧 마련하도록 하겠습니다."

데보라의 조금은 신경질적인 말에 헤이든은 당황한 얼굴로 하인들에게 데보라 일행들이 쉴 곳을 마련하도록 지시하고, 또 병사들의 시신과 어지러워진 정원을 정리하도록 명령했다.

로빈이 비틀거리며 일어서자 네로브가 부축을 했고, 일행들은 자신들의 거처로 가서 정신없이 잠에 빠졌다.

데미안과 라일, 헥터가 사라진 지금에서야 그들이 자신들에게 얼마나 큰 힘이 되었었는지를 뼈저리게 절감하고 있었다. 그와 함께 자신들의 힘이 얼마나 미약한 것인지 또한 느끼고 있었다.

데보라와 일행들이 정신을 차리고 일어난 것은 다음날 점심때가 다 되어서였다. 그때까지 안절부절못하고 있던 헤이든은 안도의 한숨을 내쉬었다.

간단한 요기를 마친 일행들은 곧 여행을 재개하려 했다. 하지만 헤이든의 반대가 이만저만이 아니었다.

"여러분들께 대접을 소홀히 한 것을 다른 사람들이 알면 제 입장이 너무 곤란합니다. 그러니 며칠만이라도 쉬었다 가시는 것이 어떠신지?"

헤이든의 말에 데보라는 어이가 없었다.

물론 그가 지금 일어나고 있는 사태를 정확히 모르니 그런 말을 할 수도 있겠지만, 그렇다고 해서 자신의 입장을 고려해 며칠을 쉬었다 가라니……. 너무 기가 막혀 말도 제대로 나오지 않을 지경이었다.

그런 데보라의 모습을 본 로빈이 재빨리 입을 열었다.

"맥시밀리언 남작님, 지금 저희들은 아레네스님의 신탁을 받아 움직이고 있습니다. 남작님의 성의는 감사하지만 시간적 여유가 별로 없군요. 다음 기회에 꼭 들르도록 할 테니 그때 저희들에게 대접을 해주시는 것은 어떨까요? 그리고 그때는 싸일렉스 공작 각하께서도 함께하실 겁니다."

"싸일렉스 공작 각하께서 정말 이곳에 들러주실까요, 사제님?"

"틀림없이 들러주실 겁니다. 싸일렉스 공작 각하께서 다정다감 하신 분이시라는 것을 남작님께서도 잘 알고 계시지 않습니까?"

로빈의 말에 헤이든의 입은 찢어질 듯 벌어졌다. 그 모습을 발견한 로빈은 내심으로 한숨을 내쉬었다.

'과연 저희들 가운데 몇 명이나 이곳을 찾을 수 있을지 모르지만 말입니다.'

데보라는 자신의 말을 가로챈 로빈의 행동이 괘씸하기는 했지만 헤이든과 말을 하고 싶은 생각이 없었기에 일부러 못 들은 척했었다.

간단히 이동할 준비를 마친 일행들은 헤이든과 성민들의 환영을 받으며 다시 북쪽으로 여행을 시작했다.

*　　　*　　　*

허공에 갑자기 검은 원이 생기더니 검은 머릿결을 가진 여인 하나가 원에서 빠져나왔다. 여인이 지면에 내려서자 검은 원은 사라졌다.

주위를 둘러보던 여인은 산정에서 내려와 험준한 산 중턱을 향해 걸음을 옮겼다.

이미 주위는 쌀쌀한 날씨이건만 단 한 장의 낙엽도 지지 않은 수많은 상록수들이 빽빽하게 들어서 있었다. 소로(小路)조차 생길 자리도 없이 자란 나무들을 흘낏 바라본 여인은 애초에 자신이 목표로 했던 곳을 향해 거침없이 발걸음을 옮겼다. 그리고 잠시 후 그녀가 걸음을 멈춘 곳은 기사들이 검술을 연마하는 연무장 (練武場)처럼 널찍한 곳이었다.

그녀가 멈추고 얼마 지나지 않아 그녀와 거의 닮은 젊은 여인이 커다란 동굴 안에서 걸어나왔다.

걸어나온 여인은 이미 나타난 상대의 정체가 마브렌시아라는 것을 알고 있었지만 그녀의 괴상한 모습에 적지 않게 놀랐다. 처음에는 자신을 놀리기 위해 자신과 비슷한 모양으로 폴리모프했다고 생각했었지만, 자주 만나지도 않았던 그녀가 그럴 이유가 없었다.

"무슨 일이지? 그리고 그 괴상한 모습은 뭐야? 그렇게도 블랙 드래곤이 되고 싶었었나?"

"할 말이 있어 왔다."

"할 말? 뭐지?"

"암흑과 공포의 지배자이신 지하르트님의 충성스러운 부하가 되어라."

뜻하지 않은 마브렌시아의 말에 이미니스트는 할 말을 잃었다. 지랄 같은 성질을 가진 마브렌시아가 자신들 블랙 드래곤 일족처럼 변한 모습만 해도 보통 일이 아니었지만 그녀의 말은 이미니스트를 더욱 놀라게 하기 충분했다.

일단 놀란 가슴부터 진정시켰다.

"얼마 전 콜레이븐이 찾아와 이상한 말을 하더니, 이젠 너까지 이상한 말을 하는구나."

"콜레이븐이 널 찾아왔었다고? 무슨 말을 했지?"

"카르메이안님의 말씀을 전하기 위해 왔었다."

"카르메이안의 말을 전하기 위해서 콜레이븐이 널 찾아왔었다고? 무슨 내용인지 나에게 말해 주겠어?"

에인션트 드래곤에 해당되는 카르메이안의 이름을 아무런 존칭 없이 부르다니……. 하여간 레드 드래곤들은 싸가지라고는 파리 눈곱만큼도 없는 족속들이었다.

"내가 너에게 그 말을 이야기해 주어야 할 의무가 있을까?"

이미니스트의 말에 그렇지 않아도 무표정했던 마브렌시아의 얼굴에 서늘한 기운이 스치고 지나갔다. 동시에 그녀의 몸에서 검은색을 띤 기류가 흘러나와 그녀의 몸을 감쌌다.

건방지게 자신의 마나와 비슷한 모습을 보이는 마브렌시아의 모습에 이미니스트는 어이가 없었지만 그녀에게서 느껴지는 압도적인 파워만큼은 이미니스트의 신경을 자극하기에 충분했다. 자신보다 훨씬 강력한 힘을 느낄 수 있었다.

블랙 드래곤에 비해 레드 드래곤의 능력이나 파워가 앞서는 것은 사실이지만 이렇게 차이가 날 정도는 아니었다. 그녀의 변한 모습과 이 힘과 무슨 연관성이 있을 것 같았다.

"라이슬렌스도 웅카르토 산맥의 정상으로 오기로 했다. 그대도 그대의 능력에 자신이 있다면 웅카르토 산맥으로 와라. 세상에는 네 능력으로 감히 어떻게 할 수 없는 상대가 있다는 것도 알게 될 테니."

그 말을 하는 마브렌시아의 얼굴에는 희미하게 비웃음이 걸려 있었다. 그 모습에 이미니스트는 다시 분노가 치밀었지만 여기서 그녀를 상대해 보아야 자신에게 유리할 것이 하나도 없기에 일단은 참기로 했다.

"다크 서클!"

마브렌시아의 시동어에 허공에 검은 서클이 생겨났고, 마브렌시아는 곧 검은 서클 안으로 사라졌다.

비록 아주 잠시 동안 마브렌시아의 얼굴에 굴욕스러워하는 빛이 스치고 지나갔지만 이미니스트는 미처 발견하지 못했다.

"대체 무엇이 레드 드래곤 가운데에서도 가장 성질이 더럽다고 알려진 마브렌시아를 저렇게 변하게 만든 것이지? 웅카르토 산맥이라……. 카르메이안님의 말씀도 있고 하니 한번 가보는 것도 나쁠 것은 없을 것 같군."

나직하게 중얼거리던 이미니스트는 곧 자신의 레어로 들어가 버렸다.

지하르트가 있는 아공간으로 워프를 한 마브렌시아는 지하르트의 궁전으로 향했다. 궁전의 곳곳에는 많은 괴물들이 어슬렁거리고 있었다.

지면에 내려선 마브렌시아는 천천히 궁전의 정문을 향해 걸음을 옮겼다. 정문을 지키고 있던 괴물 중 하나가 마브렌시아를 발견하고는 걸음을 옮겼다.

원숭이처럼 긴 팔이 넷이나 되었고, 털 대신 짙푸른 색의 가죽이 번들거리는 것이 밥맛없어 보였다. 입술 밖으로 튀어나온 날카로운 송곳니나 콩알만큼 작은 눈은 정말 재수없게만 여겨졌다.

"킁킁, 지하르트님께서… 킁킁 기다리고…… 계신다."

괴물의 말에 마브렌시아는 들은 척도 하지 않고 정문을 통과했다.

궁전 안에는 더욱 많은 괴물들이 어슬렁거리고 있었다. 그들에게는 눈길조차 주지 않은 채 중앙 홀로 간 마브렌시아는 단상 위의 의자에 앉아 있는 지하르트에게 다가갔다.

지하르트 곁에는 여전히 이오시스가 서 있었고, 그의 무릎을 껴안고 있는 음속의 마녀도 여전했다.

"다녀왔습니다. 주인님."

"드래곤들에게 내 명령을 전했느냐?"

"문제가 생겨 제대로 명령을 전달하지 못했습니다."

"뭐야? 감히 내 명령을 거역해?"

분노한 지하르트가 손을 뻗자 마브렌시아는 갑자기 전신이 뻣뻣하게 굳어지며 숨이 막혀오는 것을 느꼈다. 그와 동시에 전신의 근육이 줄어들어 제대로 서 있었을 수조차 없었다. 또 심장마저도 금방 터질 듯이 뛰기 시작했다.

바닥에 쓰러진 마브렌시아는 자신의 몸을 마구 할퀴며 격렬하게 경련을 일으켰다. 그런 마브렌시아의 모습을 바라보는 지하르트나 이오시스, 음속의 마녀 피아나는 꼼짝도 하지 않았다.

"크아악! 제발…… 카르메이안 때문에…… 으악! 제발……!"

마브렌시아는 더 이상 고통을 참지 못하고 처절한 비명을 질렀다. 지하르트는 마브렌시아가 내뱉은 말을 듣고는 손을 뻗어 경련을 멈추게 했다.

마브렌시아는 숨을 몰아쉬면서 조금 전 자신이 느꼈던 고통에 진저리를 쳤다. 한 번도 경험해 보지 못했던 지독한 고통이었다. 드래곤으로서의 자존심이고 뭐고 아무 소용이 없었다.

심하게 오그라들던 근육은 급격한 변화에 적응하지 못해 경련을 일으키고 있었고, 힘마저 빠져 손가락 하나 움직일 기운조차 없었다. 하지만 언제까지 바닥에 누워 있을 수만은 없는 일이었다.

마브렌시아는 부들부들 떨리는 몸을 억지로 일으켰다.

"카르메이안이라면 가장 나이가 많다는 그 골드 드래곤을 말하는 것이냐?"

"하아, 하아. 그, 그렇습니다."

"자세히 말해 봐라."

"저, 정확한 이유는 알 수 없지만 다른 드래곤들을 모으고 있습니다. 몇몇 드래곤들은 이미 카르메이안을 따라 사라진 후였습니다."

지하르트는 아직 수염조차 나지 않은 자신의 턱을 만지며 생각에 빠졌지만 카르메이안이 왜 그런 행동을 하는 것인지 쉽게 짐작할 수 없었다. 하지만 큰 관심을 보이지는 않았다.

카르메이안이 제아무리 에인션트 드래곤이라고 하더라도 자신의 능력에 비하면 보잘것없는 존재에 불과했고, 설사 그가 무슨 음모를 꾸민다고 하더라도 간단하게 해결할 자신이 그에겐 있었다.

"피아나."

지하르트의 부름에 바닥에 앉아 있던 피아나는 고개를 들어 그의 얼굴을 바라보았다. 그런 그녀의 얼굴에는 무한한 존경심과 절대적인 충성심이 어려 있었다.

"네가 저 도마뱀과 함께 다니며 내 명령을 전하도록 하거라. 그리고 반항하는 놈들이 있다면 내 무서움을 철저히 가르쳐 주도록 하거라."

"명령대로 하겠나이다."

피아나의 대답을 들은 지하르트는 곁에 서 있던 이오시스에게 명령을 내렸다.

"카르메이안이란 도마뱀이 무슨 음모를 꾸미는 것인지 철저히 조사하도록 해라."

"알겠습니다, 지하르트시여!"

이오시스가 공손하게 대답하는 모습을 바라보는 마브렌시아의 육체는 그동안에도 계속해서 경련을 일으키고 있었다.

* * *

"마브렌시아의 모습을 보았다고?"

"그렇습니다. 이상하게 변하기는 했지만 분명히 레드 드래곤 마브렌시아가 맞았습니다."

금발 사내, 아니, 골드 드래곤 라이슬렌스의 말에 카르메이안은 순간 머리 속이 복잡해지는 것을 느꼈다.

"그리고 다른 드래곤들이 전해온 정보에 의하면 그 마신이라는 존재가 지하르트라고 했습니다."

"지하르트? 설마 바알제블의 아들인 그 지하르트를 말하는 것인가?"

카르메이안은 라이슬렌스의 말에 상당히 당황했다.

신의 봉인이 깨지고 난 후의 일에 대해 비교적 정확하게 예측하고 있던 카르메이안에게 지하르트라는 존재는 정말 뜻밖의 존재가 아닐 수 없었다.

지하르트가 비록 바알제블의 아들로 불리기는 하지만 카르메이안의 기억에 의하면 몇몇 마신을 제외하고는 상대가 없을 정도로 엄청난 능력을 가지고 있었다.

신의 무기 때문에 봉인이 깨어졌을 때 봉인에 틈이 생긴 것은 분명한 일이지만 그 틈이 너무 좁아 자신이 우려해야 할 정도로 엄청난 능력을 가진 마신들은 빠져나오지 못할 것이라 생각했었다. 그런데 빠져나온 상대가 지하르트라니…….

카르메이안은 대체 이 문제를 어떻게 풀어야 할지 쉽게 결론을 내릴 수 없었다.

"마브렌시아가 지하르트와 관계가 있어 보이던가?"

"관계 정도가 아니라 부하, 아니, 그의 노예처럼 보였다고 하더군요."

"노예……."

그 말을 내뱉는 카르메이안의 얼굴에는 어쩔 수 없는 분노가 피어 올랐다.

지상 최강의 존재인 드래곤을 한없이 비참하게 만드는 단어. 앞으로는 절대 들을 수 없을 것으로 생각했던 단어를 또다시 듣게 된 것이었다.

그런 카르메이안의 비통한 마음을 곁에 있던 라이슬렌스나 타아르카스가 알 리 없었다.

마브렌시아가 가진 능력도 그리 약한 것이 아닌데 부하도 아니고 노예처럼 보인다면 그녀가 지하르트에게 어떤 취급을 받은지는 보지 않아도 알 만한 일이었다.

"마브렌시아가 뭐라고 하던가?"

"지하르트에게 충성을 맹세하라고 하더군요. 참, 그전에 너무나 화가 치밀어 마브렌시아에게 메가 라이트닝으로 공격을 했었는데 당시 그녀는 제 공격을 피하지 않고 정면에서 막아냈습니다. 그런 방어 수법은 마법처럼 보이기도 했지만, 난생처음 보는 수법이었습니다."

"아마 어둠의 힘이었을 테지."

워낙 나직하게 말을 했기 때문일까? 카르메이안의 말을 듣지 못한 라이슬렌스가 물었다.

"카르메이안님, 이제 저희들은 어떻게 해야 합니까? 마브렌시아의 말을 들어보면 지하르트란 녀석이 가진 힘이 보통이 아닌 듯싶은데 말입니다."

"절대 지하르트를 상대해서는 안 되네."

"예? 그럼 카르메이안님의 말씀은 그를 피해 도망치기라도 해야 한단 말씀이십니까? 그럴 수는……"

"도망쳐야 하네. 지하르트를 막을 수 있는 존재는 오직 신들뿐이네."

"카르메이안님, 그 말씀만은 도저히 수긍할 수 없습니다! 신들의 모습은 본 적도 없지만 지하르트란 녀석이 제아무리 강하다고 하더라도 저희 드래곤들이 힘을 합치면 그런 놈 정도는 충분히 상대할 수 있습니다! 일단 이 일은 저희에게 맡겨주십시오!"

얼굴이 새빨갛게 변해 외쳐 대는 라이슬렌스의 모습에 카르메이안은 이제는 입이 아파 더 이상 설명하기도 싫었다.

과거 신과 악마의 싸움에서 살아남은 드래곤이 자신밖에 없는 지금 악마들의 무서움을 아무리 설명을 해도 젊은 드래곤들은 들은 척도 하지 않았다.

마브렌시아의 소식을 들은 후부터는 더욱 조급함을 느끼던 카르메이안이기에 마브렌시아보다 먼저 다른 드래곤들을 설득시켜야만 했다.

"그럼 그 문제는 자네가 알아서 하도록 하게. 난 다른 드래곤들을 설득하러 가겠네. 참, 장소가 웅카르토 산맥이라고 했었나?"

"그렇습니다."

"나중에 시간이 된다면 한번 가보도록 하지."

말을 마친 카르메이안은 한쪽 구석에서 빈둥거리고 있던 타아르카스를 불렀다.

"이봐, 지금 뭐 하고 있어? 가자고."

"또 어딜 간다는 거야? 귀찮아 죽겠네."

타아르카스의 투덜거림에 카르메이안은 길게 심호흡을 한번 하고는 나직하지만 강압적인 음성으로 입을 열었다.

"갈 거야, 안 갈 거야?"

"쳇! 가면 되잖아. 맨날 협박이나 하고……. 서러워서 못 살겠네. 왜 자기 둥지로 부르지 않고 이렇게 일일이 찾아다니면서 고생을 하는 건지 도저히 이해가 안 되네. 여자 드래곤도 소개해 주지 않으면서……."

"제발 좀 닥쳐 주겠어?"

카르메이안의 음성이 다시 한 옥타브 내려가자 타아르카스는 당장 입을 다물었다. 그 모습을 보면서 걸음을 옮기려던 카르메이안은 이미 마브렌시아가 공공연하게 돌아다니는 상황에서는 오히려 타아르카스가 말한 방법이 더 좋을지도 모른다는 생각이 들었다.

"이리 와, 워프!"

못마땅해하는 표정이 역력한 타아르카스의 손을 잡은 카르메이안은 짧게 시동어를 외쳤다.

두 드래곤이 사라지자 라이슬렌스는 곧바로 마브렌시아와 만나기로 했던 다른 드래곤의 레어로 출발했다.

*   *   *

　파프와 동행을 한 데미안은 오르고니아 왕국으로 별다른 어려움 없이 여행을 계속했다.
　12월 초순이었지만 유독 산이 많은 지형 때문인지 오르고니아 왕국의 날씨는 상당히 쌀쌀했다. 물론 데미안이야 날씨가 어떻게 변하든 상관이 없었고, 파프 역시 낡은 하드 레더 위에 망토를 걸치는 것으로 준비를 끝냈다.
　그들이 오르고니아 왕국에 도착해 제일 먼저 찾은 곳은 용병 길드였다.
　물론 도시마다 용병 길드가 있었고, 특히 큰 도시에는 몇 개의 용병 길드가 있었다. 하지만 하크에 대한 소식을 알기 위해서는 대도시가 유리할 것 같아 두 사람은 오르고니아 왕국에서도 상인들이 많이 모인다는 커트빌이란 도시를 찾았다.

　정오 무렵 커트빌에 도착한 두 사람은 상당히 많은 수의 상인과 용병들로 도시가 북적거리는 것을 발견하고는 묘한 표정을 짓고 있었다.
　페이낙스를 출발해 커트빌에 도착할 때까지 들과 산밖에 보지 못했었다. 아마 혼자 여행을 하는 사람이라면 매일 반복되는 주위의 경치에 지쳐 버렸을 것이다. 그런데 그동안 보지 못했던 사람들이 이곳에는 넘쳐 나고 있었던 것이다.
　트레디날 제국 사람들과 비교해 보면 약간 광대뼈가 튀어나와 있었고, 전체적으로 까무잡잡해 보이는 것이 상당히 강인해 보였다.

식당을 찾아 간단히 요기를 마친 두 사람은 가장 큰 용병 길드를 찾았다.

도심 한가운데 위치한 용병 길드는 상당한 규모를 가지고 있었다. 난생처음 용병 길드를 보는 데미안은 호기심 가득한 소년처럼 연신 주위를 두리번거렸다.

그 모습에 얼마 전 데미안이 괴로워하던 모습을 떠올린 파프는 어느 모습이 진짜 그의 모습인지 어리둥절하기만 했다.

2층으로 올라간 파프는 접수대에서 바쁘게 움직이는 몇 명의 여자 가운데 하나를 불렀다.

"주디."

고개를 돌린 여자는 30대 중반으로 보이는 부드러운 인상의 소유자였다. 잠시 고개를 갸웃거리던 여자는 곧 그를 기억해 내고는 인사를 했다.

"누군가 했더니 파프님이었군요. 한데 여기는 어쩐 일이세요? 우리 길드에 가입이라도 하러 오셨나요?"

"아니, 하크를 찾으러 왔어. 지금 어디 있지?"

파프의 질문에 주디는 서류를 몇 번 뒤적이더니 곧 대답을 했다.

"하크님은 지금… 청부를 받고 상인과 물건을 보호하기 위해 조금 멀리 떨어진 포트미안으로 갔다가 돌아오시는 중이세요. 그쪽에서 출발한다는 소식을 며칠 전에 들었으니까 내일이나 모레쯤이면 도착하실 거예요."

"그래? 데미안님, 어떻게 하시겠습니까?"

자신의 물음에 데미안이 아무런 말도 하지 않자 파프는 고개를 돌렸고, 창문 곁에 서서 무엇인가를 보고 있는 데미안을 발견할 수 있었다. 무엇을 그리도 열심히 보는지 궁금해했던 파프가 발견한 것은 길드 건물 뒤편에 마련되어 있는 연무장(練武場)이었다. 그리고 한참 대결 중인 두 사람의 용병을 발견할 수 있었다.

두 사람의 주위에는 수십 명의 우락부락한 인상을 가진 용병들이 저마다 편을 갈라 열심히 응원을 하고 있었다.

"이봐, 토미. 단숨에 날려 버려!"

"그렇지 않아도 토미 저 자식한테 불만이 많았는데 아예 죽여 버려, 피터!"

"토미한테 피터는 상대도 안 되지. 넌 그것도 모르냐?"

"뭐야? 이 자식이 죽고 싶어서 환장했나? 어디 한번 붙어볼까?"

"누가 미친개 아니라고 할까 봐 아무한테나 덤비냐?"

"둘 다 닥쳐! 조용히 구경이나 해!"

고함 소리와 욕설, 응원이 어우러져 거의 싸우는 듯이 들렸지만 데미안이 보기에는 생명력이 넘치는 것처럼 보였다.

"재미있으십니까?"

"그럼. 파프는 싸움 구경을 싫어해?"

"그렇지는 않습니다만……"

파프는 대답을 하면서도 저렇게 하급한 싸움을 좋아하는 데미안이 더 신기했다. 그의 작위가 공작이라면 최소 소드 마스터 중급 이상 된다는 말인데 저렇게 자신의 힘만 믿고 싸우는 모습에서 무슨 재미를 느끼는 것인지 궁금했다.

"파프는 누가 이길 것 같아?"

"글쎄요?"

파프는 말꼬리를 흐리며 두 용병의 모습을 살폈다.

토미란 용병은 거구에 상당한 근육질의 몸매를 가지고 있었다.

무기도 상당히 무거운 투 핸드 소드를 택하고 있었고, 흑갈색의 머리카락이 그를 더욱 단단하게 보이게 했다.

그런 반면 피터란 용병은 보통 키에 인상도 평범했다. 한 가지 특이한 점은 두 자루의 쇼트 소드를 들고 있다는 것뿐이었다.

근육질의 토미란 용병이 당연히 유리하겠지만 피터가 저런 체격으로 용병이란 직업을 택했다면 그에게 남이 모르는 뭔가가 있을 것 같기도 했다.

"난 토미란 사내가 이길 것 같은데."

데미안의 말에 파프는 다시 한 번 그들을 보았지만 여전히 두 사람의 실력은 알기 힘들었다. 데미안이 단순히 덩치만 보고 토미를 고르지는 않았을 것이란 생각도 들었지만 그렇다고 피터가 쉽게 지지도 않을 것 같았다.

"그럼 전 피터를 선택하겠습니다."

"그럼 내기할까?"

"내, 내기요?"

"그래 술 내기. 어때?"

"좋습니다."

두 사람의 말이 막 끝나자마자 두 사람은 본격적으로 대결을 벌이기 시작했다.

두 사람 모두 오랜 용병 생활을 통해 터득한 경험을 바탕으로 상대의 빈틈을 향해 자신의 무기를 휘둘렀다. 역시 사람들의 예측대로 힘에서는 토미가 앞섰고, 속도에서는 피터가 조금 앞섰다.

두 사람의 무기가 부딪칠 때마다 불똥이 튀었고 날카로운 금속음이 귀를 찢을 듯했다.

동료들의 응원에 두 사람은 더욱 힘을 내 상대를 공격했다. 하지만 시간이 지나면 지날수록 피터가 힘에서 밀렸다.

토미가 무식하다고 할 정도로 단순하게 피터의 머리만을 노리는 공격을 했지만 속도나 힘의 안배가 적절해 막지 않을 수 없었다.

피터는 두 자루의 쇼트 소드를 교차해 상대의 투 핸드 소드를 막아냈지만 손목과 팔에 상당한 충격을 받았다. 만약 검이 한 자루뿐이었다면 벌써 승부가 났을 것이다.

데미안이 보기에 피터의 검술에는 문제점이 많았다. 오른손에 든 검이 공격을 주도하고, 왼손에 든 검은 그 검을 거드는 정도에 불과했다.

피터가 검을 휘두를 때마다 데미안은 응원을 하기도 했고, 탄식도 터뜨렸고, 잘못된 점을 지적하기도 했다.

"그래, 잘 막았어. 아니아니, 그게 아니지. 왜 반대로 피하는 거지? 멍청아, 왼손은 액세서리로 달고 있냐? 어서 공격을 하라고. 어휴, 그게 아니란 말이야!"

파프는 데미안이 난생처음 용병끼리의 대결을 본 소년처럼 소리치는 모습을 보고 어리둥절해했다. 데미안 같은 고수가 왜 저렇게 응원에 열심인지 그것이 궁금했다.

그러는 사이 두 사람의 대결은 더욱 치열해졌다.

토미가 투 핸드 소드를 빠르게 휘두르자 피터는 미처 피하지 못하고 두 개의 쇼트 소드를 들어 막아야 했다.

챙―!

날카로운 금속음과 함께 토미의 투 핸드 소드는 가로막혔다. 조금 전 같으면 투 핸드 소드를 회수해 다시 다른 곳을 공격했겠지만 토미는 그럴 생각이 없는지 가로막힌 검에 더욱 힘을 주어 찍어 눌렀다.

　상대가 더욱 힘을 주어 찍어 누르자 피터는 당황하며 들고 있던 쇼트 소드에 힘을 주어 겨우 버티고 있었다. 시간이 지나면 지날수록 피터는 더욱 불리한 상황에 빠졌다.

　투 핸드 소드와 머리의 간격이 점점 좁혀진다고 느끼는 순간, 토미는 손잡이에서 짧은 나이프를 뽑아 눈 깜짝할 사이 피터의 목에 겨누었다. 어느 누구도 그가 나이프를 뽑는 모습을 발견하지 못할 정도로 너무나 빨랐다.

　"어때, 졌지?"

　"치이, 비겁하게 무기를 숨기고 있었잖아."

　"비겁이고 뭐고 간에 졌어, 안 졌어?"

　"졌다."

　피터의 짧은 말에 토미는 그제야 투 핸드 소드를 회수하며 뒤로 물렀다.

　"후후후. 파프, 내가 이긴 것 같은데."

　"제가 졌군요. 피터에게 뭔가 비장의 수법이 있을 것처럼 보였었는데……"

　"피터도 가슴에 검을 숨기고 있었지만 미처 쓸 사이도 없이 당한 거야. 토미가 보기보다는 교활하다고 할 정도로 철저하게 자신을 감추었기 때문에 이겼다고 볼 수 있지."

　"가시죠, 제가 한잔 사겠습니다."

제38장
드래곤들의 치욕

　데미안과 파프가 술집에서 술을 마시며 간단하게 요기를 하고 있을 때였다.
　조금 전 대결을 벌였던 두 용병 가운데 피터가 조금은 풀이 죽은 모습으로 술집에 들어서고 있었다. 잠시 주위를 둘러보던 그는 빈자리에 앉아 곧 술을 주문했다.
　잠시 그런 그의 모습을 보던 데미안은 무슨 생각에서인지 그의 자리로 갔다. 한 번도 본 적이 없는 남자가 자신의 곁으로 다가서자 피터는 의아해하는 얼굴로 상대를 바라보았다.
　붉은 머리를 가진 상대의 환상적인 얼굴에 놀라기는 했지만 한 번도 본 적이 없는 청년인 것만은 사실이었다.
　"조금 전 대결 잘 구경했소."
　그렇지 않아도 그것 때문에 마음이 상해 있던 피터의 입에서 고운 말이 나올 리 만무했다. 피터는 잔뜩 찌푸린 얼굴로 싸늘하게 내뱉었다.
"꺼져."
"복수할 수 있는 좋은 방법이 있는데 들어보지 않겠소?"
"복수? 너 같은 애송이가 뭘 안다고 복수 운운하는 거지? 피 보고 싶지 않으면 곱게 물러나는 것이 신상에 좋아."
하지만 데미안은 환한 미소만 지을 뿐 전혀 움직일 생각을 하지 않았다.
그 모습에 피터는 그만 감정이 폭발하고 말았다. 양쪽 허리에 차고 있던 쇼트 소드의 손잡이를 잡는 순간 데미안의 목과 가슴을 향해 힘껏 찔렀다. 아니, 찌르려고 했다. 하지만 그럴 수 없었다.
어느새 뽑아 들었는지 데미안의 왼손에는 레이피어가 들려 있었고, 그 끝이 자신의 목을 겨누고 있었기 때문이다.
"어, 언제……?"
"쯧쯧쯧, 용병이라면 적어도 상대가 어느 정도 실력을 가지고 있는지 먼저 파악을 해야지 무조건 감정만 앞서면 되나."
데미안의 타이르는 듯한 말에 피터는 자존심이 상하는 것을 느끼며 눈을 질끈 감았다.
"죽여라."
"쯧쯧쯧, 이젠 자신의 목숨까지 하찮게 여기는군."
피터가 눈을 떠 데미안을 노려보았을 때 어느새 회수했는지 레이피어는 그의 왼쪽 허리에 걸려 있었다.
자신은 이미 양손에 쇼트 소드를 뽑아 든 상태였고, 상대는 검집에 레이피어가 들어 있는 상태. 지금 공격한다면 데미안보다 빠르게 공격을 시킬 자신이 있었다.

피터가 재차 공격을 시도하려고 했을 때 이번엔 데미안의 오른손에 레이피어가 들려 있었고, 레이피어의 끝은 자신의 목에 닿아 있었다.

"다시 한 번 공격해 보겠나?"

분명 상대를 노려보고 있었지만 언제 검을 뽑아 자신의 목을 겨누었는지 도무지 알 수 없었다.

결론은 간단했다.

눈앞의 미남 청년이 자신의 실력으로서는 도저히 어떻게 할 수 있는 상대가 아니라는 것이었다. 그런데 그런 실력을 가진 상대가 왜 자신을 이렇게 희롱하는 것인지 그 이유를 알 수 없었다.

"그렇게 뛰어난 실력을 가지고 있으면서 왜 날 희롱하는 거요?"

"희롱? 내가? 언제?"

"지금 당신이 하는 행동을 보면 날 희롱하는 것이 분명하지 않소?"

"쯧쯧쯧, 생긴 것과는 달리 상당히 다혈질이시군. 난 조금 전 분명히 당신에게 복수를 하고 싶으냐고 물었소. 다짜고짜 검을 날린 사람은 당신이고. 내 말이 틀렸소?"

데미안이 레이피어를 회수하면서 하는 말에 피터는 자신이 대결에서 진 것 때문에 상당히 감정적이 되었다는 것을 인정하지 않을 수 없었다.

"사과를 하겠소. 내가 성급했던 것 같소."

피터가 깨끗하게 자신의 실수를 인정하자 데미안은 그가 마음에 들었다. 맞은편에 앉은 데미안은 홀로 앉아 있던 파프를 불러 합석했다.

데미안의 일행이 특급 용병으로 명성을 날리고 있는 파프라는 것을 안 피터는 그의 정체가 너무나 궁금했다.

직접 본 적은 없었지만 용병이라면 파프의 이름을 모르는 사람이 없었다. 피터도 같은 길드 소속인 하크에게 그의 이름을 자주 들어보았기에 잘 알고 있었다.

"전설적인 용병인 파프님을 만나게 되어 영광입니다."

"이분 앞에서 그런 낯간지러운 소리 말게."

파프가 데미안에 대해 무척이나 조심스럽게 행동하자 데미안의 정체가 더욱 궁금했다.

"이분이 누구신지……?"

"그냥 데미안님이라고만 알고 있게."

"데미안님? 트레디날 제국의 후작 중에 데미안이란 이름을 가진 귀족이 있다고 들었는데… 그리고 보니 머리도 붉은색이고……"

"하하하, 이름이 같아 나도 그런 오해를 많이 받고 있소. 하지만 내가 그 사람이라면 고향에 편안히 있지 이렇게 돌아다니겠소?"

생각해 보니 데미안의 말이 타당했다. 하지만 어딘지 모르게 석연치 않았다. 더구나 파프가 데미안에게 공손하게 대하는 모습을 보았기에 함부로 말을 하기도 힘들었다.

"조금 전 저에게 복수를 하고 싶으냐고 물으신 이유는 무엇입니까?"

"아까 당신의 대결을 보다 보니 당신도 양손을 모두 사용하는 것 같기에 조언을 할까 해서요."

데미안의 말을 듣던 피터는 그제야 데미안의 오른쪽 어깨 위로 솟아 있는 바스타드 소드의 손잡이를 발견했다.

"제게 어떤 조언을?"

"조언이라는 것은 다름이 아니고 당신의 검술을 보니 오른손이 주를 이루고 왼손은 단순히 거드는 정도에 불과했소. 그래서는 두 자루의 검을 사용하는 특징이 전혀 없지 않소. 상대가 생각도 못 했던 방향에서 공격할 수 있는 훈련이 안 되어 있는 것 같기에 말하는 것이오."

데미안의 말에 피터는 자신의 훈련 방법을 생각했다. 하지만 데미안이 말한 것 같은 훈련은 한 적이 없었다.

"혼자서 검술을 익혔기 때문에 체계있는 훈련은 받은 적이 없습니다. 어떻게 하면 말씀하신 훈련을 할 수 있을까요?"

"아마 본인의 체격이나 체력을 고려해 쇼트 소드를 택한 것 같은데 내 말이 맞소?"

"그렇습니다. 용병 생활을 하다 보면 접근전을 벌일 때가 많아 일부러 쇼트 소드를 선택했습니다."

"그렇다면 먼저 체력을 키우도록 하시오. 상대의 공격을 한 손으로 충분히 방어를 할 수 있도록 말이오. 그렇지 않으면 다른 손을 사용할 수 없으니 말이오. 그리고 왼손을 많이 사용해 감각을 살리도록 하시오. 왼손을 오른손만큼 사용할 수 있다면 당신의 실력은 급격하게 늘 것이오."

"정말 제 실력이 말씀하신 대로 늘까요?"

"믿게. 이분의 실력을 자네가 직접 보지 않았는가?"

"체력과 왼손의 감각이 오른손만큼 늘어난다면 틀림없이 귀하의 검술 실력은 늘 것이오."

"정말 감사합니다."

피터의 인사에 데미안은 미소로 답해주었다.

하크가 돌아온 것은 그로부터 이틀이 지난 후였다.

데미안과 파프는 그를 찾은 이유를 말했고, 하크는 흔쾌히 휴로크네 산까지 안내를 자처했다. 그리고 다음날 아침 세 사람은 휴로크네 산을 향해 출발했다.

　　　　　*　　　*　　　*

차가운 북쪽의 공기가 매섭게 몰아치고 있었다.

간간이 섞여 있는 눈발은 몰아치는 바람에 힘없이 날렸다. 그리고 바람 속에 석상처럼 서 있는 몇 사람의 모습이 보였다. 아니, 인간으로 폴리모프한 드래곤들이었다.

빨갛고, 푸르고, 검고, 흰 머릿결을 가진 네 마리의 드래곤들이었다. 붉은 머릿결을 가진 청년이 입을 열었다.

"마브렌시아가 말한 곳이 이곳인가?"

"그렇습니다, 화이베니아님. 그보다 마브렌시아가 변한 것에 대해 화이베니아님은 어떻게 생각하십니까?"

"자네가 생각하기에는 어떤가, 세파이얼스?"

"무엇인가가 마브렌시아를 변화시킨 것만은 사실이지만 그것이 뭔지는 모르겠습니다."

"저어 화이베니아님, 정말 악마라는 것이 존재할까요?"

"드라이어스, 내가 지난 3,300년 동안 살아왔지만 단 한 번도 신이나 악마를 본 적이 없어. 자네 같으면 이제 와서 그 말을 믿을 수 있겠나?"

레드 드래곤 화이베니아의 말에 그린 드래곤 드라이어스는 믿을 수 없다는 듯 고개를 저었다. 곁에 있던 화이트 드래곤 코레이넥은 그들의 대화에 관심이 없는 듯 심드렁한 표정을 짓고 있었지만 한마디도 놓치지 않으려고 귀를 기울이고 있었다.

수천 년 동안 보지 못했던 존재가 이제야 나타났을 리도 없지만, 설사 나타났다고 하더라도 그가 가진 힘이 자신들 드래곤 일족을 능가하리란 생각은 들지 않았다.

그러는 사이 갑자기 공간이 왜곡되는 것이 느껴졌다. 그리고 얼마 지나지 않아 커다란 황금색 서클이 허공에 생겨났고, 그 안에서 황금색 머릿결을 가진 청년 하나가 걸어나왔다.

그의 모습을 발견한 네 청년은 황급히 그에게 인사를 했다.

"라이슬렌스님, 그동안 안녕하셨습니까?"

"정말 오래간만입니다."

"자주 인사를 드리지 못해 죄송합니다."

"자네들도 마브렌시아의 이야기를 듣고 온 것인가?"

라이슬렌스의 말에 화이베니아가 다른 드래곤들을 대표해 입을 열었다.

"그렇습니다. 마브렌시아가 비록 우리 레드 드래곤 일족 가운데에서도 가장 욕심이 많기는 하지만 그렇다고 드래곤으로서의 자부심마저 잃어버리지는 않았을 겁니다. 그럼에도 불구하고 지하르트란 마신의 부하로 우리 앞에 나타난 것을 보면 마신 지하르트가 그녀로서는 당해낼 수 있는 상대가 아니었던 모양입니다."

"전 카르메이안님의 말씀을 듣고 호기심이 생겨 왔습니다."

"그래, 그럼 나와 같군. 그럼 자네들은 모두 화이베니아의 생각과 같은가?"

"예, 그렇습니다. 하지만 저희들이 힘을 합친다면 상대가 누구든 문제가 되겠습니까?"

세파이얼스의 말에 모두 고개를 끄덕였다.

솔직히 라이슬렌스는 조금 찝찝한 상태였다.

그때 마브렌시아가 자신의 메가 라이트닝을 너무 가볍게 막아냈던 장면이 머리 속을 떠나지 않았기 때문이다. 하지만 여기는 자신 말고도 다른 드래곤이 네 마리나 있으니 어떻게 될 것도 같았다.

하지만 마법이야 설사 막을 수 있다고 하더라도 본체로 돌아가 내뿜는 브레스는 도저히 방어할 수 없을 것이 분명했다.

라이슬렌스가 다른 드래곤들과 대화를 나누는 사이 그들이 있는 곳과 조금 떨어진 곳에서 그들의 모습을 훔쳐보는 여자가 있었다.

눈이 부시도록 하얀 머리에 흰 린네르로 만든 옷을 걸치고 있는 여인은 화이트 드래곤 카이시아네스였다.

마브렌시아는 그녀에게도 찾아왔었고, 자신도 문헌상에서만 보았던 마신을 직접 보겠다는 생각에 이곳까지 온 것이었다. 하지만 그녀가 도착했을 땐 이미 다른 드래곤들이 도착해 있었기에 황급히 자신의 존재를 지우고는 지금처럼 그들을 훔쳐보고 있는 것이다. 뭔가 불길한 느낌이 들었기 때문이다.

숨어서 보던 카이시아네스는 공간이 크게 일그러지는 것을 깨달았다. 그리고 허공에서 갑자기 세 존재가 모습을 드러내는 것을 발견했다.

마브렌시아의 얼굴이 이상하게 변한 것은 익히 알고 있었던 사실이었지만 그녀 곁에 서 있는 여자는 마브렌시아보다 더 이상했다.

마치 박쥐와 인간을 결합시켜 놓은 듯 보이는 여인의 엉덩이에는 사자의 꼬리 같이 생긴 긴 꼬리가 매달려 있었다. 연신 펄럭이는 날개는 거의 그녀 키만큼 커 보였다.
또 한 사람은 오거나 트롤처럼 큰 키에 온몸에 털들이 돋아 있는 존재였다. 그리고 등에는 덩치만큼이나 거대한 그레이트 베틀 엑스를 메고 있었다.
지상으로 내려선 피아나는 모인 드래곤의 수가 겨우 다섯에 불과하자 마브렌시아를 무섭게 질책했다.
"뭐야? 겨우 다섯 마리밖에 안 되잖아. 하긴, 너처럼 멍청한 도마뱀이 뭘 할 수 있겠어? 이 사실을 지하르트님께서 아신다면 네 년을 그냥 두실 것 같아!"
피아나의 말에 마브렌시아는 자신도 모르게 몸을 부르르 떨었다.
얼마 전에 당했던 고통은 정말 끔찍했다. 지난 2천여 년 동안 갖가지 일을 많이 겪어보았지만 그런 종류의 고통은 정말 처음 느껴보는 고통이었다.
육체적인 고통도 극심했지만 금방이라도 머리가 터질 것 같은 고통에 비하면 그래도 견딜 만했다. 자신이 갑자기 이상한 존재로 변할 것 같은 생각에 미칠 것 같았지만 그 속박에서 벗어날 수 있는 방법이 없었다.
속수무책으로 당해야 하는 자신의 처지가 너무나 한심했지만 지하르트의 손아귀에서 벗어날 수 있는 방법은 없었다. 드래곤에게 있어서 자살이라는 단어가 너무나 생소하기는 했지만, 마브렌시아는 몇 번이나 자살을 시도해 보았지만 단 한 번도 성공하지 못했다.

육체의 손상이 일어나면 자신의 의사와는 상관없이 원래의 상태로 회복되는 것이었다. 그때마다 몸속에 스며든 사악한 기운은 더욱 강해져만 갔고, 동시에 그녀를 그녀가 아닌 존재로 만들어갔다.

한편 대치 상태에 있던 드래곤들은 그런 마브렌시아의 모습을 보고 충격을 받아 아무런 말도 하지 못했다.
세상에 저 잘난 맛으로 살던 마브렌시아가 저 홀랑 벗고 나타난 이상한 존재에게 멸시당하는 모습을 직접 보니 무슨 말을 해야 좋을지 몰랐다.
다시 드래곤들에게 고개를 돌린 피아나는 거만한 태도로 입을 열었다.
"지하르트님께 충성을 바칠 기회를 잡은 너희들은 정말 대단한 행운을 잡은 것이다. 지금 나와 함께 지하르트님을 찾아뵙고 그분께 충성을 맹세해라. 그럼 너희들은······."
"미친년, 감히 누구에게 그 따위 소리를 하는 거냐!"
역시 레드 드래곤인 화이베니아가 가장 먼저 욕설을 내뱉으며 반응을 보였다. 다른 드래곤들도 마찬가지였다.
"재수없게 생긴 년이 우리 드래곤들을 감히 무시해도 분수가 있지."
"그러게 말입니다. 브레스 한 방이면 끝장날 년이······."
그런 드래곤들의 반응에 피아나는 다시 마브렌시아를 노려보았다.
"이런 병신 같은 도마뱀, 대체 네가 한 일이 뭐냐? 감히 지하르트님을 대신해 나타난 나에게 이런 태도를 보이다니······. 이번에

궁으로 돌아가면 진정한 고통이 뭔지 내가 직접, 그리고 확실하게 가르쳐 주지."

말을 마친 피아나는 곁에 서 있던 마물에게 손짓을 했다.

"데자베로스, 지하르트님께 반항하는 저들에게 그분의 무서움을 보여주도록 해라."

크르르르.

피아나의 말에 육중한 덩치를 가진 데자베로스가 자신의 등에 메고 있던 그레이트 베틀 엑스를 뽑아 들었다. 그리고는 거침없는 발걸음으로 드래곤들을 향해 걸어갔다.

그 모습에 화이베니아는 어이가 없었다.

"매직 미사일!"

화이베니아가 오른손을 드는 순간 수십 발의 매직 미사일이 데자베로스를 향해 날아갔다. 화이베니아는 그 모습에 상대가 피떡으로 변할 것을 믿어 의심치 않았다.

퍼퍼퍼퍽—!

하지만 10여 미터 높이로 치솟았던 흙먼지를 뚫고 걸어오는 데자베로스를 발견하고는 조금 황당하다는 생각이 들었다. 데자베로스를 향해 날린 매직 미사일에 실린 마나의 양이 얼마인데 저렇게 멀쩡할 수 있단 말인가?

놀라기는 다른 드래곤들도 마찬가지였다. 하지만 더 이상 놀라고만 있을 수도 없었다. 천천히 다가오던 데자베로스가 속도를 내서 달려오기 시작했기 때문이다.

드라이어스의 전면까지 달려온 데자베로스는 그대로 지면을 박차고 뛰어올라 배틀 엑스를 휘둘렀다.

"건방진 놈! 내가 제일 만만해 보이냐! 메가 라이트닝—!"

그의 양손에서 뻗어져 나온 번개는 굽이치며 데자베로스를 향해 날아갔다. 미처 상대가 피할 틈도 없이 그의 몸뚱이에 번개가 쏟아졌다.

"펑—!"

커다란 가죽 공이 터지는 소리를 내며 데자베로스는 뒤로 날아갔다. 그 모습에 회심에 미소를 짓던 드라이어스의 눈에 공중제비를 돌아 지면에 내려서는 데자베로스의 모습이 보였다. 게다가 그가 지면을 박차고 더욱 빠른 속도로 달려드는 모습을 발견하고는 벌린 입을 다물지 못했다.

데자베로스의 배틀 엑스가 자신을 향해 날아오는 것을 발견하고는 피할 사이도 없어 황급히 베리어를 치는 것이 고작이었다.

"매직 실드!"

쾅!

비록 실드가 파괴되지는 않았지만 드라이어스는 엄청난 충격을 고스란히 느껴야만 했다. 거의 10여 미터를 날아간 드라이어스는 지면을 나뒹굴었다. 믿을 수 없는 괴력이었다.

드라이어스를 날려 버린 데자베로스는 곁에 있던 세파이얼스를 향해 배틀 엑스를 휘둘렀다. 그래도 드라이어스보다 나이를 먹어서인지 세파이얼스는 직접적인 충돌을 피해 근처로 워프를 했다.

"호호호, 위대한 존재이신 드래곤들께서 겨우 도끼가 무서워 피하다니… 정말 보기 드문 장면이야. 호호호."

조롱에 찬 피아나의 말에 라이슬렌스를 비롯한 드래곤들의 얼굴은 수치심으로 붉게 변했다. 하지만 상황은 피아나의 말대로였다.

겨우 마물 하나를 처치하지 못해 워프를 시도했다는 것 자체가 스스로의 자존심에 상처를 낸 것이나 마찬가지였다.

라이슬렌스는 즉시 9싸이클의 마법을 캐스팅했다.

"혼돈의 창!"

짜짜짜짝―

날카로운 소리와 함께 그의 오른 손바닥 위에 검은 번개가 번쩍이면서 2미터는 족히 될 만한 창이 모습을 드러냈다. 창을 잡은 라이슬렌스는 데자베로스를 향해 힘껏 집어 던졌다.

검은색의 창은 날카롭게 허공을 가르며 날아갔다. 하지만 데자베로스는 간단한 동작으로 너무나 쉽게 창을 피했다. 공격을 받은 데자베로스는 라이슬렌스를 향해 달려들었지만 라이슬렌스는 피할 생각을 하지 않았다.

데자베로스가 잠시 멈칫한 사이 자신의 등 뒤에서 뭔가가 날아드는 것을 발견하고는 재빨리 허공으로 몸을 띄웠다.

쐐애액―

날카로운 소리를 내며 한 자루의 창이 발 밑을 스치고 지나갔다. 날아오는 창을 받아 든 라이슬렌스는 재차 데자베로스를 향해 창을 던졌다.

미처 몸을 피할 틈을 갖지 못한 데자베로스는 배틀 엑스를 들어 창의 중간 부분을 후려쳤다. 그 모습을 보고 라이슬렌스는 회심의 미소를 지었다.

혼돈의 창을 이루는 있는 것은 집약된 마나의 결정체였다. 약간의 충격만으로 폭발을 하게 되는데 그 힘이 워낙 엄청나기에 도저히 무사할 수 없었다.

콰콰콰쾅―!

혹시 모를 사태를 대비해 스펠을 캐스팅하던 라이슬렌스는 자신을 향해 달려오는 데자베로스의 모습에 놀란 입을 다물지 못했다. 그야말로 털끝 하나 다치지 않은 모습이었다. 라이슬렌스는 거의 엉겁결에 손을 내뻗었다.

"기가 라이트닝Giga Lightning—!"

그의 손에서 뻗어 나간 백여 줄기의 번개가 데자베로스를 향해 날아갔다. 하지만 데자베로스는 마치 먼지가 자신을 향해 날아오는 것으로 생각하는지 전혀 피할 생각을 하지 않았다. 그 순간 뻗어 나간 상당수의 번개가 그대로 그의 몸에 작렬했다.

번쩍— 콰콰콰쾅!

섬광과 함께 폭음이 들려왔지만 데자베로스가 달려오는 속도를 줄이지는 못했다. 당황한 라이슬렌스는 황급히 조금 떨어진 곳으로 워프를 시도했다.

라이슬렌스의 몸이 갑자기 사라지자 데자베로스는 잠시 주위를 두리번거리다가 곧 그런 자신을 바라보고 있던 코레이넥을 향해 달려들었다.

코레이넥 역시 직접적으로 데자베로스를 상대하기보다는 피하는 쪽을 택했다.

데자베로스의 공격에 드래곤들이 계속 워프로 도망을 다니자 피아나는 허공을 향해 손을 뻗었다. 그러자 그녀의 손에서 뿜어져 나온 검은 연기 같은 것이 허공으로 퍼져 나갔다.

데자베로스가 자신에게 달려오는 것을 발견한 드라이어스는 다른 드래곤처럼 다른 곳으로 워프를 하려고 했었다. 하지만 어쩐 일인지 워프가 시도되지 않았다. 마나가 꼼짝도 하지 않았던 것이다.

투명한 기체 상태였던 마나가 얼음처럼 굳어버린 듯 마나는 미동도 하지 않았다.

　당황한 드라이어스는 계속 다른 스펠을 캐스팅했지만 역시 마찬가지였다. 그러는 사이 다가온 데자베로스는 사정없이 배틀 엑스를 휘둘렀고, 미처 피하지 못한 드라이어스는 어깨에 깊은 상처를 입고 선혈을 뿌리며 바닥에 쓰러졌다.

　드라이어스의 그 모습을 발견한 화이베니아는 즉시 본체로 돌아갔다. 100여 미터에 가까운 거대한 몸집을 드러낸 화이베니아는 레드 드래곤만의 9싸이클의 마법인 블랙 플레임의 스펠을 캐스팅했다. 아니, 캐스팅하려 했지만 그럴 수 없었다.

　그 역시 드라이어스와 마찬가지로 마나를 끌어올릴 수 없었던 것이다.

　당황하는 화이베니아에게 달려든 것은 뜻밖에도 음속의 마녀 피아나였다. 게다가 그녀의 이름처럼 어느 누구도 그녀의 움직임을 발견하지 못했다.

　화이베니아의 목 가운데 붙은 피아나는 화이베니아의 붉은 비늘을 향해 손톱이 길게 자란 손을 힘껏 휘둘렀다. 그 모습에 화이베니아와 다른 드래곤들은 코웃음을 쳤다.

　지상에서 가장 단단한 물건으로 알려진 드래곤의 비늘을 맨손으로 깨려 하는 것을 보고 웃지 않을 수 없었던 것이다. 하지만 피아나의 손은 거침없이 화이베니아의 비늘을 뚫고 들어갔고, 화이베니아는 자신의 목에서 이는 극심한 고통에 금방이라도 산이 무너질 것 같은 굉장한 포효를 터뜨렸다.

　"크아아앙~!"

　피아나가 손을 뽑자 상처에서 엄청난 선혈이 쏟아져 나와 그녀와 화이베니아의 목 전체를 붉게 물들이며 흘러내렸다. 화이베니아는 목에 붙은 피아나를 떨쳐 버리기 위해 목을 사방으로 휘저었지만 피아나는 꼼짝도 하지 않았다.

그 모습에 다른 드래곤들은 너무나 황당한 나머지 꼼짝도 하지 못했다. 그러는 사이 목표가 없어진 데자베로스는 멍한 표정을 짖고 있던 세파이얼스를 향해 달려들었다.

갑작스럽게 마법을 사용할 수 없게 된 세파이얼스는 당황한 나머지 데자베로스를 피해 도망치기 시작했다.

너무나 황당한 일이었다.

드래곤이 마법을 사용할 수 없다는 것만 해도 믿을 수 없는 일인데, 골리앗의 검도 퉁겨내는 드래곤의 비늘이 저렇게 맥없이 뚫리다니…….

드라이어스는 본래의 모습으로 돌아가지도 못한 상태에서 극심한 부상을 입고 바닥에 쓰러져 있는 상태였고, 세파이얼스는 데자베로스를 피해 달아나고 있었다. 또 화이베니아는 피아나의 공격을 받고 미친 듯이 발버둥치고 있었지만 피아나는 여전히 그의 목에 매달려 있었다.

조금 떨어진 곳에서 그 모습을 보고 있던 라이슬렌스는 자신의 눈앞에서 벌어진 일에 무엇을 어떻게 해야 할지 아무 생각도 나지 않았다. 그와는 달리 실망감을 감추지 못하는 드래곤도 있었다.

마브렌시아는 그래도 다섯 마리의 드래곤들이라면 피아나와 데자베로스 정도는 간단히 처치할 수 있을 줄 알았다. 하지만 결과는 드래곤들의 대참패였다.

마법을 사용하지 못하는 드래곤들은 결코 이 악마의 부하들을 당해내지 못하고 설사 본체로 돌아가 브레스를 뿜어댄다고 하더라도 이들을 물리친다고 장담할 수 없을 것 같았다.

결국 마브렌시아에게 남은 방법은 카르메이안이 다른 드래곤들을 직접 이끌고 악마와 결전을 벌이는 방법이나 쿠로얀을 받았을 것으로 예상되는 데미안이 신의 무기를 가진 나머지 일행들과 함께 악마를 물리치는 수밖에 방법이 없었다. 하지만 드라시안에 불과한 데미안이 제아무리 신의 무기를 가지고 있다고 하더라도 다른 인간들과 함께 악마를 물리친다는 것은 거의 불가능한 일이 아닐 수 없었다.

일방적인 싸움을 지켜보던 마브렌시아의 눈에 이웃 봉우리에 숨어서 그 모습을 훔쳐보고 있는 존재를 발견했다. 황급히 주위를 둘러보니 화이베니아에게 심각한 부상을 입힌 피아나가 라이슬렌스를 공격하기에 여념이 없어 다행히도 그의 존재를 발견하지는 못한 것 같았다.

"카이시아네스, 네가 지금 이 모습을 훔쳐보는 것을 잘 알고 있다. 잠시 후 우리가 이 자리를 떠나고 네가 본 것을 카르메이안에게 전하도록 해라. 드래곤 일족의 미래가 달린 문제라는 것을 명심해라."

카이시아네스는 갑자기 자신의 머리 속으로 울리는 사념(思念)에 깜짝 놀랐다.

비록 자신이 아직 천 살도 되지 않은 어린 드래곤이기는 하지만 9싸이클의 마법으로 자신의 흔적을 철저하게 지웠다고 생각하고 있었기 때문에 그녀의 놀라움은 더욱 컸다.

그녀가 더욱 숨을 죽이고 있을 때 맞은편 산정에서는 다섯 마리의 드래곤이 흙바닥을 뒹굴고 있었다.

라이슬렌스가 브레스 한번 써보지 못하고 일방적으로 피아나에게 당해 버린 것이다. 정말 악몽 같은 일이었다.

그가 본체로 돌아가 브레스를 쓰려고 할 때마다 피아나는 눈부신 속도로 이동하며 조준을 할 사이도 주지 않았고, 또 항상 나머지 드래곤들이 있는 곳으로 피했기 때문에 함부로 브레스를 뿜을 수도 없었다.

그러는 사이 나머지 드래곤들은 데자베로스의 배틀 엑스에 모두 당하고 말았다. 배틀 엑스의 재질이 무엇인지는 모르지만 배틀 엑스가 스치고 지날 때마다 비늘이 떨어져 나갔고, 살이 쩍쩍 갈라졌다.

기본적인 마법마저 사용할 수 없는 상태에서 작은 상처는 곧 큰 부상을 예고했고, 결국 출혈 과다로 녹초가 되어버려 꼼짝도 할 수 없었던 것이다.

자신의 발 밑에서 몸부림치고 있는 드래곤들을 보는 피아나의 얼굴에는 조롱과 멸시의 빛이 가득했다.

"실력도 없는 놈들이 거들먹거리기는. 호호호, 정말 가소롭기 그지없구나. 너희들이 지하르트님께 충성을 거부한 이상 너희들은 그분의 부하가 될 자격을 영원히 잃었다. 너희들은 이제부터 우리의 노예가 되어 그분의 명령에 목숨을 걸어야 한다. 너희들의 처지가 불쌍하구나. 깔깔깔!"

요란하게 웃음을 터뜨리던 피아나가 허공을 향해 손을 내밀자 곧 검은 서클 하나가 모습을 드러냈다.

"가자!"

그녀의 말에 마브렌시아가 앞장을 섰고 피아나가 뒤를 따랐다. 그리고 마지막으로 데자베로스가 다섯 마리의 드래곤을 마치 짐짝처럼 들어 어깨에 메고는 검은 서클 안으로 들어섰다. 그리고 얼마 지나지 않아 검은 서클은 산 위에서 사라졌다.

맞은편 봉우리에서 그 모습을 지켜보던 카이시아네스는 피아나들이 사라진 것을 확인하고도 한참 동안 숨을 죽이고 있었다. 자신이 숨이라도 크게 쉬는 순간 갑자기 상대가 나타나 자신을 어떻게 할 것만 같은 생각이 들었기 때문이다.

 거의 한 시간 이상이 지나서야 카이시아네스는 마법을 해제하고 모습을 드러낼 수 있었다. 그리고 조금 전 격전이 벌어졌던 맞은편 산정으로 워프를 했다.

 다섯 마리의 드래곤이 피투성이가 되어 악마의 부하에게 잡혀간 자리치고는 너무나 깨끗했다. 하긴, 브레스 한번 써보지 못하고 잡혀갔으니 당연한 결과인지도 모르겠지만 그렇게 무력하게 상대에게, 그것도 지하르트의 부하에 불과한 자들에게 당할 줄은 카이시아네스로서는 짐작도 하지 못했었다.

 "과연 내 눈앞에서 벌어진 일을 다른 드래곤들에게 말하면 누가 믿을까? 에인션트 드래곤이 다 되신 라이슬렌스님이 고작 꼬리 달린 괴물 따위에게 엉망으로 당하실 줄 누가 짐작이나 하겠어? 내 눈으로 직접 보고도 도저히 믿을 수 없군."

 바닥에 흥건히 고여 있는 화이베니아의 피를 보고는 카이시아네스는 몸서리를 쳤다.

 마치 케이크를 꿰뚫듯 너무도 간단히 화이베니아의 목을 파고드는 피아나의 손은 그야말로 공포스럽기 짝이 없었다. 지상 최강의 갑옷으로만 생각해 왔던 자신들의 비늘이 그렇게 약할 수도 있다는 것을 오늘에서야 처음 깨달은 것이었다. 또 그런 생각과 함께 조금 전 마브렌시아가 한 말이 카이시아네스를 더욱 혼란스럽게 만들고 있었다.

 "카르메이안님에게 이 사실을 알리라니, 대체 무슨 의도에서 그런 말을 한 거지? 이미 지하르트란 악마의 부하가 된 것이 아니란 말인가? 아니면 나를 이용해 카르메이안님을 끌어들이려는 것일까? 게다가 드래곤 일족의 미래가 달렸다니……. 그녀는 만날 때마다 날 곤란하게 만드는군. 어차피 내 능력으로 해결할 수 있는 문제가 아니니 카르메이안님께 말할 수밖에 없겠지만."

가만히 고개를 내젓던 카이시아네스는 일단 자신의 레어로 되돌아가려고 워프를 시도했다. 하지만 갑자기 마법이 실현되지 않았다.

놀란 카이시아네스가 일단 주위를 살폈다.

주위에 분명 마나가 존재하기는 했다. 하지만 일반적인 상태가 아니었다. 유동적이야 할 마나가 마치 얼음처럼 굳어져 있었던 것이다.

그제야 카이시아네스는 왜 다섯 마리의 드래곤들이 마법을 사용하지 않았는지 그 이유를 알 수 있었다.

주위를 살피던 카이시아네스는 자신이 서 있는 정상만 희미하지만 검은 안개 같은 것으로 뒤덮여 있는 것을 발견했다. 그리고 보니 꼬리가 달렸던 그 괴물이 허공을 향해 팔을 들었을 때 손에서 검은 안개 같은 것이 뿜어져 나와 하늘에 퍼진 것을 기억해 낼 수 있었다.

하는 수 없이 한참 동안 걸어서 산을 내려온 카이시아네스는 그제야 마나의 흐름이 정상인 것을 확인했고, 웅카르토 산을 떠날 수 있었다.

휘이익—!

차가운 겨울바람이 지면의 낙엽을 휘말아 허공 높은 곳으로 날렸다.

*   *   *

 토바실의 서북쪽 국경을 통과해 오르고니아 왕국에 들어선 데보라 일행은 줄곧 북쪽을 향해 말을 달렸다. 하지만 날씨가 점점 추워지자 도시에 들러 추위에 대한 대책을 세워야만 했다. 일행들 가운데 추위를 견딜 수 있는 사람은 오로지 데보라와 레오뿐이었다.
 소르빈나라는 도시에 들린 그들은 당장 두꺼운 겨울옷과 식량, 그리고 지도를 구입했다. 로빈도 라페이시스의 신전에 들러 두꺼운 수도사용 로브를 구입했다.
 바쁘게 움직여 하루 만에 모든 준비를 마친 일행들은 투숙하고 있던 여관의 식당에서 저녁 식사를 했다. 하지만 헤어진 일행들에 생각 때문인지 분위기는 그리 밝지 못했다.
 그런 분위기에 숨이 막히는 것을 느낀 데보라는 일부러 큰 소리로 로빈에게 물었다.
 "앞으로 얼마나 더 가야 메탈리언에 도착하는 거지?"
 "계속 북쪽으로 달려 오르고니아 왕국의 국경을 통과해 베자무스 왕국을 통과하면 옛 뮤란 제국의 땅이 나옵니다. 그리고 국경에서 다시 20여 일 정도를 달리면 뮤란 제국의 수도였던 메탈리언에 도착할 수 있을 겁니다. 내일 출발한다고 해도 한 달 보름은 지나야 메탈리언에 도착할 겁니다."
 한 달 보름.
 45일.
 상당히 긴 시간이라고도 할 수 있을 것이다. 하지만 데보라는 그 기간이 너무나 짧게만 느껴졌다.

단순히 이동만 한다고 해서 해결될 문제가 아니었다. 그 기간 동안 데보라와 일행들은 악마를 상대할 수 있을 만큼 강해져야만 하는 것이었다. 과연 그것이 가능할지 데보라는 걱정스러웠다.

다른 사람들도 비록 말을 하진 않았지만 역시 그 점을 걱정하고 있었다. 하지만 결국 그 문제는 스스로 해결할 수밖에 없는 일이었다.

그보다 우선하는 것은 각 신의 무기가 가진 힘을 완전히 사용할 수 있도록 하는 것이었다. 말은 간단했지만 실제 자신이 가진 신의 무기를 완전히 사용할 수 있는 사람은 한 사람도 없었다.

대부분은 극히 일부의 힘만을 사용할 뿐이었고, 더구나 최강의 공격 주문이 무엇인지도 알지 못하는 상황이기에 불안감은 시간이 지날수록 커져만 갔다.

일행들은 그런 생각을 느낀 네로브가 나이에 맞지 않게 차분한 음성으로 입을 열었다.

"엄마나 아저씨들이 무얼 걱정하는지 알아. 내일부터 내가 아레네스께 무기의 사용법을 배워서 가르쳐 줄게. 하지만 그걸 완벽하게 익히는 것은 스스로 알아서 해야 돼. 엄마는 아레네스께, 레오 엄마는 페트리앙스께, 뮤렐 아저씨는 트로니우스께, 그리고 마지막으로 로빈 아저씨는 라페이시스께 진심으로 그분들을 믿고 따르고 있다는 것을 보여드려야 해."

네로브의 말에 고개를 끄덕인 데보라는 자신이 궁금하게 생각했던 것을 물었다.

"혹시 아빠가 지금 어떤 상태인지 알 수 있니?"

"아빠 지금 다른 사람들과 라일님을 구하기 위해 여행을 하는 중이야."

데미안이 혼자가 아니라는 점은 안심이었지만 같이 여행하는 상대가 헥터가 아니라는 것이 조금 마음에 걸렸다. 만약 상대가 헥터였다면 네로브가 애매하게 다른 사람이라는 표현을 썼을 리 만무했기 때문이다.

"자아, 손님 여러분, 지금부터 등화관제를 해야 하기 때문에 각자 자신의 방으로 돌아가시기 바랍니다. 조금 후 불을 끌 테니 그때까지 모두 돌아가 주시면 감사하겠습니다."

여관 주인이 손을 싹싹 비비며 입을 열자 손님들은 투덜대면서도 하나둘 자리를 떴다.

소르빈나 역시 몬스터의 공격을 받은 몇몇 도시 가운데 하나였다.

처음 몬스터의 공격에 수많은 사상자를 냈던 소르빈나는 후일 오르고니아 왕국의 수도에서 보내온 전문에 의해 겨우 몬스터의 공격을 막아낼 수 있었다.

신성력을 이용해 몬스터의 공격을 막아낼 수 있다는 획기적인 방어법은 이웃 나라인 트레디날 제국으로부터 전해진 외교 문서에 기인한 것으로, 처음 오르고니아 왕국 사람들은 그 방법을 도저히 믿을 수 없었다. 하지만 그 방법으로 다른 몇몇 도시가 위험에서 벗어나자 국왕의 명으로 각 도시에 전달된 것이었다.

국토 대부분이 산인 오르고니아 왕국은 다른 나라에 비해 몬스터들의 수가 몇 배나 많을 수밖에 없었기에 그 피해는 더욱 클 수밖에 없었다. 그런 상황에서 트레디날 제국에서 전해온 전문은 그야말로 가뭄에 단비 같은 것이었다.

비록 대부분의 도시에 몬스터를 막아낼 수 있는 방법이 전해졌다고는 하지만 조심하기 위해 저녁 늦은 시간에는 도시 전체의 등불을 끄도록 조치하고 있었다.

 일행들이 비록 네로브에게 이야기를 전해 듣기는 했지만 불안한 마음이 일시에 가실 수는 없었다. 일행들은 불안한 상태에서 각자의 방으로 흩어졌다.

 다음날 아침 조금은 차가운 기운을 느끼며 자리에서 일어선 데보라는 자신의 곁에서 아직 잠들어 있는 레오와 네로브를 바라보았다.

 레오는 잔뜩 웅크린 채로 잠들어 있었고, 네로브는 옆으로 누워서 행복한 꿈을 꾸는지 엷은 미소를 짓고 있었다.

 두 사람을 깨우려던 데보라는 생각을 바꿔 오히려 이불을 끌어다 두 사람에게 덮어주었다. 그리고는 지금까지 자신이 가지고 다니던 무기들을 탁자 위에 쭉 늘어놓았다.

 무지막지한 브로드 소드 한 자루, 쇼트 소드가 두 자루, 10여 자루의 대거, 컴포짓 보 하나와 화살 통 하나, 두 개로 분리된 파이크 하나, 그리고 마지막으로 아로네아.

 정말 한 사람이 가지고 다닌다고는 믿을 수 없을 만큼 많은 양이었다.

 자신이 아마존을 떠나올 때 가지고 온 것이기에 벌써 5년 동안 사용하던 손때 묻은 무기들이었다. 하지만 이제는 버려야 할 시간이 된 것이었다.

 일일이 무기들을 쓰다듬던 데보라는 한쪽에 놓여 있던 아로네아를 집어 들었다.

 처음 아로네아의 모습을 발견했을 때와 조금도 달라지지 않았다.

일반 창보다는 가느다란 몸체에 손바닥보다 조금 작은 창날이 붙어 있는 모습이었다. 창날은 창으로 들어온 햇볕을 받아 차가운 빛을 뿌리고 있었다. 보기만 해도 소름이 돋을 만큼 날카로워 보였다.

대체 최강의 공격 주문은 어디에 숨겨져 있는 것일까?

자신이 아마조네스의 칸으로 선택되고 난 후 자신을 교육시켰던 원로들이 가르쳐 준 내용을 몇 번이나 되짚어 생각해 보았지만 그럴 만한 내용은 없었다.

물론 자신이 조급해한다고 해서 공격 주문이 찾아지는 것은 아니겠지만 자신이 강하지 못하다는 것을 자각하고 있는 현재로써는 어떻게든 그 공격 주문을 찾아야만 했다.

그런 생각을 하다 보니 어제저녁 네로브가 한 말이 생각났다. 자리에서 일어선 데보라는 햇살이 들어오는 창을 향해 무릎을 꿇고 앉았다. 그리고는 깍지를 낀 손을 무릎 위에 내려놓고 눈을 감았다.

그녀가 그러고 있는 동안 잠에서 깨어난 레오는 어리둥절한 표정을 지었다.

그녀가 그동안 데미안 일행들과 함께 다니긴 했지만 그렇다고 모든 상황을 다 이해하고 받아들인 것은 아니었다.

여전히 인간들의 생활 방식을 어려워했고, 제멋대로 행동하기 일쑤였다. 레오가 따르는 사람은 데미안과 데보라, 그리고 네로브뿐이었다.

다른 사람들과는 아예 말도 거의 하지 않는 편인데다가 선악에 대한 개념이 없어 자신의 기분이 내키는 대로 행동을 하는 통에 주위 사람을 당황하게 만들기가 다반사였다.

그런 레오이니 지금 데보라의 행동을 이해할 리 만무했다.

"아함! 레오 엄마, 뭘 그렇게 보고 있어요?"

"언니 본다."

"엄마?"

네로브가 고개를 돌리고 보니 데보라가 기도를 드리고 있는 모습이 보였다. 물론 그런 그녀의 모습은 난생처음 보는 광경이었다. 네로브가 자리에서 일어났을 때 데보라도 기도를 마치고 일어섰다.

"잘 잤니?"

"엄마, 지금 기도드렸어?"

"으응, 그동안 정신없이 지내느라 아레네스님께 기도도 드리지 못했구나. 해서 오랜만에 기도를 드렸단다."

데보라는 상당히 쑥스러워하며 대답했다.

그런 데보라의 모습이 레오는 더욱 이상한지 고개를 갸웃거렸다. 데보라는 그런 기색을 숨기기 위해선지 두 사람에게 어서 일어나라고 말을 꺼냈다.

"뭐 하고 있어? 빨리 일어나 세수하고 식사를 한 후에 출발할 준비를 해야 하잖아. 어서 일어나."

두 사람은 갑작스런 데보라의 변화에 이상함을 느꼈지만 그녀의 말대로 간단히 세수를 마치고는 아래층으로 내려갔다.

아래층으로 내려가니 이미 뮤렐과 로빈이 세 사람을 기다리고 있었다. 그들의 얼굴이 푸석푸석해 보이는 것이 밤에 제대로 잠을 자지 못한 것 같았다.

"어서 오십시오. 식사는 저희들이 주문해 놓았습니다."

"얼굴이 왜 그래? 잠 못 잤어?"

"그게······."

뮤렐은 어색한 미소를 지었다. 묻지 않아도 알 만한 일이었다. 그 역시 앞으로의 일이 걱정되어서 편히 잠들 수 없었던 모양이다.

"그리고 여행 중에 필요한 물건을 몇 가지 더 샀습니다."

"수고했어. 마침 식사가 나오네. 일단 식사부터 하자고."

데보라의 말에 일행들은 식사를 시작했다. 하지만 어느 누구도 입을 여는 사람이 없었다.

어색하고 답답한 식사 시간이 지나고 일행들은 다시 여행할 준비를 했다. 이곳에 도착했을 때 구입한 방한복을 입던 데보라는 쳐다보기만 할 뿐 입을 생각을 하지 않는 레오를 보고는 이유를 물었다.

"왜 그래?"

"레오 안 입는다."

"그러니까 왜 안 입는 것이냔 말이야."

"레오 춥지 않다."

"그래도 입어야 해. 우리가 갈 곳은 훨씬 더 추운 곳이란 말이야."

"레오 안 춥다. 안 입는다."

레오의 고집에 고개를 젓던 데보라는 결국 포기하고 그녀의 방한복을 나머지 짐과 함께 꾸렸다. 준비를 마친 데보라와 일행들은 여관을 나와 소르빈나의 북쪽 성문을 통과해 북쪽으로 말을 몰았다.

제39장
휴로크네 산으로 가는 길

파프와 하크, 두 사람과 커트빌을 떠난 데미안은 휴로크네 산을 향해 순조로운 여행을 계속했다.

여행 중에 데미안은 뮤란 대륙의 모든 나라들이 예외없이 갑작스런 몬스터들의 공격에 극심한 피해를 입고 있다는 말을 하크에게 들었다.

용병이란 직업이 상인들과 함께 대륙 곳곳을 돌아다니기에 갖가지 정보를 듣게 되는데 요즘 들리는 소문의 대부분이 어느 나라 어느 도시가 몬스터의 공격을 받아 몰살을 당했다는 말뿐이었다.

오르고니아 왕국도 상당수의 도시들이 몬스터의 공격 때문에 철저하게 파괴되었다는 소문을 데미안도 들었다. 생존자들의 말에 의하면 습격했던 몬스터들이 일반적으로 보아왔던 몬스터들의 특성과는 상당히 다르다는 것이 대부분이었다.

트롤이야 원래부터 재생력이 좋아 상대하기 힘든 몬스터라는 것은 잘 알려져 있었던 사실이지만 오크나 오거가 재생력이 좋다는 말은 한 번도 들은 적이 없었다. 하지만 멸망한 도시의 생존자들은 수십 발의 화살을 맞고도 달려드는 오크와 전신에 검상(劍傷)과 창상(槍傷)을 입고도 거대한 몽둥이와 배틀 엑스를 휘두르는 오거의 모습을 분명히 보았었다.

미친 듯이 날뛰는 몬스터들에게 살해당하는 사람들의 모습을 보고 정신없이 도망친 생존자들은 한동안 사람들의 비명 소리와 살해당하는 참혹한 모습을 잊지 못해 하룻밤에도 몇 번씩이나 악몽에서 깨어난다고 했다.

데미안도 충분히 이해가 갔다.

전신에 상처를 입고도 달려드는 몬스터를 보고 공포에 떨지 않을 사람은 거의 없을 것이다. 게다가 마법에도, 또 어떤 무기에도 쓰러지지 않은 것을 보고 사람들은 그들이 전설에 등장하는 악마의 부하들이라고 생각했을 것이다. 그리고 사실 그 말이 맞는 말이었다.

커트빌을 떠난 지 열흘 정도가 흘러서야 겨우 휴로크네 산에 도착했다.

막상 도착하고 보니 단순하게 산이라고 부를 수 있는 규모가 아니었다. 끝없이 이어진 산봉우리들은 싸늘한 날씨 탓인지, 아니면 원래 그런 것인지 하얗게 만년설(萬年雪)에 싸여 있었다.

산을 가리키며 입을 여는 하크의 입에서는 하얀 입김이 쏟아져 나왔다.

"저 산봉우리 일대를 모두 휴로크네 산이라고 부르고 있습니다."

단순히 하나의 산을 가리키는 말이 아니라는 것을 깨달은 데미안은 어디에서 신전을 찾아야 할지 난감할 뿐이었다.
"저렇게 넓은 산 어디에서 신전을 찾는다지? 혹시 산의 지리에 밝은 사람을 찾을 수 없을까?"
"글쎄요? 휴로크네 산이 보기보다는 험해 사냥꾼들도 잘 다니지 않는다는 말은 들어봤습니다만… 저도 산에 들어가 본 적이 없어서 잘 모르겠습니다. 일단 마을에 들러서 한번 알아보도록 하시죠."
"근처에 마을이 있나?"
"산 밑 자락에 작은 마을이 하나 있습니다."
"마을?"
마물들의 본거지가 있는 곳에 마을이 있다니……. 데미안은 하크의 말에서 그 마을이 평범하지 않은 마을일 것이라는 생각이 들었다.
그들이 가볍게 말을 달려 도착한 곳은 작은 숲 속이었다.
20여 채의 통나무집이 서 있는 것이 흡사 사냥꾼들이 쉬기 위해 임시로 지어놓은 것처럼 허름해 보였다. 하지만 사람이 사는 것 같은 흔적은 좀처럼 보이지 않았다.
아무도 살지 않을 것 같은 집을 향해 하크가 소리를 질렀다.
"이봐, 폴라이너스 영감!"
하크의 큰 목소리에 통나무집이 들썩이는 것 같았다.
그의 음성이 사라지기 전 영원히 열리지 않을 것 같았던 문이 벌컥 열리며 하크의 음성만큼이나 크고 카랑카랑한 목소리가 들렸다.
"빌어먹을 놈, 그렇게 주의를 주었건만 싸가지없이 어른의 이름을 함부로 부르다니! 네놈은 평생 빌어먹다 벌판에 버려져 들개의 먹이나 될 걸 내가 장담한다!"

말과 함께 나타난 사람은 도저히 나이를 짐작할 수 없이 늙어 보이는 노인이었다.

손에는 나무를 대충 깎아서 만든 지팡이가 들려 있었고, 그의 길고 흰 수염은 배까지 드리워져 있었다. 하지만 그의 얼굴은 갓 태어난 어린아이처럼 엷은 홍조를 띠고 있었는데, 그것이 깊어 보이는 주름과 어울려 괴상한 분위기를 만들고 있었다.

평소 같으면 당장 그의 주 무기인 모닝스타를 휘둘렀을 텐데 무슨 이유에서인지 하크는 얼굴만 붉힐 뿐 아무 소리도 하지 못하고 있었다.

노인의 말이 신호였을까?

나머지 집의 문이 열리며 꽤 여러 사람이 집 밖으로 나왔다. 그리고 집 주위에 있던 나무 위에서도 사람들이 뛰어내렸다. 그런 그들의 손에는 갖가지 무기가 들려 있었다.

데미안이 침착하게 그들을 살피고 보니 한 가지 공통점이 있었다. 다른 부분은 인간과 거의 흡사했지만 단 한 곳, 그들의 귀가 이상했다. 인간보다 크고 뾰족했지만 데미안이 알고 있는 엘프들보다는 작아 보였다.

"하프 엘프들인가?"

"역시 알아보시는군요. 이들은 하프 엘프들입니다."

하지만 아무리 하프 엘프들이라고 하더라도 마물들의 근거지가 있는 산 바로 밑에서 산다는 것은 믿기 힘들었다. 그런 데미안의 의심을 눈치 챘을까? 데미안의 표정을 발견하는 순간 폴라이너스의 입에서는 당장 욕설이 터져 나왔다.

"저 사내처럼 생긴 년은 왜 저렇게 의심스러운 눈으로 우릴 보는 거야? 우리가 네년에게……!"

"영감, 한 번만 더 이분께 무례를 저지른다면 그냥 두지 않겠다!"

파프가 말에서 내리며 왼쪽 허리에 차고 있던 에스터크의 손잡이에 손을 올리며 천천히 걸음을 옮겼다. 파프에게서 풍겨지는 모습이 심상치 않다고 판단한 다른 하프 엘프들이 폴라이너스 곁으로 모여들었다.

"그냥 두지 않으면? 왜, 이 늙은이의 가슴에 그 꼬챙일 찔러 넣기라도 하겠다는 말이냐, 이 패 죽일 놈아! 페트리앙스께서 이 몸을 보살펴 주시는 한 세상의 어떤 존재도 날 해칠 수 없어. 그런데 너 같은 애송이가 휘두른 검이 내 몸에 상처라도 낼 수 있을 것 같으냐?"

폴라이너스의 말에 그렇지 않아도 가라앉아 있던 파프의 눈빛이 더욱 가라앉았다. 하지만 정작 문제의 발단이 된 데미안은 이상하게도 차분한 마음일 뿐 예전같이 분노가 치밀지는 않았다.

확실히 이상한 일이기는 하지만 지금은 싸움을 말리는 것이 먼저였다.

말에서 내린 데미안은 일단 파프를 말렸다. 그리고는 하프 엘프들을 향해 미소 띤 얼굴로 입을 열었다.

"늙은이, 내가 예전 같으면 당장 그 얼굴을 박살 내버렸겠지만 처음 보는 사이에 싸우기도 그러니 내가 문제를 내지. 만약 그 문제를 당신이 맞히면 내가 일행들을 대신해 당신에게 정중하게 사과를 하지. 물론 당신이나 나머지 하프 엘프들은 내가 무서워서 피한다고 생각할 수도 있어. 하지만 내가 정말 화가 나면 이 마을의 모든 생명체를 한순간에 날려 버릴 능력이 있다는 것만은 알아두었으면 좋겠어. 문제를 내지. 이 무기의 이름이 뭔지 알겠나?"

 웃는 얼굴과는 달리 험악하기 이를 데 없는 데미안의 말에 근처에 있는 사람이나 하프 엘프들은 너무 놀라 입만 쩍 벌리고 있을 뿐이었다. 너무도 건방진 데미안의 말에 처음 화를 내려던 폴라이너스는 그가 대체 무엇을 믿고 저리도 당당한 모습을 보이는 것인지 궁금했다.

 폴라이너스도 젊은 시절 자신이 인간과 엘프 사이에서 태어났다는 사실에 한동안 방황한 적이 있었다. 하프 엘프라는 사실이 언제나 그를 괴롭혔기에 당당히 행동하는 사람을 너무나 부러워했다. 하지만 정말 남들 앞에서 당당하게 행동하는 사람은 본 적이 없었다.
 자신의 작은 재주를 믿고 상대 앞에 자신의 재주를 자랑하거나 아니면 남들보다 조금 높은 자리에 있는 것을 내세우며 다른 사람들을 괴롭히는 사람들뿐이었다.
 그런 인간들에게 실망한 폴라이너스는 엘프들의 마을에 들어가 살 생각도 했었다. 하지만 그곳도 너무나 폐쇄적이었고, 자신을 업신 여기는 엘프들과 어울리기에는 그의 자존심이 너무 강했다.
 결국 폴라이너스는 다른 하프 엘프들을 찾아 이곳에 정착하게 된 것이었다. 적어도 그의 생각에 자신이 세상을 떠날 때까지 자신이 만나고 싶었던 당당한 인간이나 엘프는 만나보지 못할 것이라고 생각했다. 그런데 지금 그런 자신의 눈앞에 자신만만한 표정을 짓고 있는 인간이 나타난 것이다.
 폴라이너스는 일단 데미안이 내민 바스타드 소드를 그저 눈으로 살펴보기만 했다.

조금 길기는 했지만 어디서나 흔히 볼 수 있는 바스타드 소드였다.

손잡이 부분이나 칼날의 모양, 날카로움, 몸체를 이루고 있는 검신의 색, 모두 일반적인 바스타드 소드와 다를 바가 없었다. 답답함을 느껴 낚아채듯 미디아를 움켜쥐던 폴라이너스는 자신의 손에 전해지는 엄청난 충격에 진저리를 쳤다.

"큭!"

신음과 함께 황급히 손을 놓았지만 이미 그의 손은 심한 화상을 입은 후였다. 폴라이너스 곁에 있던 엘프들은 일제히 데미안에게 달려들려고 했지만 폴라이너스의 제지로 행동을 멈춰야 했다.

그때까지도 연기가 피어 오르고 있는 손에 몇 번이나 자신의 신성력으로 치료를 했지만 완전히 낫지는 않았다. 인상을 쓰던 폴라이너스가 뭔가를 곰곰이 생각하는 동안에도 그의 곁에 있던 엘프들은 금방이라도 데미안을 공격할 것처럼 보였다.

"그대의 이름이 데미안인가?"

상대가 뜻밖에 자신의 이름을 알고 있자 데미안도 놀라지 않을 수 없었다.

"당신이 내 이름을 어떻게 알고 있지?"

"나이트로인이라는 이름을 기억하는가?"

"그에게 들었나?"

"이곳에는 왜 온 것이지?"

대답은 하지 않은 채 일방적으로 질문만 계속해서 이어졌다. 사태가 이상한 쪽으로 이어지자 엘프들은 어리둥절한 표정을 지었다.

"물을 것이 있어 왔습니다."
"멧돼지 같은 놈아, 네놈은 조용히 해!"
"이 지역의 지리에 대해 잘 아는가?"
"그렇다면?"
"묻고 싶은 것이 있다."
"무엇인가?"
"휴로크네 산에 있는 신전의 위치에 대해 알고 싶다."
"신전?"

뜻밖에 데미안이 신전에 대해서 묻자 폴라이너스는 그 말에 숨어 있는 의미를 찾으려고 고심했다. 그리고 한 가지 사실이 그의 뇌리를 스치고 지나갔다.

"그대는 괴물들을 찾아온 것인가?"
"괴물? 당신이 말하는 괴물이 내가 생각하고 있는 마물과 같은 것이라면 맞다."
"흐음, 그들을 죽이러 온 것인가?"
"그들에게 잡혀 있는 동료를 구하기 위해서 왔지만 만약 누가 방해를 한다면 상대가 누구든, 또 얼마나 되든 모조리 죽여서라도 반드시 구하고야 말 것이다."

단호한 데미안의 말에 잠시 생각하던 폴라이너스는 그때까지도 긴장을 풀지 못하고 있는 하프 엘프들을 향해 버럭 소리를 질렀다. 그리고는 조금 이상한 말을 했다.

"누굴 죽이려고 그렇게 인상을 쓰고 있는 거야? 저 청년이 들고 있는 바스타드 소드가 무엇인 줄 알아? 전설 속에서 전해지는 신의 무기 가운데 공간의 검이라고 불리는 미디아란 무기야. 다시 말하자면 저 청년은 신의 무기를 가지고 있는 '신의 전사'란 소리지. 너희 모두, 아니, 나까지 몽땅 덤벼도 털끝 하나 건드릴 수 있는 존재가 아니니까 괜한 생각 하지 말란 말이야. 알겠어? 알겠냐고?!"

"예? 예, 알겠습니다."

엘프들의 대답을 들은 폴라이너스는 데미안을 향해 괴상한 미소를 지었다.

"호호호, 지상 모든 생명체를 대신해 악마에게 대항하는 신의 전사라……. 게다가 환상적인 아름다움을 가진 드라시안과 각 종족을 대표하는 여섯 명의 전사가 뮤란 대륙의 종말을 구하기 위해 분연히 검을 뽑아 들었다. 캬하, 감탄이 절로 나오는군. 우리 엘프 족이 빠졌다는 것이 조금 찝찝하기는 하지만 뭐, 그래도 괜찮지. 원래 페트리앙스께서 엘프 족을 워낙 고고한 존재로 살게 만드셨기에 그런 지저분한 일을 할 수 없을 거라고 생각하셨을 테니까."

주위의 엘프들이 영문을 몰라 하는 것은 아랑곳하지 않고 폴라이너스가 일행들을 자신의 거처로 데리고 가버리자 엘프들은 어쩔 수 없이 각자 자신의 거처로 돌아가야 했다.

주방 겸 거실에 앉은 일행에게 폴라이너스는 과일로 만든 술을 권했다. 부드러울 것이라고 예상했던 술 맛은 거의 볼케이노에 필적할 정도로 지독했다. 그런 술을 폴라이너스는 거의 물을 마시는 수준으로 들이키고 있었다.

그 모습에 질려 버린 세 사람이 그 모습을 지켜보고 있을 때 폴라이너스가 입을 열었다.

"이곳 휴로크네 산에는 4곳의 신전과 5곳의 마을이 있었지. 하지만 지난 3년 사이에 우리 마을을 제외한 나머지 인간들의 마을

들은 모두 괴물들에게 당해 버렸어. 그리고 신전들도 현재는 모두 파괴된 상태지."

"그럼 지금 남은 신전이 없다는 말인가?"

"생긴 것과는 다르게 성미가 급하군. 신전이 없다는 말은 안 했어. 언제부터인가 파괴된 신전들 가운데 하나에 뭔가가 살기 시작하더니 주위의 몬스터들이 급속히 모여들기 시작하더군. 이상한 생각에 내가 몇 번이나 정찰을 해봤지만 몬스터를 제외하고는 다른 존재를 발견하진 못했어. 당시 몬스터들이 모여드는 이유가 그곳에 드래곤이 있기 때문이 아닐까 하고 생각했었거든."

다시 자신의 잔에 술을 따르면서 폴라이너스는 그때의 일을 떠올렸다.

"그러다 이상하게 생긴 괴물을 만나게 되었지. 아마 덩치는 웬만한 집보다 훨씬 컸을 거야. 온몸에 식물의 넝쿨 같은 것이 빽빽하게 돋아 있었는데, 그 괴물은 몬스터의 몸에 그 넝쿨을 집어넣고 뭔가를 빨아들이고 있었지. 잠시 후 그 몬스터는 가죽과 뼈를 제외한 모든 것을 빼앗긴 채 미라처럼 변하고 말았어. 주위를 살펴보니 한두 마리가 희생이 된 것이 아니었는데 몬스터들은 마치 무엇에 홀리기라도 한 듯 줄을 서서 자신의 차례를 기다리고 있었지."

당시의 생각이 나는지 폴라이너스는 몸을 부르르 떨었다.

"그 괴물의 동료인지, 아니면 부하인지 알 수는 없지만 머리가 셋이나 달린 늑대 서너 마리가 갑자기 나타나 나를 공격하기 시작했지."

"혹시 몸에 촉수 같은 것들이 매달려 있지는 않았소? 이마에는 뿔이 달려 있고, 또 머리에서 꼬리까지가 거의 7, 8미터는 되고 말이오."

 데미안은 문득 이스턴 대륙에서 싸운 적이 있던 삼두마랑 켈크로스가 생각났다.

 "자네도 만난 적이 있는 모양이군. 하지만 내가 만나 건 자네가 말한 것보다 작았어. 거의 송아지만한 몸집을 가진 녀석들이 달려드는데 정말 속수무책이었지. 마법과 정령술은 안 통하지, 검술은 아예 익히지도 못했으니 말해서 뭐 하겠나? 그놈들 가운데 한 마리가 달려드는 순간 나도 모르게 신성력으로 방어막을 쳤는데 그것들이 갑자기 공격을 멈췄어. 그래서 겨우 그들을 피해 도망칠 수 있었지."

 "그 괴물들이 따라오지는 않았습니까?"

 "무슨 이유에서인지 그것들은 신전 주위를 떠나지 않았기 때문에 내가 목숨을 구할 수 있었던 거지."

 폴라이너스의 말을 데미안은 충분히 이해할 수 있었다.

 아마 폴라이너스가 상대했던 삼두마랑들은 충분히 성숙하지 못한 어린 삼두마랑이었을 것이다. 만약 다 자란 삼두마랑이었다면 폴라이너스는 목숨을 잃었을지 모르는 일이다.

 "신전에는 나 혼자 가도록 할 테니까 자네들은 여기서 날 기다리도록 하게."

 데미안의 말에 파프는 대체 무슨 소리를 하느냐는 듯이 데미안을 바라보았다.

 "그건 안 됩니다. 제가 데미안님의 뒤를 따르기로 결심했을 때 분명히 약속드린 것이 있습니다. 위험할 때 도망치기로 했던 말씀입니다. 하지만 아직 위험한 경우를 맞은 적도 없었고, 또 그때가 되면 약속드린 대로 분명히 도망치겠습니다. 그러나 그 상황은 제가 판단할 겁니다."

"저도 기꺼이 도와드리겠습니다. 제가 가진 것은 비록 힘뿐이지만······."

"멧돼지, 넌 닥치고 있는 게 도와주는 거야. 그리고 우리 마을이 지금까지 안전할 수 있는 것은 혹시 우리 마을 외곽에 심어놓은 페트리앙스님의 신성한 기운이 서려 있는 나무 때문이 아닐지 모르겠어."

폴라이너스의 말에 그 나무라는 것이 무엇인지는 모르지만 상당한 신성력을 가지고 있다는 것만은 짐작할 수 있었다.

"사실 몇 번 몬스터들의 침입이 있기는 했지만 나무의 수액을 바른 무기와 그 나뭇가지로 만든 활과 화살로 물리칠 수 있었지. 아마 신성력 때문일 거라는 것이 내 생각이네."

"맞소. 당신이 말한 그 괴물들은 신성력과는 극성이기에 신성력이 포함된 무기라면 그들을 충분히 상대할 수 있을 거요. 만약 두 사람이 나를 따라올 거라면 무기에 수액을 충분히 발라 신성력을 지닌 무기가 된다면 허락하겠네. 물론 위험한 상황이 된다면 무조건 도망쳐야 한다는 약속은 꼭 지켜야 하네."

"알겠습니다, 데미안님."

"그렇게 하겠습니다."

두 사람이 대답을 하자 폴라이너스는 다른 엘프에게 신성목(神聖木)의 수액을 가져오도록 지시를 했고, 두 사람은 각자 에스터크와 모닝스타의 표면에 열심히 나무의 수액을 발랐다.

최소 일곱 번은 발라야 한다는 폴라이너스의 말에 두 사람의 작업이 끝난 것은 한참의 시간이 지난 후였다. 그런 후 세 사람은 엘프들의 마을에서 밤을 보냈다.

다음날 새벽 일어난 데미안은 폴라이너스의 집에서 나와 숲에서 명상에 빠졌다. 몸속의 마나를 움직여 온몸으로 보내자 데미안은 곧 평온한 상태에 빠져들었다.

얼마나 시간이 지났을까? 데미안은 명상을 할 때마다 보이던 선의 궤적을 발견할 수 있다. 스스로의 의지를 가진 생명체처럼 움직이는 선들의 움직임을 정신없이 보고 있을 때였다. 갑자기 자신의 몸으로 엄청난 양의 마나가 빨려 들어오기 시작했다.

과거 신의 무기를 찾으러 신전을 찾았을 때 느꼈던 기분과 거의 같았다. 그렇다면 이곳도 신의 손길이 닿은 곳이란 말인가? 다시 생각해 보니 페트리앙스의 기운을 느낄 수 있는 나무가 자라고 있으니 틀림없을 것 같았다.

온몸의 모든 세포가 깨어나는 상쾌한 기분과 함께 근육에 힘이 넘치는 것을 느꼈다.

지금 느끼는 자신의 판단이 확실하다면 몸속에 축적되는 마나의 양이 40% 이상 늘어난 것이 확실했다. 물론 마나라는 것이 스스로의 의지를 가진 것은 아니지만 자신의 아랫배 쪽에 있던 마나 덩어리가 더 커진 것이 느껴진 것이다.

지금 기분 같으면 무엇이든 할 수 있을 것 같았다.

레이피어를 뽑아 든 데미안은 10여 미터쯤 떨어져 있는 나무를 향해 가볍게 휘둘렀다.

"크로스 포스 오브 소드!"

쩍— 쿵!

데미안이 레이피어를 휘두르는 순간 전면에 있던 굵은 나무의 허리가 잘려 지면으로 쓰러졌다. 그리고 지면과 부딪치는 순간 다시 세로로 쪼개어졌다. 라일의 검술이 너무도 자연스럽게 펼쳐진 것이다.

그때 데미안의 뇌리에 번쩍 하고 생각이 스치고 지나갔다.

"슈팅 스타!"

쾅! 우두둑!

데미안이 레이피어를 허공으로 쳐들자 붉은색 광채가 허공으로 치솟다가 쓰러진 나무를 향해 급격히 떨어졌다.

섬광과 요란한 소리가 들리고 산산조각 난 나뭇가지들이 사방으로 흩어지는 모습이 보였다. 그 모습에 데미안은 신중한 모습으로 레이피어를 휘둘렀다.

"픽싱 타킷! 디솔드 소드Disorder Sword—!"

사방으로 날아가던 나뭇조각의 움직임이 허공에서 멈춘다고 느끼는 순간 레이피어가 눈에 보이지 않을 정도로 빠르게 나뭇조각들을 훑고 지나가며 모조리 두 쪽으로 갈랐다. 환상이라고 느낄 정도로 빠른 움직임이었다.

"짝짝짝! 대단하군, 정말 대단해."

고개를 돌리고 보니 폴라이너스와 엘프 몇, 그리고 파프와 하크가 놀란 눈으로 자신을 바라보고 있는 모습이 보였다.

"내 생전 그렇게 빠른 검은 처음 보네. 정말 대단한 실력이야."

폴라이너스의 말에도 엘프들은 아무 소리도 듣지 못했는지 멍한 표정만 짓고 있었다. 그런 반면 파프는 조금 전 자신이 보았던 모습이 마스터 중에서도 어느 단계의 검술 솜씨인지 짐작조차 할 수 없었다.

검기가 직선 방향으로 날아가는 것은 몇 번인가 본 적이 있었다. 하지만 지금처럼 허공에서 급격하게 방향을 바꾸는 모습은 본 적이 없었다.

　잠시 어색한 웃음을 짓던 데미안은 폴라이너스와 엘프들에게 사과를 했다.

　"내가 여러분의 잠을 깨운 모양이군요. 정중하게 사과를 드리겠습니다."

　"아, 아닙니다. 사실 저도 소드 마스터이지만 지금 같은 모습은 한 번도 본 적이 없습니다. 스스로의 실력에 자만하고 있던 제가 부끄럽게 짝이 없군요."

　입을 연 엘프는 이 자리에 모인 엘프 가운데 가장 근육질의 몸매를 가지고 있었다. 그의 차분한 눈매만 봐도 그가 어떤 실력의 소유자인지 알 만했다. 하지만 그는 스스로의 말처럼 정말 부끄러움을 느끼는 것인지 얼굴을 붉히고 있었다.

　자신이 소드 마스터가 되기까지 걸린 시간이 자그마치 230년이었다. 그런데 눈앞에 저 인간 청년은 겨우 20대 초반의 나이에 불과해 보이지만 자신으로서는 상상도 할 수 없는 경지에 도달해 있었던 것이다.

　더 이상 배울 것이 없다고 자만하며 지내왔던 지난날이 정말 부끄럽게만 여겨졌다.

　"우리를 위해 한 가지만 더 보여줄 수는 없는가? 말로만 듣던 신의 무기, 미디아가 가진 엄청난 힘을 보고 싶네. 부디 한 번만 보여주게."

　폴라이너스의 말에 파프와 하크는 물론이고 다른 엘프들까지 초롱초롱한 눈망울로 데미안이 허락하기를 강요했다. 어떻게든 피하고 싶었지만 엘프들과 두 인간이 그럴 틈을 주지 않았다.

　"파괴력이 너무 커서 여기서 그걸 펼치면 숲이 엉망이 될 텐데……."

데미안이 곤란한 표정으로 입을 열자 폴라이너스는 그 말에 숨은 뜻을 알고는 놀란 표정을 감추지 못했다. 데미안의 말대로라면 나무 몇 그루 정도로 끝나는 것이 아니라 숲 전체가 날아갈 수도 있다는 말이 아닌가?

"마을 밖에 커다란 바위가 하나 있네. 바위 밑에 있는 작은 연못에서 생활할 물을 구하고 있는데, 그 바위를 없애고 싶었지만 지금까지 우리 실력으로서는 어떻게 할 수 없어 두고 보고만 있었네."

폴라이너스와 데미안은 대화를 나누며 숲을 빠져나왔다. 그리고 그 바위를 발견했다. 말이 좋아 바위라고 부를 뿐이지 작은 산만 했다.

꼭대기까지의 높이가 50여 미터, 좌우 폭은 거의 100여 미터는 족히 되어 보였다.

너무나 거대한 바위를 발견한 데미안은 과연 자신의 힘으로 바위를 부술 수 있을까 하는 생각을 했다. 그러면서도 자신이 지금 가지고 있는 힘이 어느 정도인지 시험해 보고 싶은 생각도 들었다.

일단 사람들과 엘프들을 자신의 뒤에 있도록 지시를 하고는 크게 심호흡을 했다. 레이피어를 허리에 꽂은 데미안은 바위와 30미터쯤 떨어진 곳에 서서 미디아를 뽑아 들었다. 그리고는 레비테이션 마법을 사용해 허공으로 몸을 띄웠다.

엘프들은 데미안이 마법까지 사용하자 더욱 놀랐다.

30미터 상공에서 멈춘 데미안은 조금도 망설이지 않고 미디아를 휘둘렀다.

"블러드 라이트닝—!"

눈 깜짝할 사이에 미디아에서 뿜어져 나온 붉은색 광선이 거대한 바위를 향해 일직선으로 날아갔다. 그리고 세상에 종말이 찾아온 것과도 같은 굉음(轟音)이 들려왔다.

쾅! 콰르르르—!

그 소리에 자신도 모르게 바닥에 엎드린 엘프들은 곧 이어 자신의 몸을 빨아 당기는 돌풍의 존재를 느끼고는 더욱 지면에 몸을 붙였다.

폴라이너스는 신성력을 이용해 자신 앞에 몇 겹의 방어막을 펼쳤지만 금방이라도 돌풍에 빨려 들어갈 것 같아 안간힘을 쓰며 버텨야만 했다. 그의 신성력이 고갈될 쯤 돌풍이 사라졌다. 그리고 그의 눈앞에 믿을 수 없는 광경이 펼쳐져 있었다.

제아무리 드래곤의 브레스라고 해도 이렇게 거대한 바위를 이처럼 완벽하게 박살 내지는 못했을 것이다. 거의 수백 미터 넓이로 흩어진 바위 조각만 해도 웬만한 사람보다 컸다.

경악을 넘어선 공포.

그것이 정확한 말일 것이다. 게다가 직접 바위를 부순 데미안도 놀라움을 감추지 못하고 있었다.

물론 자신이 가지고 있던 마나의 거의 대부분을 사용하기는 했지만 그 위력이 이렇게 대단할 줄은 상상도 못했었다. 그래도 가장 먼저 정신을 차린 사람은 데미안이었다.

자신을 향해 벌린 입을 다물지 못하는 엘프들의 모습에 어색한 미소를 짓고 있을 때 폴라이너스가 입을 열었다.

"저, 정말 엄청난 위력이군. 내 살아생전에 이런 광경을 볼 줄이야… 지난 520년 동안 살아오면서 내가 보았던 모습 중에서 가장 충격적인 광경이야."

"우린 이만 출발해야 할 것 같소."

"잠깐 기다리게."

데미안을 제지한 폴라이너스는 젊은 엘프들을 모아놓고 뭔가를 상의했다. 그제야 정신을 차린 하크는 커다란 덩치에 어울리지 않게 몸을 부르르 떨며 입을 열었다.

"그렇게 엄청난 공격법이 있었다니…… 제 눈으로 직접 본 지금도 믿을 수 없을 정돕니다."

"그만들 하게. 쑥스러워서 얼굴을 들 수 없군."

데미안의 말에 하크는 그와 처음 만났던 10년 전을 생각했다. 물론 외적으로는 지금도 그때와 비교해 달라진 것이 거의 없지만 느낌만은 전혀 달라졌다.

당시는 험한 일은 전혀 겪어보지 못한 풋내가 풀풀 풍겼었지만 지금은 가만히 서 있기만 해도 엄청난 그의 존재감을 느낄 수 있을 정도로 변한 것이다.

"일단 식사를 하도록 하세."

폴라이너스의 집에서 식사를 마치고 집을 나서자 20여 명의 엘프들이 무장한 모습으로 집 앞에 서 있는 것이 보였다. 영문을 몰라 하는 데미안에게 폴라이너스가 설명했다.

"자네에겐 악마의 부하에게 잡혀 있는 동료를 구해야 하는 임무가 있다면 나에겐 마을의 안전을 지켜야 하는 임무가 있다네. 저 아이가 자네를 괴물들이 모여 있는 신전까지 안내를 할 것이네. 한 가지 부탁이 있다면 자네의 동료를 구하고 난 다음 아이들이 괴물들을 상대할 때 도와주었으면 하네."

폴라이너스가 비록 엘프들을 도와달라고 말을 하기는 했지만 자신을 도우려 한다는 것을 모를 데미안은 아니었다. 자신의 심정대로라면 거절하는 것이 당연하지만 마물들의 수가 얼마나 되는지 모르는 상황에서 자신의 생각만 고집할 수도 없는 일이었다.
"엘프 여러분들의 도움을 기꺼이 받겠습니다."
데미안의 대답에 폴라이너스는 빙그레 미소를 지었다.
결국 데미안은 파프와 하크, 그리고 20여 명의 엘프들과 함께 마을을 출발했다.
자신의 이름을 그린리버라고 밝힌 엘프는 데미안에게 상당한 관심을 보였다. 휴로크네 산을 오르면서도 데미안의 수련 방법에 대해서 묻기도 했고, 자신이 궁금하게 생각해 왔던 것에 대해서도 질문을 했다.
데미안은 자신이 아는 한도 내에서 최대한 자세히 설명을 했지만 지옥이도류의 훈련 방법이 워낙 독특하기 때문에 상대가 제대로 이해를 했는지는 알 수 없었다.
그러는 사이 일행들은 깊은 숲 속으로 들어갔다.
그린리버와 대화를 하는 사이에도 데미안의 오감은 주위의 모든 것을 살피기에 여념이 없었다. 엘프들도 바짝 긴장을 한 채 자신들의 무기를 움켜쥐고 걸음을 옮기고 있었다.
그때 앞장서서 걸음을 옮기던 엘프들 가운데 하나가 갑자기 손을 들어 일행들의 이동을 멈추도록 했다. 그리고는 조용히 한쪽을 가리켰다.
그의 손이 가리키는 곳을 바라보던 일행들은 괴상한 물체가 날아다니는 것을 발견할 수 있었다.
어린아이 머리만한 크기를 가진 그것은 마치 사람의 눈에 박쥐의 날개가 붙여놓은 것처럼 보였다. 몸의 크기에 비하면 상당히 작은 날개였지만 열심히 펄럭이면서 숲 속을 날아다니고 있었다.
언뜻 보기에 경계를 서고 있는 것처럼 보였다.
그린리버가 앞쪽의 엘프에게 고갯짓을 하자 고개를 끄덕이며 들고 있던 활에 화살을 먹이고는 그대로 화살을 쏘았다. 옆에서 보기에는 겨냥도 하지 않고 무조건 활을 쏜 것 같았지만 화살은 어김없이 그 괴물의 몸통을 꿰뚫었다.
끼끼끼!
퍽!
엘프가 쏜 화살은 여지없이 괴물을 꼬치처럼 꿴 채 나무에 박혔고, 괴상한 소리를 지르던 괴물의 몸은 그대로 터져 버렸다. 데미안은 감탄을 금치 못하면서도 경계심을 풀지 않았다.
이상이 없음을 확인한 일행들은 다시 발걸음을 옮겼다.
숲은 안으로 들어가면 들어갈수록 황폐해지고 있었다. 대부분의 나무들은 말라죽어 있었고, 안쪽은 더욱 심했다. 고사목(枯死木)을 바라보는 엘프들의 눈에는 은은하게 분노가 실려 있었다.
숲을 사랑하는 종족으로 이렇게 파괴된 숲을 보는 것만큼 고통스러운 일이 없었다.
앞에서 정찰하던 엘프가 손을 들어 다시 일행들의 이동을 멈추게 했다. 그리고 손을 들어 앞에 무엇인가가 있다는 것을 표시했다.
재빨리 몸을 숙인 채 앞으로 나선 데미안은 전방을 주시했고, 그런 그의 눈에 보인 것은 넓은 공터에 서 있는 회색 건물이었다.
웅장한 규모에 비해 낡고 군데군데 허물어진 곳이 보여 왠지 음산하게만 여겨졌다. 또 신전 앞의 넓은 공터에는 몇 그루의 고사목만 서 있을 뿐 어디에도 괴물들의 모습은 보이지 않았다.

물론 괴물들의 모습이 보이지 않는다고 괴물들이 이곳에 없다고 믿을 만큼 어리석은 데미안은 아니지만 단 한 마리도 보이지 않는 것이 조금 신경 쓰였다.

가장 시급한 문제는 라일이 과연 어디에 붙잡혀 있는지 알아내는 것이다.

"그린리버, 혹시 이 신전에 와본 적이 있소?"

"한 100년 전쯤 몇 번 와본 적이 있습니다."

"그렇다면 감옥이나 감옥으로 사용할 수 있는 장소가 저 신전 어디쯤 일 것 같소?"

"제 생각에는 신전의 지하일 것 같습니다. 지하에는 수도사들이 수련을 하기 위해 만든 작은 방들이 많습니다. 아마 그 방들 중 일부를 개조해 감옥으로 사용할 겁니다."

"알겠소. 내가 가서 스승님을 구해올 테니 일단 이곳에서 기다려 주시오."

"혼자서 말입니까? 그건 너무 위험합니다."

데미안의 말에 그린리버는 펄쩍 뛰었다. 반대하기는 파프도 마찬가지였다.

"데미안님, 저희도 함께 가겠습니다."

"안 돼! 자네들은 이곳에서 날 기다리게."

단호한 데미안의 말에 두 사람과 엘프들은 입을 다물었다.

"내가 혼자 가겠다고 한 것은 스승님을 구하는 일이 사람들이 많다고 해결할 수 있는 일이 아니기 때문이고, 또 한 가지 이유는 내게 방법이 있기 때문이네. 그러니 내 말대로 이곳에서 기다리게."

말을 마친 데미안은 자신이 알고 있던 스펠들 가운데에서 몸을 투명하게 만드는 6싸이클의 스펠을 찾았다.
"림피드니스Limpidness!"
데미안이 시동어를 외치는 순간 그의 몸이 투명해지기 시작하더니 시간이 얼마 지나지 않아 사람들의 시야에서 완전히 사라졌다. 데미안이 마법을 익히고 있다는 것을 엘프들 역시 알고 있었지만 설마 6싸이클의 마법인 림피드니스를 알고 있을 줄은 몰랐다.
난생처음 보는 마법에 파프와 하크는 눈을 크게 뜨고 주위를 두리번거렸지만 어디에서도 데미안의 모습을 찾을 수는 없었다.
"잠시 기다리시오. 곧 돌아오겠소."
데미안은 그 말을 남기고 신전을 향해 달려갔다. 달려가는 도중에도 경계를 늦추지 않았지만 역시 마물들의 모습은 전혀 보이지 않았다.
현관을 향해 달려가던 데미안은 신전에 가까워지면 질수록 온몸을 조이는 듯한 이상한 기운을 느꼈다. 하지만 데미안은 대수롭지 않게 여겼고, 신전을 향해 더욱 빠른 속도로 달려갈 뿐이었다.
"어서 피하십시오. 마법이 해제된 것 같습니다."
메시지 마법에 의해 갑자기 들려온 그린리버의 음성에 데미안은 깜짝 놀랐다. 마법이 해제되었는지를 확인하기 위해 매직 미사일의 스펠을 캐스팅해 보았다. 몸속의 마나는 이상없이 움직였지만 몸 밖의 마나는 꼼짝도 하지 않았다.
자신이 발각될 것을 우려한 데미안은 지체없이 쉐도우 스텝을 밟았다. 그러자 데미안의 몸이 다시 엘프들의 시야에서 순식간에 사라졌다.

엘프들이 영문을 몰라 주위를 두리번거릴 때 데미안은 이미 신전 안에 들어서고 있었다.

신전 앞 공터를 가로지를 때 느꼈던 불쾌한 기분이 신전 안에 들어서자 더욱 강하게 들었다. 잠시 주위를 살핀 데미안은 곧 한쪽 방향을 향해 달려갔다.

역시 신전 안에도 살아 있는 생명의 흔적은 찾을 수 없었다.

일단 안심이 되기는 했지만 그래도 경계심을 풀지는 않았다. 긴 복도를 따라 이동한 데미안은 청동으로 만든 어린아이 동상 곁에 있는 계단을 발견할 수 있었다.

다시 한 번 주위를 살폈지만 마물들의 흔적은 전혀 찾을 수 없었다. 심호흡을 한 데미안은 쉐도우 스텝을 밟으며 지하로 내려갔다.

데미안의 모습이 사라지자 계단 옆에 서 있던 동상의 눈에서 붉은빛이 번쩍였다가 곧 사라졌다.

나선형 계단을 따라 내려가던 데미안은 공기가 당장 습해지는 것을 느꼈다. 게다가 지하로 내려가면 내려갈수록 느껴지는 음습한 분위기에서 무엇인가가 자신을 기다리고 있는 것만 같았다.

지하로 내려갈수록 점점 어두워져 데미안이 바닥에 도착했을 때는 칠흑 같은 어둠이 그를 맞이했다. 물론 데미안의 능력으로 어둠을 꿰뚫어 보지 못하는 것은 아니지만 높이 4미터에 폭이 6미터쯤으로 보이는 복도와 굳게 닫힌 수십 개의 문을 보니 조금 막막한 생각이 들었다.

만약 이곳에 라일이 없다면 어디에서 찾아야 할지 몰랐던 것이다.

잠시 막막해하던 데미안은 곧 고개를 저었다. 어떻게든 찾아야 했다. 신전을 통째로 뒤집어엎는 한이 있어도 반드시 찾아야만 했다.

생각을 정리한 데미안은 일단 가장 앞쪽의 수련실(修鍊室)부터 살피기 시작했다. 하지만 어느 수련실도 깨끗하게 비어 있었다. 하다못해 먼지조차 보이지 않았다.

이런 지하를 매일 청소할 리도 없겠지만 비어 있는 수련실치고는 너무 깨끗한 것이 오히려 신경을 자극했다.

20여 개의 수련실을 조사했지만 라일의 모습은 찾을 수 없었다. 그렇다고 소리쳐 부를 수도 없는 노릇이었기에 데미안의 마음은 조금씩 조급해지기 시작했다. 다시 데미안이 몇 개의 수련실을 더 조사했을 때였다.

한 수련실의 문만 특이하게도 철문으로 되어 있었다. 그리고 빗장이 질러져 있는 것을 보면 안에 무엇인가가 들어 있는 것 같았다.

재빨리 빗장을 제거한 데미안은 문을 열고 안으로 들어갔고, 그런 데미안의 눈에 바닥에 쓰러져 있는 라일의 모습이 보였다.

그의 모습을 어떻게 표현해야 될까?

마치 커다랗고 투명한 슬라임Slime 속에 라일이 빠져 있는 듯 보였다.

주로 습지나 늪지에 주로 산다고 알려진 슬라임은 몸이 젤리처럼 반고체 형태를 가진 지능이 거의 없는 몬스터다. 슬라임은 높은 곳에 매달려 있다가 지나가는 동물을 덮쳐 자신의 몸속으로 빨아들여 통째로 녹여 자신의 영양분으로 삼는다.

라일이 겨우 그런 존재에게 붙잡힐 리 만무하다고 보면 라일을 꼼짝할 수 없게 만드는 뭔가가 있는 것 같았다.

 조심스럽게 걸음을 옮기던 데미안이 막 투명한 막에 손을 대려는 순간 액체가 뭉쳐 튀어 오르며 데미안의 손을 움켜쥐려고 했다. 그렇지 않아도 경계심을 놓지 않고 있던 데미안은 당장 레이피어를 뽑아 단숨에 그것을 잘라 버렸다.

 잘려진 조각은 바닥에 떨어져 꿈틀거리다가 다시 본체와 하나로 합쳐졌다.

 그 모습을 본 데미안은 자신이 알고 있던 슬라임에 대한 정보와 다르다는 것을 알고는 미디아를 뽑아 라일의 몸 주위에 있는 반고체를 잘라냈다.

 미디아가 표면과 닿는 순간 피어 오르는 검은 연기를 발견한 데미안은 라일을 속박하고 있는 존재가 사악한 힘에 의해 지배를 받는다는 것을 깨닫고는 사정없이 미디아를 휘둘렀다.

 검은 연기가 몇 번이나 피어 오르고 나서야 겨우 라일의 몸에 붙어 있는 슬라임처럼 생긴 조각들을 제거할 수 있었다. 라일은 극도로 지쳤는지 한마디도 하지 못했다.

 쾅!

 라일을 부축하려던 데미안은 갑자기 들려온 소리에 놀라며 뒤돌아섰다.

 자신이 들어왔던 철문이 굳게 닫혀 있었고, 문의 중앙에 난 작은 창문으로 사람의 눈이 보였다.

 "킥킥킥, 어떤 놈이 겁도 없이 이곳에 들어왔나 했더니 애송이 녀석이군. 저놈을 구하러 온 것을 보니 너도 파웰 시에서 우리의 일을 방해했던 놈이 분명하구나. 그렇다면 너에게 영원한 고통을 선물해 주마."

음성을 들어보니 50대쯤으로 들렸다.

한시라도 빨리 탈출해야겠다고 결심한 데미안은 일단 힘없이 앉아 있던 라일을 부축해 일으켜 세웠다.

"움직일 수 있겠습니까, 스승님?"

"그래. 하지만 웬일인지 힘은 전혀 쓸 수 없구나."

"그럼 되었습니다. 제가 앞에서 길을 틀 테니 스승님은 뒤에 계십시오."

데미안의 말에 그런 자신의 신세가 한심했는지 라일은 금방 대답을 하지 않았다.

"역시 마법은 사용할 수 없는 것이냐?"

"예, 이 신전과 신전 주위에 모든 마법을 무효화시키는 사악한 힘이 존재하는 것 같습니다."

자신이 지켜보고 있다는 것을 잊었는지 대화에 열중하고 있는 두 사람의 모습에 중년 마법사는 머리에 슬슬 열이 오르기 시작했다.

"갇혀 있는 주제에 자신들의 처지를 잊어버린 것 같군. 너희는 이제 곧 키기모카님의 충성스런 부하가 될 것이다. 그리고 한 가지 가르쳐 줄 것이 있는데, 이 문은 너희들의 알량한 검술 솜씨로 부술 수 있는 문이 아니라는 것을······."

"슈팅 스타!"

쾅!

"크아악—!"

중년 마법사가 가소롭다는 듯 시작한 말이 미처 끝나기도 전에 데미안의 외침과 함께 미디아의 끝에서 붉은 광선이 번쩍였다. 밤하늘을 가로지르는 유성처럼 미디아에서 품어져 나온 붉은 광선은 강철 문을 향해 날아갔고, 문과 마법사를 종잇장처럼 날려 버렸다.

감당할 수 없는 엄청난 충격에 중년 마법사는 자신도 모르게 비명을 질렀고, 결국 그는 단단하기 이를 데 없는 벽면과 강철 문 사이에 끼어 전신이 으깨져 버렸다.

데미안이 통로로 나왔을 때 이미 통로는 몬스터와 마물들로 가득 차 있었다.

어둠 속에서 그들의 붉게 충혈된 눈빛과 낮게 그르렁거리는 숨소리만이 가득했다.

대체 어디에서 나타났는지 알 도리는 없었지만 탈출하는 방법은 이들 모두를 처치해야만 이곳을 벗어날 수 있다는 것이었다.

몸속의 마나를 조사한 데미안은 그대로 미디아를 찔렀다.

가장 앞쪽에서 먹이를 기다리는 개처럼 침을 흘리고 있던 놀의 가슴으로 미디아가 파고드는 순간, 데미안은 몸속의 마나를 미디아로 보냈다.

"블러드 라이트닝—!"

제40장
키기모카와의 일전

 놀의 몸은 간단히 터져 나갔고, 붉은 광선이 일직선으로 날아갔다. 그 광선에 걸리는 것은 그것이 몬스터이든, 아니면 괴상하게 생긴 마물들이든 모조리 터져 나갔다.
 몬스터들은 직접적인 공격에, 마물들은 미디아에 실린 신성력 때문에 작은 폭발을 일으키며 소멸되었던 것이다. 일단 통로가 다시 보이자 데미안은 라일을 등에 업고 달리기 시작했다.
 몬스터와 괴물들이 정신을 차렸을 때 데미안은 계단의 제일 아래에 도착해 있었다.
 이미 죽은 줄로 알았던 중년 마법사가 일어나며 큰 소리로 외쳤다.
 "키기모카님께 대항하는 녀석들이다! 어서 잡아라!"
 케케케!
 크어억—!

갖가지 요상한 소리를 지르며 몬스터들과 괴물들이 데미안을 향해 달려들었다. 또 계단 위에서도 몬스터들이 몰려 내려오고 있었다.

"앱솔루트 아머!"

몸 밖으로 뿜어져 나온 붉은색 마나가 자신과 라일의 몸을 감싸는 것을 확인한 데미안은 지체없이 지면을 박찼다. 미디아가 휘둘러질 때마다 붉은 마나가 뿜어져 나와 몬스터와 마물들, 신전의 벽과 바닥, 걸리는 것은 모조리 터지고, 패이고, 폭발을 일으켰다.

눈앞에 있는 오크의 머리를 밟고 다시 몸을 날린 데미안은 측면에 있는 벽을 박찼다. 허공을 맹렬한 속도로 가로질러 몸을 날리는 데미안을 향해 몬스터들은 자신들의 무기를 집어 던졌지만 허탕을 치기 일쑤였다.

가까스로 계단이 끝나는 곳에 도착한 데미안은 복도를 빽빽하게 들어차 있는 마물들의 모습에 기가 질리는 것을 느꼈다. 대체 이렇게 많은 마물들이 어디 있다가 쏟아져 나온 것인지 정말 궁금했다. 게다가 계단 밑에 있던 몬스터와 마물들까지 밀려 올라오고 있었다.

더 이상 지체할 시간이 없었다. 또 라일의 상태를 알지 못하기에 데미안의 마음은 더욱 조급해졌다. 마나를 끌어올린 데미안은 사방을 향해 미디아를 휘둘렀다.

"슬러그스 스타!"

주먹만한 붉은 마나 조각이 사방으로 날아가면서 폭발을 일으켰다. 그 모습에 마물들과 몬스터들이 잠시 움찔하는 순간 데미안은 곁의 벽을 향해 미디아를 휘둘렀다.

"슈팅 스타—!"

쾅!

폭음과 함께 벽면이 터져 나갔고, 데미안은 지체없이 벽 쪽으로 몸을 날렸다.

데미안이 나타나기를 눈이 빠지게 기다리던 엘프들은 갑자기 신전의 한쪽 벽면이 폭발을 일으키며 폭발하자 모두 그쪽을 바라보았다. 그리고 붉은 마나에 싸인 존재 하나와 그 뒤를 쫓는 다수의 몬스터와 괴물들을 발견했다.

그 모습을 발견하는 즉시 그린리버는 엘프들에게 활을 쏠 준비를 하라고 명령했다. 그리고 짧게 명령을 내렸다.

"쏴라!"

명령이 떨어지자마자 데미안의 뒤를 쫓던 몬스터와 마물들에게 화살이 비처럼 쏟아졌다.

엘프들 특유의 뛰어난 시력과 활 솜씨로 화살은 단 한 대도 빗나가는 법이 없었다. 각자 심장과 머리에 화살을 맞은 몬스터와 괴물들은 혹은 직접적인 타격을 입어서, 또 혹은 화살에 실린 신성력에 의해서 죽임을 당했다. 하지만 몬스터들의 수가 너무나 많았다.

데미안이 몬스터들을 피해 신전 앞 공터를 가로질러 갈 때였다.

신전으로 들어갈 때 보았던 고사목의 가지가 흔들린다고 느끼는 순간 10여 개의 가지가 데미안을 노리고 날아들었다. 뜻하지 않은 공격에 데미안은 간신히 피할 수 있었지만 업혀 있던 라일이 그만 가지에 휘감기고 말았다.

재빨리 검을 왼손에 쥔 데미안은 팔만을 뒤로 돌려 가지를 잘라냈다. 하지만 엉겁결에 휘둘러 마나가 실리지 않았기 때문인지 가지는 잘려 나가지 않고 상처만 났다.

데미안이 재차 미디아를 휘둘러 가지를 잘라냈을 땐 이미 수십 개의 나뭇가지와 지면을 뚫고 나온 뿌리에 포위되어 있었다. 그 순간 데미안의 뇌리에 스치고 지나가는 생각이 있었다.
"픽싱 타킷! 디솔드 소드—!"
터터터턱!
데미안의 손에 들려 있던 미디아의 모습이 순식간에 사라졌다. 그리고 둔탁하게 들리는 소리가 연속적으로 들리며 고사목의 나뭇가지와 뿌리가 잘려 나갔다. 주위에 뿌려진 짙푸른 수액(樹液)은 고약한 냄새를 풍기고 있었다.
데미안이 고사목의 공격을 받는 것에 당황하던 엘프들은 그가 오늘 새벽 보여주었던 공격법으로 위기에서 벗어나는 것을 발견하고는 자기도 모르게 탄성을 질렀다.
데미안과 라일이 달려오자 파프와 엘프들이 달려가 그들을 맞이했다.
라일을 바위 곁에 내려놓은 데미안은 다시 자신 주위의 마나가 정상적으로 움직이는 것을 확인했다. 자신의 몸으로 다시 마나가 흡입되어 비어 있던 마나 홀에 마나가 차 오르자 데미안은 그린리버에게 즉시 지시를 내렸다.
"절대 저 신전 근처로는 접근하지 말도록 하시오. 저 신전 근처에는 주위의 마나를 움직이지 못하게 만드는 사악한 힘이 작용하고 있소."
빠르게 말을 마친 데미안은 라일과 조금 떨어진 곳에서 몬스터들이 자신을 향해 몰려드는 것을 바라보고 있었다. 그리고 그들과의 거리가 30여 미터쯤 떨어졌을 때 자신의 몸에서 광포하게 들끓고 있던 마나를 미디아로 보냈다.

"헬 버스트—!"

 달려오던 몬스터들의 움직임이 잠시 멈춰진다고 느껴지는 순간 그들의 살갗을 파고드는 날카로운 뭔가를 느꼈고, 그 순간 그들의 몸은 산산조각이 나서 사방으로 흩어졌다.

 7, 80마리가 족히 넘어 보이던 몬스터들이 산산조각이 나는 모습에 엘프들은 벌린 입을 다물지 못했다. 하지만 데미안은 그에 멈추지 않고 미디아를 들고 있는 손에 체인 라이트닝의 스펠을 캐스팅했다.

"체인 라이트닝!"

 미디아에서 뻗어 나간 번개는 사방으로 흩어진 몬스터들의 살점을 사정없이 태워 버렸다. 몬스터들은 미처 재생할 틈도 없이 소멸해 버렸다.

 데미안이 비록 상당한 수의 몬스터를 제거했다고는 하지만 신전 안에서 쏟아져 나오는 몬스터와 마물들의 수는 끝이 없었다.

 엘프들의 화살도 이미 떨어져 엘프들은 몬스터와 마물들과 직접 싸우고 있었다.

 그들이 사용하는 무기가 신성력을 지니고 있었기 때문인지, 아니면 마을에서 특별히 뽑은 엘프들이라서 그런지 몬스터들을 상대하는 데 여유가 있어 보였다.

 특히 그린리버는 혼자서 10여 마리의 몬스터를 상대하면서도 곁에 있는 하크가 위험할 때마다 그를 도와주고 있었다.

 엘프들은 처음에는 마물들이 언제 어떤 식으로 공격할지 몰라 상당히 당황했었다. 하지만 다행히도 대부분 검술에 상당한 조예를 가지고 있었기 때문에 금세 상대의 공격 수법을 간파하고는 여유를 되찾을 수 있었다.

데미안은 몬스터와 마물들을 상대하면서도 라일 쪽에 신경 쓰는 것을 잊지 않았다.

라일을 구하는 소기의 목적은 달성했지만 산 아래에 있는 엘프들의 위험을 제거하기 위해서는 지금 어떻게든 이곳을 지배하는 키기모카와 결전을 치러야만 했다. 하지만 키기모카는 전혀 모습을 드러내지 않고 있었다.

언제까지 몬스터들을 상대해야 할까 하는 생각을 데미안이 하고 있을 때 신전 위 공간이 일그러지면서 거대한 물체 하나가 모습을 드러냈다.

쿵—!

육중한 소리와 함께 지면이 사정없이 흔들렸다. 그리고 그와 동시에 신전 주위를 덮고 있던 사악한 힘이 무서운 속도로 증폭되었다.

엘프들과 몬스터 간의 싸움은 자연스럽게 멈춰졌고, 방금 모습을 드러낸 존재를 발견한 몬스터들과 마물들은 일제히 지면에 무릎을 꿇고 머리를 조아렸다. 그런 그들의 몸은 마치 경련을 일으키는 것처럼 떨리고 있었다.

"위대하신 키기모카님을 배알합니다!"

"키기모카시여—!"

그들의 음성에는 신성불가침의 존재를 대하듯 경외와 공포에 싸여 있었다.

데미안은 방금 모습을 드러낸 상대를 보고는 자신도 모르게 숨을 들이켰다.

이건 커도 너무 컸다. 물론 본래 모습으로 돌아간 드래곤보다야 작았지만 약 15, 6미터는 족히 될 체격이었다. 또 하반신은 정상적인 인간의 몸이었지만 상체에는 네 개의 팔이 달려 있었고, 머리 또한 둘이었다.

한쪽엔 우락부락한 사내의 머리가, 또 한쪽엔 사악하게 생긴 여인의 머리가 데미안을 노려보고 있었다.

"무슨 일이냐?"

수천 명이 일제히 소리를 지른다고 하더라도 당하지 못할 정도로 엄청난 음성이었다. 그 음성에 데미안이 귀가 멍멍해지는 것을 느낄 정도였으니 인간보다 수십 배 예민한 귀를 가진 엘프들로서는 견딜 수 없는 것이 당연했다.

엘프들 가운데 몇몇은 손으로 귀를 막으며 상당히 괴로워하고 있었다.

"키기모카시여! 저 비천한 인간들과 엘프들이 저희들의 신전에 침입해 당신의 소중한 부하들을 해쳤습니다! 저놈들이 저희들을 공격할 때 사용한 힘은 신의 찌꺼기들이 사용하던 지저분한 신성력이었습니다! 때문에 저희들은 제대로 공격할 수 없었습니다. 억울합니다!"

그 소리에 고개를 돌리고 보니 소리치는 자는 지하 수련실에서 죽은 줄 알았던 중년 마법사였다. 하지만 그의 모습은 조금 전과는 달라져 있었다.

끊겨져 나간 오른팔엔 식물의 뿌리 같은 것이 대신 붙어 있었고, 박살난 머리는 이상하게 엉겨 붙어 도저히 인간의 얼굴이라고 볼 수 없을 정도였다. 특히 뺨에서 흔들리는 두 개의 안구는 끔찍하기 이를 데 없었다.

"바보 같은 놈들! 자신의 집조차 지키지 못하다니!"

쾅!

말을 마친 키기모카는 발을 들어 중년 마법사를 그대로 짓밟아 버렸다. 중년 마법사의 비명은 키기모카가 땅을 밟을 때 나는 소리에 묻혀 들리지도 않았다.

잠시 엘프들과 데미안 일행을 바라보던 키기모카의 머리 가운데 여자의 얼굴이 데미안에게서 멈춰졌다.

"호호호, 너에게서 신의 냄새가 나는구나. 이리 오너라!"

낭랑한 음성이 귓전을 파고드는 순간 데미안은 순간적으로나마 정신을 잃을 뻔했다.

지상에서 가장 감미롭고 사랑스러운 음성이라는 생각이 드는 순간 머리 속이 멍해지며 그녀의 음성대로 해야 한다는 생각이 들었던 것이다. 그녀의 음성에 최면술 같은 효과가 있음을 깨달은 데미안은 가볍게 자신의 혀를 깨물어 정신을 차렸다.

길게 심호흡을 한 데미안은 재빨리 그린리버에게 지시를 내렸다.

"당신은 지금 즉시 저분을 데리고 마을로 대피하도록 하시오. 이곳은 내가 맡겠소."

"혼자서 막을 수 있는 상대가 아닙니다. 저희들도 돕도록 해주십시오."

"그린리버, 엘프들은 언제나 냉정하고 정확한 판단을 내린다고 하더니 당신은 그렇지 못한 모양이구려. 하지만 내 말을 들어야만 하오. 저 괴물은 나로서도 승리한다고 장담할 수 있는 상대가 아니오. 그리고 신의 무기가 아니면 상대할 수도 없소. 그러니 어서 내 말대로 마을로 대피하도록 하시오. 제발 부탁하오."

데미안의 말에 그린리버는 자신의 입술을 깨물었다.

자신이 살아온 300년에 가까운 세월 동안 오늘처럼, 또 지금처럼 수치스러웠던 적은 없었다. 한 번도 같이 싸웠던 동료를 남겨 두고 도망쳐 본 적이 없었다. 하지만 데미안의 말처럼 자신이 남아 있는다고 해도 그에게 도움될 것이 하나도 없는 지금 그에게 짐밖에 되지 않을 것이 분명했다.

"마을에서 기다리겠습니다. 꼭 오십시오."

"알겠소. 기다리시오. 꼭 가겠소."

데미안의 굳은 음성에 그의 얼굴을 바라보던 그린리버는 입술을 깨물고는 나직하게 동료들에게 외쳤다.

"즉시 후퇴한다!"

그린리버의 말에 다른 엘프들은 뭔가 입을 열려고 하다가 이내 굳은 얼굴로 그린리버의 뒤를 따라 걸음을 옮겼다. 그렇기는 파프와 하크도 마찬가지였다. 라일을 부축한 파프는 가만히 데미안의 얼굴을 바라보다 걸음을 옮겼다. 하지만 데미안을 바라보는 하크의 눈에는 덩치에 어울리지 않게 눈물이 글썽이고 있었다.

"데미안님, 꼭 만나뵐 수 있는 거죠?"

"하크, 모든 것이 끝난 후 같이 술이라도 한잔하도록 하자고."

"꼭, 꼬옥~ 기다리겠습니다, 데미안님."

다시 한 번 약속을 한 하크는 앞서 마을로 향한 엘프들을 향해 달려갔다. 그런 하크의 뒤를 따라 몬스터와 마물들이 몰려갔지만 엘프들에게 그들을 막을 힘이 있는 것을 알기에 특별히 걱정은 되지 않았다.

문제는 눈앞에 서 있는 저 키기모카였다.

덩치도 문제였지만 그보다 문제는 그와 그의 주위에 깔려 있는 사악한 힘이었다. 키기모카의 근처에만 가도 마나가 굳어 움직이지 않으니 그를 공격하는 것이 그리 간단한 문제가 아니었다.

건방지게 자신 앞에 검을 뽑아 들고 서 있는 데미안의 모습을 재미있다는 듯 바라보던 키기모카가 다시 입을 열었다. 이번엔 사내의 얼굴이었다.

"나에게 충성을 바쳐라. 그럼 너에게 인간들의 왕국을 다스릴 힘과 능력을 주겠다."

사내의 말을 듣는 순간 데미안은 갑자기 가슴 깊은 곳에서 참을 수 없는 분노와 무엇이든 죽이고 싶은 강렬한 살의(殺意)를 느꼈다. 갑작스런 변화는 시간이 지날수록 점점 강해져 그의 말이 끝났을 땐 더 이상 참고 있기 힘들 정도였다.

데미안은 재빨리 길게 몇 번이나 숨을 쉬고서야 겨우 마음을 진정시킬 수 있었다.

일반적인 공격으로는 키기모카에게 아무런 타격도 줄 수 없을 것이란 생각이 들었다. 하지만 지금껏 자신이 익힌 공격법이 과연 마신의 부하인 키기모카에게 얼마나 통할지도 의문이었다.

몸 주위의 마나를 조사해 이상없음을 확인한 데미안은 미디아를 잡은 손에 힘을 주었다.

"슬러그스 스타!"

허공에 뜬 채 휘두른 미디아의 끝에서 10여 개의 붉은 마나 덩어리가 키기모카의 가슴을 향해 빠르게 날아갔다. 하지만 키기모카는 조금도 피할 생각을 하지 않았다.

벌레보다 못한 인간의 공격을 무서워할 리 만무했기 때문이다.

펑!

키기모카의 가슴으로 날아간 마나 덩어리들은 상당히 강한 폭발을 일으켰지만 상대는 아무런 타격도 입지 않았는지 그 자리에서 꼼짝도 하지 않았다.

"블러드 서클!"

허공에서 갖가지 궤적을 그리며 날아간 붉은 원들 역시 키기모카의 가슴에 작렬했지만 상대는 너무나 멀쩡했다. 그 모습에 데미안은 다시 미디아를 휘둘렀다.

"슈팅 스타!"

쾅—!

조금보다 더 큰 폭발이 있었지만 키기모카는 여전히 그 자리에 서 있었다.

자신의 공격이 통하리란 생각은 별로 하지 않았던 데미안이었지만 아무런 충격도 주지 못했다는 것을 직접 자신의 눈으로 확인하니 가슴이 답답했다.

이제 남은 것은 미디아를 발견할 때 발견한 공격 주문, 블러드 라이트닝과 헬 버스트뿐이었다. 이마저도 키기모카에게 통하지 않는다면 이건 보통 일이 아니었다.

데미안이 잠시 그런 생각을 하고 있을 때 갑자기 키기모카가 공격해 왔다.

그의 네 개의 팔 가운데 검—10미터가 넘는 쇳덩어리도 검이라고 부를 수 있는 것인지 의문이지만—을 들고 있던 팔이 데미안을 향해 휘둘러졌다. 또 반대쪽의 팔도 함께 움직였다.

"죽어라!"

"블랙 라이트닝—!"

너무나 거대한 체격 때문에 공격이 그리 빠르지 않을 것이라 생각했던 데미안의 예상과는 달리 키기모카의 공격은 너무나도 빨랐다.

데미안을 단숨에 두 쪽으로 쪼갤 듯 내려치는 검 뒤로 검은 번개가 날아들었다.

피할 틈을 찾지 못한 데미안은 황급히 댄싱 스텝으로 그 자리를 피했다.

쾅!

키기모카의 검은 방금 데미안이 피한 자리에 내리꽂히며 폭음과 함께 엄청난 흙먼지를 일으켰다. 그뿐이 아니었다. 뒤이어 날아온 검은 번개는 그렇지 않아도 흙먼지로 변한 주위의 모든 것을 박살 냈다.

지독한 흙먼지 때문에 조금 전 데미안이 서 있던 곳 주위는 완전히 암흑 세계로 바뀌어 버려 아무것도 보이지 않았다. 하지만 키기모카는 방심하지 않고 흙먼지를 투시하기 시작했다.

그가 방심하지 않는 이유는 간단했다.

조금 전 데미안의 슈팅 스타가 자신의 가슴에 작렬했을 때 충격을, 그것도 상당한 충격을 받았기 때문이다. 파괴력도 파괴력이지만 키기모카의 가슴을 철렁하게 만든 것은 그 공격에 숨어 있는 신성력 때문이다.

자신의 기억이 분명하다면 그것은 선더버드의 신인과 신관들이 사용하던 신성력이 확실했다.

키기모카가 그렇게 확신하는 이유는 그가 과거 신과 신의 떨거지들인 신인들과 전투를 했을 때 지상에서 소멸당할 뻔한 기억이 있었기 때문이다.

당시는 수적인 열세를 극복하지 못해 억울하게 패배를 했지만 이제는 그 어둠 속의 생활은 끝이다. 아니, 끝이 나야만 했다. 그렇기에 평소보다 더욱 지나치다고 할 정도로 공격을 퍼부은 것이다.

물론 과격한 성격인 키기모카에게는 별 차이가 없을지도 모르는 일이지만.

 한편 흙먼지 속을 열심히 투시하던 두 개의 머리 중 여자는 고개를 갸웃거렸다.
 어디에도 데미안의 모습은 보이지 않았기 때문이다. 설사 그가 박살났다고 하더라도 그가 사용하던 검이라도 떨어져 있어야 했는데 지면이 군데군데 녹아 있거나 파괴된 모습 말고는 보이는 것이 없었다.
 "블러드 라이트닝—!"
 "위다!"
 데미안의 외침과 키기모카의 두 개의 머리 가운데 남자의 외침이 거의 동시에 들렸다.
 50미터 상공에서 쏟아진 붉은 광선은 순식간에 지면을 파고들며 다시 한 번 지독한 흙먼지를 일으켰다.
 수십 미터까지 치솟은 흙먼지를 바라보면서 데미안은 과연 자신의 공격이 성공했을까 궁금했다.
 블러드 라이트닝은 자신이 알고 있는 공격법 가운데 가장 빠르고, 가장 파괴력이 강한 공격법이었다. 만약 상대가 블러드 라이트닝보다 빠르다면 더 이상 키기모카를 상대할 방법이 없었다.
 허공에 떠 있는 데미안의 행색은 말이 아니었다.
 조금 전 키기모카의 공격을 피하기는 했지만 완전히 공격 범위에서 벗어나지는 못했다. 게다가 미처 방어막을 칠 시간적인 여유도 없었다.
 그런 탓에 키기모카의 검이 지면을 파고들 때 생긴 충격으로 날아온 돌과 자갈에 적지 않은 상처를 입었다. 또 뒤이어 퍼부어진 검은 번개 역시 완전히 피하지를 못했기에 상당한 부상을 입었다.

당장은 치솟은 흙먼지가 자신의 모습을 가려주지만 흙먼지가 걷히는 순간 자신이 어떤 꼴을 당할지는 뻔한 일이었다. 블러드 라이트닝을 사용하기로 결심한 데미안은 부상을 치료할 새도 없이 자신의 머리 위 허공으로 워프를 시도했고 곧바로 키기모카에게 공격을 퍼부은 것이다.

흙먼지가 가라앉길 기다리던 데미안의 귀에 날카로운 여자의 음성이 들렸다.

"블랙 크리스털 트라이앵글Black Crystal Triangle—!"

순간 데미안의 전면과 후면에 세 개의 검은 수정이 모습을 드러냈다. 그와 동시에 수정 사이에서는 방전이 일어나며 결계를 만들었다.

순간 데미안은 자신 주위의 마나가 모두 사라져 버렸다는 것을 깨달았다. 아니, 검은 수정이 결계 안의 모든 마나를 빨아들였다는 것이 정확한 표현일 것이다.

마나가 사라지는 순간 데미안의 레비테이션 마법도 강제로 해체되어 버렸지만 결계 안의 힘이 데미안의 몸을 붙잡고 있었다. 그런 탓에 데미안의 몸은 계속 허공에 떠 있었다.

데미안 결계를 벗어나려고 했지만 마법을 사용할 수 없는 지금 특별한 방법이 없었다. 그렇다면 결계를 이루고 있는 검은 수정을 파괴시키는 방법밖에는 없었다.

생각은 길었지만 행동은 빨랐다.

"블러드 라이트닝—!"

미디아에서 뻗어 나간 붉은 광선은 검은 수정에 눈 깜짝할 사이에 직격했다. 하지만 믿을 수 없게도 검은 수정은 데미안의 공격을 간단하게 퉁겨 버렸다.

자신을 향해 날아오는 블러드 라이트닝을 발견한 데미안은 깜짝 놀라며 황급히 몸을 틀었다. 블러드 라이트닝은 아슬아슬하게 데미안의 몸을 스치고 수정과 수정 사이를 이어주던 방전에 폭발을 일으켰다. 하지만 결계의 벽은 아무런 이상도 없었다.

아마도 검은 수정에는 상대의 공격을 그대로 반사시키는 힘이 있는 것처럼 보였다.

부상을 입은 상태에서 키기모카의 결계 안에 계속 있을 수는 없는 일. 검은 수정이 블러드 라이트닝을 반사시켰다면 남은 것은 미디아로 직접 공격을 해보는 수밖에 없었다.

미디아에는 선더버드의 신성력이 있으니까 키기모카가 만들어 낸 검은 수정에 효과가 있을 것 같기도 했다. 하지만 검은 수정의 곁으로 갈 수 있는 방법이 없었다.

그래서 데미안이 생각해 낸 방법은 무식하다고 해도 할 말이 없을 그런 방법이었다.

"슈팅 스타—!"

검은 수정을 향해 날아간 붉은 마나 덩어리는 역시 그대로 반사되어 데미안을 향해 날아왔고, 데미안은 지옥이도류의 책자에서 발견한 하나의 구결을 떠올렸다.

"앱솔루트 아머—!"

펑—!

방어막에 상당한 충격이 전해지며 데미안의 몸은 다른 쪽에 있던 검은 수정을 향해 주르륵 밀려났다. 날아가는 도중 몸을 돌린 데미안은 검은 수정을 향해 힘껏 미디아를 찔렀다.

쾅! 쩌쩌쩌쩍—!

엄청난 충격을 받으며 데미안의 몸은 뒤로 날아갔다. 하지만 폭발 소리가 들릴 때 무엇인가에 금이 가는 소리 역시 분명히 들었다.

입 안에서 비릿한 맛이 났다.

아마도 내장 어디가 조금 전 충격을 이기지 못해 심각한 부상을 입은 모양이다. 입 안에 가득 고인 피를 뱉어버리면 조금 편해질 것 같았지만 억지로 참았다. 키기모카에게 자신의 약한 모습을 보이는 것이 싫었기 때문이다.

"블러드 라이트닝—!"

조금 전 공격했던 검은 수정을 향해 다시 붉은 광선이 날아갔다.

쾅! 콰르르르—

폭음과 함께 세 개의 수정 중 하나가 깨졌고, 그 순간 키기모카가 만든 결계는 사라졌다. 아래로 떨어지던 데미안은 마나가 제대로 움직이는 것을 확인하고는 레비테이션 마법을 캐스팅하려고 했다.

"다크 아이스 레인—!"

콰콰콰쾅—!

수백 개의 검은 얼음 덩어리가 지상으로 떨어져 내리며 폭발을 일으키자 지름 2,300미터는 될 듯 보이는 지역에서 자욱하게 흙먼지가 일어났다.

그 광경을 지켜보던 키기모카는 조금 이상한 느낌이 들었다.

이 정도의 공격이라면 설사 자신은 멀쩡한 상태였다고 하더라도 심각한 부상을 입었을 것이 분명했다. 하지만 왠지 데미안이 아직도 살아 있을 것만 같다는 생각을 지울 수가 없었다.
 꺼림칙한 적은 확실하게 손을 쓰는 것이 좋다고 생각한 키기모카는 재차 공격을 퍼부었다.
 "블레이즈 오브 뎀네이션(Blaze of Damnation:저주의 불꽃)—!"
 키기모카가 손으로 가리킨 곳에서 엄청난 화염이 치솟아서는 사방으로 퍼져 나갔다. 화염은 순식간에 주위로 퍼져 모든 것들을 눈 깜짝할 사이에 재로 만들어 버렸다.
 그 모습을 보고서야 키기모카는 겨우 마음을 놓을 수 있었다. 이 정도의 공격이라면 설사 신이라도 살아날 수 없을 것이다.
 키기모카가 마음을 놓고 있을 때 어디선가 화살이 날아들어 여자의 이마 정중앙을 꿰뚫었다. 화살에 깃들어 있는 신성력 때문에 상처는 맹렬한 속도로 타 들어갔다.
 갑작스런 공격에 당한 키기모카는 재빨리 주위를 살폈고, 그런 그의 눈에 뜨인 것은 자신을 향해 활을 겨누고 있는 엘프의 모습이었다.
 감히 벌레보다 못한 엘프 놈이 자신에게 활을 쏘다니……. 키기모카는 지금 벌어진 일을 도저히 믿을 수 없었다. 그와 동시에 극도로 분노했다.
 "이 세상의 모든 엘프들을 씹어 먹으리라! 고통에 신음하고, 절망하고, 공포에 떨게 만들 것이다!"
 하늘 높이 쳐든 키기모카의 두 팔에서는 엄청난 방전이 일어나고 있었다. 그 모습을 발견한 그린리버는 어마어마한 상대의 능력에 반항은커녕 도망칠 생각도 하지 못했다.
 데미안을 두고 떠난 것이 마음에 걸려 되돌아온 그의 눈에 비친 것은 엄청난 화염이었다. 데미안이 그 화염 속에 있을 것이란 생각이 들자 도저히 그냥 있을 수 없었다.

그린리버는 자신의 최후를 떠올리며 눈을 감았다.

"블러드 라이트닝—!"

그 소리에 놀란 그린리버가 눈을 떴을 때 화염 속에서 붉은 광선 하나가 하늘을 꿰뚫기라도 할 것처럼 허공으로 치솟았다.

그 모습에 키기모카는 엄청나게 놀랐지만 그의 능력은 자신의 몸을 공간 이동시켜 뒤로 피하게 만들었다. 하지만 그것으로 끝난 것이 아니었다.

끝없이 치솟던 붉은 광선이 마치 검이라도 되는 것처럼 키기모카를 향해 내리꽂혔고, 그의 몸을 마치 거짓말처럼 두 쪽으로 갈라 버렸다.

"헬 버스트—!"

데미안의 외침이 다시 들리자 그린리버로서는 상상도 못했던 장면이 허공에서 펼쳐졌다.

키기모카를 두 쪽으로 갈랐던 붉은 광선이 갑자기 수없이 많은 조각으로 변한 것이다. 그 하나하나의 모양은 붉은 초생달처럼 생겼는데 그것들이 키기모카의 전신을 난자하기 시작한 것이다.

"크아아악—!"

처절한 비명 소리와 함께 키기모카의 몸은 조각조각 잘려 나갔고, 잘려 나간 조각들은 허공에서 순식간에 검은 연기로 변해 사라졌다.

15, 6미터는 족히 되어 보이던 키기모카의 몸이 완전히 사라지는 데 걸리는 시간은 불과 30초도 걸리지 않았다. 눈이 좋지 않은 사람이 보았다면 아마 키기모카의 몸이 저절로 공중에서 흩어지는 것처럼 보였을 것이다.

키기모카의 몸이 공중에서 완전히 사라지고도 한참 동안 그린리버는 텅 빈 허공을 멍하니 바라보고 있었다. 그런 그린리버의 몸은 조금씩 떨리고 있었다.

이건 악몽이었고, 또한 공포였다.

떨리기 시작한 몸을 억지로 진정시키려고 했지만 쉬운 일이 아니었다. 그러다 데미안이 생각났다.

고개를 돌리고 보니 어느새 화염은 사라지고 없었고, 바닥에 쓰러져 있는 데미안의 모습이 보였다.

데미안을 향해 달려간 그린리버는 먼저 그의 생사부터 살폈다. 가느다랗게 이어지긴 했지만 분명 숨을 쉬고 있었다. 조심스런 손길로 아래턱 밑에 손을 대어보았다. 극도로 약하기는 했지만 심장도 뛰고 있었다. 하지만 금방이라도 끊어질 것만 같았고, 또 전신에 입은 상처가 한두 곳이 아니었다.

그런 상처를 입고도 키기모카를 소멸시켰다는 것을 그린리버는 어떻게 받아들여야 좋을지 몰랐다. 하지만 지금 급한 것은 어떻게든 데미안을 소생시키는 것이었다.

데미안에게 몇 번의 리커버리를 펼친 그린리버는 조심스럽게 그를 안아 들었다. 마을로 향하려던 그는 데미안의 무기인 미디아가 생각나 주위를 둘러보았지만 보이지 않았다.

다시 한 번 주위를 살피던 그린리버는 그제야 데미안이 그때까지도 미디아를 움켜쥐고 있는 것을 발견했다.

왠지 콧날이 찡해왔다.

이렇게 만신창이가 된 몸으로도 미디아를 놓지 않다니…….

"워프—!"

그린리버의 시동어에 그와 데미안의 모습은 순식간에 사라졌다.

*   *   *

"내 말을 이해하겠는가?"

"카르메이안님의 말씀은 잘 알겠습니다. 하지만 왠지……."

파란색의 머릿결을 가진 청년이 조금은 어색한 표정을 짓고 있었다.

"그러니까 레이시아드, 자네는 내 말이 별로 내키지 않는다는 말인가?"

"꼭 그런 것은 아니지만 저희들이 평소 깔보던 인간들처럼 우르르 몰려가서 상대를 한다는 것이 어쩐지 썩 좋은 방법 같지는 않습니다."

레이시아드의 말에 그 자리에 모여 있던 드래곤들 대부분은 일제히 고개를 끄덕였다.

처음 카르메이안의 말을 들은 드래곤들은 카르메이안이 노망이 든 것은 아닐까 생각을 했었다.

백번 양보해 악마가 이 세상에 있다는 것을 믿어준다고 해도 그를 상대하는 데 수십 마리의 드래곤들이 들개 떼처럼 달려들어야 한다니…….

드래곤 수십 마리가 힘을 합쳐야 할 상대가 세상에 있을 리 만무하지 않은가?

그 자리에 모인 대부분의 드래곤들은 그런 생각을 가지고 있었고, 나이 어린 드래곤들은 어른들의 눈치 보기에 여념이 없었다.

카르메이안은 자신 다음으로 나이가 많은 블루 드래곤 레이시아드마저 멍청하게 말하는 것에 정말 미칠 것만 같았다. 그의 말을 듣다 문득 드래곤 일족이 원래는 의심 많은 종족이 아닐까 하는 생각마저 들었다.

5,700살이나 먹은 레이시아드가 저렇게 멍청한 소리를 하는데 다른 드래곤들이야 말해서 뭐 하겠는가? 정말 콜레이븐이 자신의 말에 설득된 것이 기적 같기만 했다.

게다가 골드 드래곤을 제외하고는 가장 냉정한 판단을 내린다고 알려진 블루 드래곤이 저러니 아무 생각 없는 레드 드래곤이나 멍청한 그린 드래곤, 뭘 모르는 화이트 드래곤들이야 더 말할 필요가 없었다.

카르메이안이 답답함을 이기지 못하고 긴 한숨을 쉬고 있을 때였다.

자신의 레어로 어떤 존재가 워프를 하는 것을 감지한 카르메이안은 상대가 누굴까 하는 생각을 했다. 모든 드래곤들에게 모이도록 연락을 했지만 모인 수는 겨우 스물일곱 마리, 그러니까 절반도 되지 않는 수였다.

드래곤 일족의 수장으로서 전혀 권위가 안 서는 일이었다.

그런 생각을 하고 있을 때 모습을 드러낸 것은 하얀 머릿결을 가진 카이시아네스였다.

카르메이안이 드래곤들에게 연락을 취하기는 했지만 나이가 천 살이 넘지 않은 드래곤들은 제외시켰다. 그들이 모여봐야 큰 힘도 되지 않을 뿐더러, 만약 무슨 일이 생긴다면 드래곤 일족의 최소한의 명맥만이라도 유지할 수 있어야 하기 때문이다.

"무슨 일인가?"

"카르메이안님, 처음 인사드립니다. 카르메이안님이 이곳에 계시다는 이야기를 듣고 찾아왔습니다."

카이시아네스의 말에 카르메이안은 가볍게 눈살을 찌푸렸다. 어떤 드래곤이 방정맞게 자신이 있는 곳을 떠든 것이 분명했다.

그런 카르메이안의 모습을 발견한 카이시아네스는 상대의 엄청난 위압감에 가볍게 몸을 떨고는 자신이 찾아온 목적을 이야기했다.

"제가 카르메이안님을 찾아뵌 이유는 레드 드래곤 마브렌시아님의 말씀이 있었기 때문입니다."

"뭐? 마브렌시아?"

"그렇습니다."

카이시아네스가 잠시 숨을 돌리고 있을 때 웅성거리던 드래곤들이 조용해졌다. 그들 대부분이 마브렌시아가 마신 지하르트의 부하가 되었다는 것을 알고 있었다.

"마브렌시아가 뭐라고 하던가?"

"그분께서는 제가 본 것을 그대로 카르메이안님께 전하라고 말씀하셨습니다. 그리고 드래곤 일족의 미래가 달린 문제라고 하셨습니다. 어피어 이미지―!"

카이시아네스의 손에 흰색의 마나가 뿜어지는 순간 탁자 위에 수십 개의 산봉우리가 보였다. 그리고 그 산봉우리 가운데 하나에 네 명의 인간이 서 있는 모습이 보였다. 하지만 이 자리에 모인 드래곤 가운데 그 사람이 드래곤들이 폴리모프한 모습임을 깨닫지 못하는 드래곤은 하나도 없었다.

레드 드래곤 화이베니아, 그린 드래곤 드라이어스, 화이트 드래곤 코레이넥, 그리고 블랙 드래곤 세파이얼스였다. 그리고 잠시 후 골드 드래곤 라이슬렌스마저 등장했다.

그들이 잠시 인사를 나누는 사이 그들에게서 조금 떨어진 곳에 이상한 존재 셋이 나타났다. 그리고 그들 가운데 하나가 마브렌시아였다.

그녀의 모습이 조금 이상하게 변하기는 했지만 그녀가 마브렌시아임을 부정할 수는 없는 일이었다. 그리고 인간 여자와 박쥐를 결합시켜 놓은 듯 보이는 존재, 피아나와 그녀의 부하 데자베로스가 다섯 마리의 드래곤을 마치 장난이라도 치듯 굴복시키는 장면이 계속해서 보였다.

그 모습을 지켜보던 드래곤들은 4,000살이나 먹은 골드 드래곤 라이슬렌스가 데자베로스를 피해 달아나고, 3,000살 가까운 화이베니아가 피아나에게 목을 공격당해 쓰러지는 모습을 발견하고는 도저히 믿을 수 없었다.

결국 그들의 모습이 공간 속으로 완전히 사라지자 영상도 사라졌다.

"화이트 드래곤 일족의 명예를 걸고 분명히 말씀드리겠습니다. 지금까지 보신 영상은 틀림없는 사실입니다!"

다른 드래곤들의 생각을 짐작했는지 카이시아네스가 먼저 입을 열었다.

"정말 저런 일이 있었단 말인가?"

"그렇습니다. 제 목숨이라도 걸라면 걸겠습니다. 레이시아드님."

"라이슬렌스가 저따위 몬스터 같은 녀석을 없애지 못해, 아니, 막지 못해 도망 다니는 모습을 나보고 믿으란 말인가?"

"참고적으로 말씀드리면 저들이 사라지고 난 후 제가 직접 확인하기 위해 그 자리에 가보았습니다. 라이슬렌스님이나 다른 분들이 마법을 전혀 사용하지 못한 것에 이상한 생각이 들었기 때문입니다. 막상 도착하고 보니……."

카이시아네스의 나이가 어리다고는 하지만 그녀 역시 9싸이클의 마법을 사용할 줄 아는 존재이기에 드래곤들은 그녀의 말에 귀를 기울였다.

"그런데 막상 도착하고 보니 마나의 상태가 이상했습니다."

"이상하다니?"

"마치 그 지역의 마나가 굳어버리기라도 한 듯 전혀 움직이지 않고 있었습니다."

"마나를 굳혔다고?"

카이시아네스의 말에 레이시아드는 자신도 모르게 반문했다. 자신의 상식으로는 그런 일은 도저히 일어날 수 없는 일이었다. 그런데 지하르트도 아니고, 지하르트의 부하로 보이는 존재가 그러한 힘을 가지고 있다니.

그럼 카르메이안이 자신에게 한 말이 모두 사실이란 말인가? 정말 그의 말처럼 모든 드래곤들의 힘을 합쳐야만 겨우 상대를 물리칠 수 있단 말인가? 정말 드래곤 일족의 미래를 위해 자신들을 제외하고는 뮤란 대륙 모든 생명체들을 말살시켜야만 한단 말인가?

레이시아드는 끊임없이 반문했지만 어떤 결론도 얻을 수 없었다.

"카르메이안님, 지금 저희가 본 것이 사실이라면 지금부터 저희는 어떻게 해야 합니까?"

하지만 카르메이안은 아무런 대답도 하지 않았다.

다른 드래곤들은 카르메이안이 조금 전 자신이 한 말을 다른 드래곤들이 믿어주지 않아서 화가 났다고 생각했다. 그러나 사실은 달랐다.

카이시아네스가 보여준 장면은 카르메이안으로서도 충격적인 일이었다. 다섯 마리의 드래곤이 브레스 한번 사용해 보지 못하고 일방적으로 당하는 모습은 충격이 아닐 수 없었다.

그가 콜레이븐에게 했던 말처럼 마법의 힘이 사라진 드래곤이 브레스마저 사용할 수 없다면 그저 덩치 큰 도마뱀에 불과하지 않은가?

아주 오래전 느껴본 적이 있던 감정의 편린이 등줄기를 타고 올라오는 것 같았다.

아마도 인간은 이런 감정을 불길함이라고 표현하겠지.

이미 뮤란 대륙 전체는 철저하게 죽이는 존재와 죽는 존재로 양분되어 있었다.

죽이는 존재는 지하르트의 부하들이었고, 죽는 존재는 뮤란 대륙의 모든 생명체들이었다.

그런 사실을 알면서도 카르메이안이 태연할 수 있었던 것은 자신과 드래곤들의 힘을 믿었기 때문이다. 그런데 지하르트는 고사하고 그의 부하마저 당해낼 수 없다면… 그것은 너무나 끔찍한 일이 아닐 수 없었다.

지금껏 자신이 계획하고, 자신이 진행시켜 왔는데 결과적으로는 지하르트를 돕는 결과를 맞이했다는 것을 카르메이안은 죽어도 인정할 수 없었다.

만약 최후의 결과가 자신이 생각했던 것과 다르다면 마지막에 사용할 숨겨놓은 카드가 그에겐 있었다.

신과 악마에게는 복수를 할 수 없어도 그들이 필요로 하는 인간들의 세상만큼은 없애 버릴 수 있는 비장의 카드를 가졌기에 최소한의 복수는 할 수 있었다.

"자네들도 똑똑히 보았으니 저들의 힘이 얼마만큼 강한지 분명히 알았을 것이네. 힘을 하나로 합쳐야만 미래를 맞을 수 있다는 것을 잊지 않았으면 하네. 자네들은 지금부터 흩어져 오늘 오지 않은 다른 드래곤들을 설득해 3일 후 다시 만나도록 하세. 우리의 적은 엄청나게 강한 존재라는 것을 절대 잊지 말게."

카르메이안의 말에 드래곤들은 고개를 끄덕이고는 각자의 레어로 돌아갔다.

그런 드래곤들의 모습을 보면서 카르메이안은 앞으로의 일을 어떻게 처리해야 하는 것인지 고민이 되었다. 그런 그의 눈에 누워 다리를 까닥거리고 있는 타아르카스의 모습이 들어왔다.

카르메이안은 자신이 왜 타아르카스를 이스턴 대륙에서 데려왔는지 하루에도 수백 번씩 후회에 후회를 거듭하고 있었다. 타아르카스는 그저 밥만 축내는 존재에 불과했다.

그런 카르메이안의 눈길을 발견한 타아르카스는 뻔뻔한 표정을 지으며 입을 열었다.

"야, 카르메이안. 우리 밥 언제 먹어?"

정말 대단한 타아르카스였다.

*　　*　　*

데미안을 마을로 데려온 지 벌써 일주일이 지났다. 하지만 여전히 데미안은 깨어날 생각을 하지 않았다.

겉으로 난 상처는 이미 아물어 있었다. 그럼에도 깨어나지 않는 데미안의 상태를 엘프들은 전혀 알 수 없었다.

데미안이 누워 있는 방엔 지금 두 사람과 두 엘프가 데미안이 누워 있는 침대를 바라보고 있었다.

"오늘도 깨어나지 않으시려나?"

"멧돼지, 넌 덩치에 맞지 않게 왜 입 방정을 떠는 거야? 그럴 거면 당장 나가."

"아닙니다. 조용히 하겠습니다."

폴라이너스의 말에 하크는 찔끔하고는 입을 다물었다.

한 사람을 바라보며 그들은 제각기 다른 생각을 했다.

그린리버는 그가 키기모카를 해치우는 모습을, 파프는 그가 골리앗을 타고 수많은 루벤트 제국의 병사를 해치우던 모습을, 그리고 하크는 데미안과 처음 만났을 때의 모습을, 마지막으로 폴라이너스는 데미안이 마을 입구의 거대한 바위산을 날려 버리던 모습을 떠올리고 있었다.

그런 생각을 하고 있을 때 폴라이너스는 방 안의 마나가 급격한 변화를 보이는 것을 깨달았다. 데미안의 몸으로 급격하게 마나가 빨려 들어가기 시작한 것이다.

너무 급격한 변화였기 때문일까?

조금 시간이 지나자 그린리버와 파프도 알게 되었다. 느끼지 못한 사람은 하크뿐이었다.

"촌장님, 이건 무슨 현상입니까?"

"글쎄, 나도 이런 경험은 처음이라……."

그 후 데미안이 눈을 뜬 것은 1시간 정도의 시간이 지난 후였다.

"데미안님, 정신이 드십니까?"

"으응? 파프?"

"예, 접니다."

"그, 그보다 물 좀……."

파프는 재빨리 데미안의 등을 부축하며 입으로 컵을 조심스럽게 가져갔다. 물을 마신 후 다시 자리에 누운 데미안은 눈을 감고는 잠꼬대처럼 중얼거렸다.

"선더버드여—! 결코 당신을 위해서 이 일을 하는 것이 아닙니다, 나는……."

〈 11권에 계속 〉